恨不相逢未嫁时

周瘦鹃小说集

周瘦鹃 著

吉林人民出版社

图书在版编目（CIP）数据

恨不相逢未嫁时：周瘦鹃小说集 / 周瘦鹃著 . ——

长春：吉林人民出版社，2023.5

ISBN 978-7-206-19488-7

Ⅰ.①恨… Ⅱ.①周… Ⅲ.①言情小说—小说集—中国—当代 Ⅳ.① I247.7

中国国家版本馆 CIP 数据核字（2023）第 105479 号

出 品 人：常　宏

选题策划：吴文阁　四季中天

责任编辑：张　娜

封面设计：李清逸

恨不相逢未嫁时：周瘦鹃小说集

HEN BU XIANGFENG WEIJIA SHI：ZHOU SHOUJUAN XIAOSHUO JI

著　　者：周瘦鹃

出版发行：吉林人民出版社（长春市人民大街 7548 号　邮政编码：130022）

咨询电话：0431-85378007

印　　刷：三河市京兰印务有限公司

开　　本：650mm×960mm　　　　1/16

印　　张：18.5　　　　　　字　　数：220 千字

标准书号：ISBN 978-7-206-19488-7

版　　次：2023 年 5 月第 1 版　　印　　次：2023 年 5 月第 1 次印刷

定　　价：58.00 元

如发现印装质量问题，影响阅读，请与出版社联系调换。

出版说明

　　周瘦鹃，原名祖福，字国贤，笔名瘦鹃、紫罗兰庵主人、泣红等，后以笔名为正名，祖籍安徽歙县，1895年生于上海，我国近代著名的作家、翻译家、编辑家、园艺家，民国时期通俗文学"礼拜六派"创始人之一，"鸳鸯蝴蝶派"代表人物。周瘦鹃集创作、翻译、编辑于一身，著译累累，是当时上海文坛的风云人物，他翻译的《欧美名家短篇小说丛刻》被鲁迅誉为"近来译事之光"。他创作的散文、小说，已初具现代都市文学特征。作为一位"名编"，他在20世纪二三十年代几乎撑起了上海大众文坛的"半爿天"，相继推出了张爱玲、秦瘦鸥等著名作家。

　　在通俗小说创作上，周瘦鹃与徐枕亚、李涵秋、包天笑、张恨水并称"五虎将"。周瘦鹃从他的第一部小说《落花怨》开始，就走上了哀情的道路，他笔下的小说"瑟瑟哀音，流于言外，滔滔泪海，泻入行间"，在读者心中产生了广泛影响，被称为"哀情巨子"。他在《说觚》中自述："小说之足以动人，世之人咸公认之矣。予生而多感，好为哀情小说，笔到泪随，凄入心脾，以是每造孽于无形之中，今虽欲忏之，已苦不及矣。"哀情而外，他也创作了不少以爱国主义、封建家庭、社会问题为主旨的小说，对周瘦鹃小说的研究，至今仍有可以开掘的广阔空间。

　　鉴于此，我们编选了这部小说集，希望本书既能展现周瘦鹃的写作风格，又能兼顾当下读者的阅读特点，编选说明如下：

一、从周瘦鹃大量作品中编选出最具代表性的小说作品。

二、保留原作中符合当时语境的表述，只对错别字、常识性错误进行改动。

三、参照2012年6月实施的《出版物上数字用法》国家标准，在"得体""局部体例一致""同类别同形式"等原则下，对原书中涉及年龄、年月日、数字等数字用法，不做改动（引文、表格和括号内特别注明的除外）。中华人民共和国成立后的年、月、日统一采用公元纪年法表示。

周瘦鹃的一生充满了戏剧色彩，他博学多才并拥有丰富的人生阅历，他的小说，更被赋予了深刻的含义，通过对特定对象的描绘，来抒发自己对人生的思考、对生活的感悟。他用自己的方式去触碰大众心底的感受，召唤一种对自我与他者、时代与人生的真诚共鸣。希望广大读者，能够从他的作品中得到有益的启示和借鉴。

编　者

目 录
contents

第二辑 世 相

第一辑　情　怨

真

　　明漪双睑在那碎银般的月下，一汪一汪地晃出一派柔媚的光来，嵌着两颗春星，微微荡漾，任是喜马拉雅山头千年不消的白雪，也不配给她照临，怕玷污了她。雪太白了，玉太坚了，实是合放在造化的洪炉中，融洽过一下子的。红玫瑰花太红，衬上去也不好看，这简直是一朵含着苞将放未放的白玫瑰，含苞处带一脉极微极薄的淡红，是何等的嫩艳。

　　以上的一番话，并不是描写风景，真的风景和名画师笔尖上的风景都没有这样好。我描写的却是邹如兰女士的眼和脸。其实邹如兰的仙貌，还不是以上几句所能描写得到。凭你诗、词、文、赋、词曲、小说和国粹派、西洋派的画，先前曾描写过美人西施、王嫱的，却偏偏奈何她不得。做书的费了九牛二虎之力，也只就她的眼和脸不疼不痒地形容几句，其余各部竟万万形容不出了。

　　邹如兰的绝色，本是北大街上最有名的。远近的人谁不知道这北大街的美人，纷纷传说。北大街的住民也就借着邹如兰自豪，当作一件极荣誉的事，索性连街名也改作美人街了。

　　邹如兰不但貌美，还是一个有学问的女子。那一颗玲珑剔透的芳心中装满了中西学问。就是绣一枝花、织一件绒线衫子，也都是斫轮老手。她从小儿在女学堂中念书，如今二十岁，快要从中学毕业了。端为她才貌双全，不知道颠倒了多少青年，有的写了信，有的诌了诗，偷偷地寄给她，但她生性幽娴贞静，好似瑶台最高处的仙花一般，任人家百般挑逗，她兀是不揪不睬。收到了诗或信，给她父亲过一过目，就一把火烧了。

有一天，不知怎样神驱鬼使似的，忽被西大街上一个少年诗人撞见了，诗人的理想中，本来常有仙姝往来。美色当前，可也不算什么稀罕，谁知他一见如兰，就着了魔，觉得他诗心诗魄制造出来的美人，任把琼花璧月仙露明珠的句儿形容上去，总觉不称。像这么一个活色生香的真美人，才当之无愧咧。

少年诗人姓汤名唤小鹤的，是个初出道的诗人，诗笔还嫩，但是报章、杂志已很欢迎他的诗稿，一般人心目中也就渐渐有了汤小鹤的名字。小鹤自遇了如兰以后，一打听人家，什么都知道了，更倾倒得了不得。心想总要和她相识才是，要写封信寄去，兀是不敢，连挨了三日三夜，翻来覆去地想了好久，方始立下决心。一夜他取出花笺，写了封很恳切的信，一边写一边小鹿撞胸，第二天又踌躇了一会儿，方始付邮。

说也奇怪，那邹如兰得了汤小鹤的信，竟破题儿第一回悄悄地藏了起来，不给她父亲看，也不把火儿烧了。她原曾见过小鹤好几首诗，觉得字里花飞，很合她的意，如今瞧了这信，又写得大方得体，不像旁的人那么轻薄，这分明不是寻常的少年了。不上三天，竟写了封回信给小鹤，还附着一张雪白金边的名片，许他结为朋友。小鹤喜心翻倒，把她的信薰香珍藏，直当作宝贝一般。从此以后，他们俩就做了不见面的好友，鱼雁往还，无非谈诗论学，有时在路上遇见，彼此也并不招呼，只像陌路人一样。

可是中国的社会中，往往把无形的桎梏锁缚住了男女青年，凭你们友谊十分高洁，也一概不许。他们走到什么所在，有千百双吓人的眼睛跟随到什么所在，因此上，偷偷摸摸的事越多，风俗越坏，不自由的婚姻也越发层出不穷。可是男女社交不能公开，又哪能产出美满的夫妇来呢！小鹤和如兰结识了三年，始终不曾接近，讲过一句话。但是，小鹤心中已长了情苗，觉得邹如兰已满满地占据在灵台之上，凭你十万横磨剑，也斩不掉这一缕情丝。英国大诗人拜伦说得好："友谊往往胎生情爱。"这也是男女交际上免不了的一个阶级。不但小鹤如此，如兰的信中也流露了一些出来。

那时社会中已约略知道汤小鹤和邹如兰结交的事，认作是罪大恶极，没来由地诽谤，传布人口，常使他们俩陷在忧恨、恐怖之中。却再也料不到，他们一总没有见过面呢！小鹤方面有几个朋友都在背地议论他，说小鹤爱邹如兰，不过爱她的貌罢了，又哪有什么精神上真的爱情。眼见得如兰貌一衰，他就掉过头去，爱上旁的美女子咧。小鹤什么都不理会，自管掬着心儿肝儿遥遥地把真情用在如兰身上。

这样又过了两年，邹如兰忽然嫁人了。原来她不曾和小鹤订交以前，早就由她父母许配人家，可怜一个天上安琪儿似的女子，竟也落了买卖式婚姻的俗套。如兰对于这事很不愿意，然而哭干了两眶子眼泪，也是没用。小鹤一得这消息，不觉呆了一呆。如兰出阁的那天，小鹤躲在床上，整整地哭了一天，他并不是哭自己不能得如兰为妻，实是哭天上的仙人从此堕落，灵台上一枝畅好的仙花，从此着了污点了。他心目中总以为如兰不是寻常的女子，也就不该像寻常女子一样，委屈了自己白璧无瑕的身子，去做臭男子的玩具。

　　他越是想，越是伤心，一边还暗中责备如兰，不该如此自暴自弃，辜负上天造就绝代佳人的一片苦心。夜半梦回，他从床上跳将起来，仰天大呼道："完了！完了！"邹如兰一嫁，世界中可就没有一个完美的女子了，从此小鹤的诗就哀弦瑟瑟，全是低徊凄恻之声，他那一首《堕落仙人》的长诗一唱三叹，竟引得好多人掉下眼泪来。其余的长短诗也都写尽人世间无可奈何的苦情，直是把笔尖儿蘸着血泪做的。有一般好事的人，竟写信去责问他，还要求赔偿眼泪的损失。

　　如兰知道小鹤都是为己而发，便不时写信来安慰他，劝他达观，说："你看破些吧，能寻快乐时寻些快乐，没的常常这样悲伤，我的辛酸眼泪也流得够了，不用你伴着我流泪呢！"

　　然而小鹤终不能改，一动笔无非是红愁绿怨，做出一派凄响，文学界中就上了他一个"眼泪诗人"的诨号。

　　邹如兰嫁后一年，小鹤实在无聊极了，便依着家人之请，居然娶了一个妻，也装着很高兴的模样，在人生舞台上扮演这种没意味的把戏。以后十年中，他也生子育女，很勤恳地做事，除了一身独处以外，总得把笑脸向人，于是他的朋友们都说，小鹤已忘了邹如兰咧。如此，小鹤当真忘了邹如兰么？其实他何曾忘怀过来，不但没有一天不想，就是一刻钟一分钟中也有如兰挂在心头，他想着如兰才肯努力向上，才做得出极绵邈的好诗来。

　　如兰含辛茹苦，过着那种不满意的生活，对于小鹤唯有私心感激，瞧作一辈子唯一的知心人。她的芳心已成了那沙漠，幸有这汤小鹤在着，算是那沙漠中的一片青草地，倘没有小鹤维系她一丝生趣，可当真要憔悴死咧。

　　如兰三十五岁上，忽地遇了一件意外的事，把她花一般的美貌毁了，还跛了一只脚。

原来有一天，她坐马车出去，被一辆汽车撞了个满怀，马仰车翻，把她压倒在地，一只脚压断了，脸上也被车窗上的玻璃剜破了好几处。送到医院中医了一个多月，那脚总没有复原，一张羊脂白玉似的脸上也平添了好多疤痕。她丈夫先还爱她的貌，到此竟完全抛下她了，自管娶了两个妾作乐，逼她写了休书，撵将出来。

小鹤一听得这事，直把那薄幸郎恨得牙痒痒的，恨不得生生杀死了他，给如兰出一口恶气。那时如兰母家已没有什么人了，小鹤就托她一个老姑母出面，接了如兰，把自己新造的一座别墅，让她住下，用了好几个下人服侍如兰，衣、食、住三项都使她享用畅快，没一处不满意。小鹤自己仍住在旧宅中，每天晚时，总到别墅的门房中，问如兰和她姑母的安好，有时还带了花来，送与如兰，悄悄地在花堆中夹一张名刺，写上一个"爱"字。但他怕人家说话，从不踏进别墅内部去，在门房中勾留至多五分钟，得了如兰一声回话，就一掉头走了。

如兰感激得落泪，往往对着那老姑母哭说："我没有什么能酬报小鹤的厚爱，只索把这一颗真的心和真的眼泪酬报他了。"

小鹤对于如兰仍是一往情深，像十多年前一样，如兰虽是疤痕界面，又跛了脚，再也不像往年的如花如玉，然而小鹤心目中，仍瞧她是个天仙化人，一边还暗暗得意，想她丈夫不要她了，旁人也瞧不上她了，从此十年二十年，可就完全是我精神上的爱人，从此不用忌妒，不用怨恨，不用怕人家抢我灵台上这一枝捧持的花去。想到这里，便得意忘形地笑将起来。

然而他仍不想和如兰接近讲一句话，每来探望时只立在园子里，对那小楼帘影凝想了一会儿，就很满意地去了。这时便又做了一首长诗叫《真仙子归真篇》，平时掩掩抑抑的哀调中掺入了愉快的神味。社会中不知道他事情的，都诧异着说，汤小鹤已将哀怨的心魂换去了，往后可不能再称他眼泪诗人。小鹤的朋友们都很佩服他，用情能实做一个"真"字，一边又笑他太痴，二十年颠倒着一个邹如兰，空抛了好多眼泪、好多心血，究竟得了些什么来？小鹤听了这话，也只付之一笑，说我自管用我真的情，可不问得失呢！

如兰在小鹤别墅中住了一年，思前想后，郁郁不乐，在第二年暮春花落的当儿，也就同着花一样落去，临死时樱唇开合，说了十多声的："我对不起小鹤！"到得小鹤赶到时，芳息已绝了。

小鹤又呆了一呆，落了几滴眼泪，急忙从丰殡殓，把玉棺暂在别墅中搁着，一边赶造了一个大理石的坟，三个月后方始落成，就将如兰葬了，墓前立了一块石碑，刻着"呜呼吾如兰之墓"，是他亲笔写的。

后来他自己就住在别墅中，夕花晨，摩挲着如兰的遗物，只是痴痴地想。每天他总得到如兰坟上去一次，送一个花圈或是焚化一首诗，这是他刻板的日课，风雨无间的。

明年，如兰的忌日，他做了一首长诗，买了个大花圈，清早就到那坟上去，去了一天，没有回来。入夜时有人见他仍在如兰坟前，伏在一个大花圈上，斜阳照到他身上，惨红如血，推他不动，唤他也不醒。

他动时，醒时，多半要在百年以后了。

喜相逢

小巷中一头黑狗，张开了嘴，伸着一个血红的长舌子，对梅一云汪汪乱叫，这叫声中分明骂着道："花子，花子！"梅一云好生气愤，撩起了那件不甚光鲜的竹布长衫，把那穿着破皮鞋的一只脚，对准那狗的脑袋上踢了一下，一边骂道："好势利的狗！你也欺侮老子么？"说时，已到了一宅又脏又小又暗的小屋子门前，讪讪地走了进去。那狗跟着叫到门口，也就跑开去，向街头找旁的花子叫了。

梅一云实在不是花子，是一个落魄的书生。他家本来也是小康之家，虽不富裕，却还过得去，不幸却和富家做了邻居。这富家的主人是做投机事业的，除了买空卖空，并没有正当的营业。去年中秋节边，在金子上失败下来，设法把产业变卖了，又张罗了一大笔钱，却还差一万两银子。实在没法想了，就想到他保有二万银子火险的屋子上。一天夜半过后，这屋子就失火了，不上三个钟头，烧成了一片白地，左右邻舍也连累了好几家，有的保险，有的不保险。

梅一云家正在左邻，并没保险，可怜一个很安乐的小康之家就被一场火葬送，并且把一云的老父老母也收拾了去。一云从睡梦中醒来跳窗逃出，幸而平日在学堂中练惯了跳高跳远，没有送命，但也摔伤了腿。只是性命虽保了，身外的东西却一件都没有带，连那在学堂中天天读的文法读本和几何三角也一股脑儿葬身火窟了。一云在街头呆坐了一会儿，方始定神。当下立刻想起父母来，便绕着火窟大哭大叫。那时救火员正忙着，唤他走开去，他也不管。一会儿却又疑他们老人家或者已经逃出，于是在近边几条街中巷中四处找寻，"母亲、父亲"乱唤。真个脚跟无线如蓬转，一直奔到天明，奈何总不见他父母的影儿。

第二天跟着被灾的邻人们扒火烧场，才在瓦砾中扒出二老焦头烂额的尸体来，一时心如刀割，哭晕了过去。后来好容易啼啼哭哭，向几家亲戚化缘般化了几个钱，把二老殓了。从此无家可归，也灰心不再去读书了。在一个亲戚家坐吃了十天，受了逐客令，只索挺身出来，心中暗暗慨叹着想：人生在世，原是富得穷不得的。富的时候，大家往来很勤，逢了节便大鱼大肉地送礼物，似乎慷慨非常，倘有一方面失势了，便不再当亲戚看待。一个亲戚如此，料想其余的亲戚也如此，朋友们更不必说了。

因此梅一云索性挺起那嶙峋的傲骨，死了那依赖别人的心，任是饿死在街头，也一百个情愿。一云最痛心的，就是平日间去惯的意中人家，到此也不能再去了。虽不明言绝交，实际上已是如此。他曾有一回上门去，门房却请他尝闭门羹，说是奉了老主人的命令，以后请不必光顾了。这一下子可把一云气了个半死，恨不得立刻撞死在门前。第二天写了封信给他意中人，也没有回信，一云这才死了心。屡次想自杀，却又屡次劝住自己，说死不得死不得，死了可要给她家笑话，还是留着这个身体，和前途千磨百难去奋斗，图得将来有一个飞黄腾达的日子，也出了胸头一口恶气。

因此他就不死了，但要找事儿做，踏遍了苏州城竟找不到。

末后仗着一个打更老头儿的提携，供给了他一副亡儿遗下的测字家伙，于是老着脸在玄妙观中摆了个测字摊，挂上一块"梅铁口"的牌子，天天在眼上搭凉棚般遮了张纸，冷眼看人。每天来请他测字和写信的倒也不少，天晴的日子总能挣到三四百钱，能敷衍一日三餐。他究竟是受过中学堂教育的，虽是信口开河，所测的字可也说得自然入妙，和旁的人两样。写一封信，更和旁人有天上人间之别，一笔楷书也工整得很。洗衣服的王妈妈是个不识字的老婆子，有时来托他写家信给乡下的老丈夫，也总说梅铁口先生的信写得好："可是黑字落在白纸上，笔笔像样，这是瞒不过人家眼睛的。"

一云的生涯虽还不恶，然而他旧时的同学都来和他开玩笑，出了钱请他测字。这是他最难堪的事。勉强挨了半年光景，再也挨不下去，连亲戚们朋友们也都来瞧他。他虽问心无愧，仗自己挣饭吃，他那一双冷眼虽已看透世情，但他到底是个不满二十五岁的青年，不免还有一些子虚荣心。后来恨极了，决意不再出去摆测字摊，一连在家中躲了三天。

他的家在紫兰巷中，就是开头说的那条小巷，每月出一块钱，向一个卖水果的老公公租了半个楼面，安放一张床，一张桌子。他的家就完全在这里了。这一天他出去走走，看见一家书坊中陈列着许多小书和杂志，他从中买了一本上海出版最精美的小说杂志，揣着回来。路上忽地得了个主意，正在暗暗欢喜，不道走到小巷中，那狗对他叫了几下，就着了恼，骂着回家，到了楼上，忙把那小说杂志打开，从头看起。

第一页上就是个挺大的悬赏征文广告，说要征求一种三四万的长篇小说，出题是《我之回顾》，凡是应征的人，须把自己过去的历史记出来，第一名一千元，第二名五百元，第三名一百元。一云把一个大拇指纳在口中，对那一千元、五百元、一百元几个字着实发了一回愣。接着又看了两篇小说，很觉有味，想自从出了校门，也好久不看书了，小说更不要说，今天见了小说，倒像分外有缘咧。一边想，一边翻下去，翻到第四篇，陡地目瞪口呆，好似触了电的一般，原来见那篇小说名儿叫作《寂寞》，下边却署着"魏碧影女士"五个字。

这魏碧影是谁？原来就是他的意中人。一云好久不见意中人的娇面了，一见这魏碧影的芳名倒像见了面似的，不觉目不转睛地呆看着。一会儿心神定了，暗想登门被拒，去书不管，她分明已把我看作陌路人，我又何必再去想她，发这无谓的愣呢？接着把那《寂寞》懒洋洋地读了一遍，心中忽又动起来。原来里头的话，分明是记他们两人的事，末后便拍上题目，说她深闺中的寂寞况味，描写得分外的细腻。一云倒也不能忘情，想她既是如此，我何不再寄封信去试她一试？当下便磨墨伸纸，一口气写了封很恳切的信，黏上邮票，亲自送往邮局去。

这一夜颠倒迷离，做了许多好梦。然而他伸长了脖子，等回信来，一连一个礼拜，竟不见半个字。无聊中没法排遣，便想起那悬赏征文，把自己的历史着手做《我之回顾》，好在过去半年中省吃俭用，把玄妙观中测字得来的钱挣下了二三十千，尽够给他坐吃一二个月。

他日夜动笔，忙了一个多月，居然把那《我之回顾》做成了，寄到上海那家小说杂志社去。接着一礼拜，他直好似举子望榜般等候消息。一天早上，回信来了，拆开一看，见是那杂志主笔出名，通篇都是钦佩的话，说这种可歌可泣的好文章好久没见过了，龙头之选不是先生是谁？现已备就银饼一千，请先生到上海来领，借此好一识荆州，并且另外有借重的事。

一云一接到这封信，好生欢喜，连那每天当早餐吃的一根油条一块大饼也忘记吃了，当下就怀了那信，搭火车赶往上海。身上虽仍穿着那件不甚光鲜的竹布长衫，袋子里倒似乎已有了那一千块钱叮叮当当的声响。

到上海时，就在火车站上坐了一辆人力车，直奔黄浦滩小说杂志社而来。那时那位主笔先生洪远伯正在编辑室中阅看文稿，一听得茶房报到"梅一云先生"五字，怎敢急慢？竟赶到门口，一路迎他进去。他眼中只见梅一云那个玲珑剔透的小说家脑袋，并不注意到他身上的衣衫，那种恭敬的态度，一点儿没有折减。倒惹得茶房们暗暗诧异：想洪老先生今天可是发了疯，怎么毕恭毕敬地迎接一个落魄书生进去，倘给旁人知道，可要笑掉大牙咧！

洪远伯既把一云迎到会客室中，就开口说道："梅先生的大才，兄弟委实佩服得很。敝杂志自从出了那《我之回顾》的题目，登出征文广告以后，投寄来的稿件不下一二千篇，但总没有大作那么有声有色、可歌可泣，大概把先生的心和灵魂都装入行间字里去了。当代不少小说名家，对于先生都得敛手却步呢！"

一云忙道："言重言重！在下做小说，却还是破题儿第一遭咧。"

洪远伯道："那更难得了。第一遭就做得好小说，怕是天才吧。但我疑这篇小说中的事实，不知道真的是先生自己的历史不是？"

一云低头向那竹布长衫上一个破洞瞧着，红着脸说道："先生，这当真是我自己的事。我原曾在玄妙观中做过测字的。"

洪远伯口中"哦"了几声，又道："如此，那书中的女角色也实有其人了？但你结束得过于悲惨，怎的把你自己送了命？我很希望你们后来相逢，重圆那乐昌破镜呢。"

一云怅叹道："唉，没有这希望了。我自永永沦落，哪里还能做她家的娇婿？况且登门被逐，去信不答，他们早就拒我在千里之外了。他们先前虽曾有许我的话，我可也没有凭据和他们交涉去。就我自己，也不愿见金枝玉叶的好女子，嫁我这个穷断脊梁的梅一云啊。"

洪远伯拍他的肩道："你这人真好极了！我总得尽力助你。这里的一千块钱请你收了。"说时取出签票簿，签了一张一千块钱的支票交与一云。接着又道，"第二件事，我还要请你做一篇五六千字的短篇小说，题目叫作《春之夜》，须把黄浦江上的夜景细细描写，做开首的点缀。往后我这里要添一位副主笔，助理一切，怕要有屈先生了。"

一云答应着，真个喜心翻倒。

洪远伯又道："这一篇《春之夜》我待用很急，你最好赶快动笔。今夜半夜时分，不妨先到对面的江岸一带看看夜景，助你笔上的渲染呢。"

一云连答了几个"是"字，待要告别出来，洪远伯忽道："先生请恕我唐突，我斗胆要问你那意中人的姓名，可肯见告么？因为我是个生性好奇的人，不论什么事都要打听底细。"

一云迟疑了一下子，才吞吐着说道："她——她姓魏，名儿叫作碧影。贵杂志最近一期中，也有魏碧影的著作，不知道是不是她？"

洪远伯点头道："哦哦，或者是她。"说完，也没有旁的话，竟把一云送了出去。

一云只得出来，先到银行中把支票兑了现银，尽着半日中到上海各部分逛了一遍。身边有了钱，虽然不肯浪用，胆儿到底大了许多。挨到晚上，上馆子吃了一顿晚饭，半夜时分便到黄浦滩来，在江岸往来散步，看那夜景。只见半天星月倒影水心，水微动，星月也微动，一晃一晃的，好像碎金一般。沿岸小船无数，都泊着不动，静悄悄地寂尤声响。远处的大船中，还有一星星的火，也印在水中，似和星月争地位。偶有一二头水鸥飞来，翅尖掠过水面，把那星影月影灯影水影一起都搅乱了。

一云手扶着铁栏，正看得出神，猛听得咯噔咯噔一阵脚声，似是女子的蛮靴着地。一云回头一看，果然是个女子，月光恰照出脸痕，不是他意中人魏碧影是谁？于是呆了一呆，想避开去。

那女子倒也眼快，早已瞧见了一云面目，止不住娇声呖呖地呼道："你不是一云么？我们好久不见了！"

一云只索住了脚，冷然答道："我原是一云，只道你早已忘了我，怎么倒还认识我？"

碧影道："我哪曾忘过你来！怕是你忘了我了。自从那天我得了你家火烧的消息，就急得害病，病中很望你来瞧我，或是寄一封信来，哪知毫无音讯。病后要找你，既没处找寻，父亲又不许我出来，正使人难堪极咧！"

一云道："我曾到过你家，被门房拒绝了；又写了封信给你，却不见你的回信。一二月前见了你的小说，还有信寄上，奈何仍像石沉大海，总没有回信。到此我才知道说情说爱，原要在有钱时说的，一到穷途落魄的当儿，就没有这份儿了。"

碧影沉吟了半晌，点头说道："哦，是了。这一定是我父亲在那里捣鬼。怪道他从你家烧掉后，绝口不提你的名字，你的信也定是他从中捺去的。但你可不要怪我，我对于你始终如一，并没有改变初心。任你做了花子，也总有嫁你的一天，你放心吧！"

一云很感激地说道："你要是真能如此，我自然更要力图上进，重新造起我的家来，绝不敢辱没你。但你怎么平白地到上海了？"

碧影道："因为小说杂志社中要出一本女杂志，请我做主笔，我父亲答应了，在一个月前伴我同到上海，目前正在筹备一切。今天小说杂志的洪远伯忽要求我做一篇《春之夜》短篇小说，唤我在夜半时分到这江岸来，看那江上夜景，写入小说。不道事有凑巧，竟遇见了你，这不是天意么？"

一云瞧着碧影娇脸，悄然答道："不是天意，是人意。"当下便把破家后起，到今天洪远伯唤他做《春之夜》的小说止，原原本本地和碧影说了。

碧影很快乐地说道："如此这明明是洪远伯他有心要撮合我们，所以借这《春之夜》来使我们喜相逢呢！"

一云道："正是，我们应当感激洪远伯。"接着两人便并倚在铁栏杆上，说了好多情话。那时对街一座洋房的窗子开了，有一个人立在那里，对着这边月下双影点头微笑。这人便是小说杂志社的主笔洪远伯。

瘦鹃道：近来我得了广州一位先生的信，说他向来爱看我小说的，只是哀情太多，使他伤心极了，要求我别做。又有一位朋友，说我做哀情小说大非卫生之道，还是少做些罢。前天在一品香，遇见老同学徐叔理君，他也是这么说。我一想不好，他们要是仿照英日同盟般结了同盟，以后不看我的小说，我难道自己做了给自己看么？因此这一回连忙破涕为笑，做这一篇极圆满的小说，正不让"私订终身后花园，落难公子中状元"的老套呢。我第一要问，徐叔理君读过了这篇，可开胃不开胃？

名旦王蕊英

王家三小姐，生性是很活泼的，一天到晚兀自纵纵跳跳的，淘气打顽，没有安定的时候。倘要她坐定一点钟半点钟，那可比登天还难咧。有时门外有什么婚丧的仪仗走过，军乐队的鼓和喇叭一响，她就直跳地跳起来，赶到门口去瞧。其余江北人的西洋镜咧，猴子戏咧，木人头戏咧，她都爱看的。倘逢着邻舍人家相骂，或是里中小孩子们相打，三小姐更是兴高采烈，挤在人堆里瞧热闹。凡是邻里人家有什么事故发生，三小姐也打听得最明白，口讲指画地说给她母亲和两个姊姊听。因此上，她那两个姊姊都唤她做"包打听阿三"，她听了只是一笑，并不着恼。

但她母亲见她太活泼了，常常说道："女孩儿家怎能如此不安定？邻里中有什么事情，都要你插身去打听？就是人家有婚丧的仪仗走过，难得看看原也没有什么使不得，但你可不必处处有份啊！你的岁数一年年大了，将来总有出嫁的一天，倘给人家批评你一声，很不好听，以后快安安分分地留在家里，不要常到外面去，举止也放稳重些，才像一个女孩儿家。瞧你两个姊姊，可就和你不同了！"三小姐听了这些话，虽总要做半天的嘴脸，只是背过了母亲，又在那里纵纵跳跳地顽皮了。

三小姐的父亲王清儒先生是中华中学校的国文教员，为人很古板的，一举一动都方方正正，连笑都不敢笑，和三小姐比较时，恰成了个绝对相反的反比例。清儒先生膝下并无子息，单有这三颗掌珠。最活泼的是三小姐，最美丽也是这三小姐。一双眼睛水汪汪的，十分妙，玫瑰花似的娇脸又艳又嫩，真好似吹弹得破的。还有一头秀发，又长又细又黑又光润，十分可爱，不知道把什么话形容它才对。这真是缚住男子心坎的情丝咧！清儒先生本来也最爱这个女儿，平日亲自教她读书，一直教到十五岁，因为每月的收入不多，生活艰窘，老怀中常感不快，因此也没有心绪教她读书了。

然而三小姐很聪明，读了这几年书，笔下已很来得，写伙食账看报看小说，都是毫不费力的。她见父亲回来时，总是愁眉不展，便柔声安慰他道："阿爷，你不用担心。儿只要等到了机会，也能出去挣钱的。任是有十块钱八块钱到手，也能分阿爷一小半的劳呢。"她父亲听了，虽明知这事未必能做到，但是听了女儿这样安慰的话，心中也略略一宽。

三小姐今年已十七岁了，淘气打顽的脾气仍没有改，虽然家况很窘，不变她的乐天主义，布衣粗服，也知足得很。有一天她又淘气了，原来她家隔壁有一个姑娘，是个新派的女学生，顺着剪发的潮流，把发髻剪去了。三小姐莫名其妙，只以为没了发髻，像男子般留了西洋头，怪好玩的，因便赶到自己房中取起一把剪刀，把她那头又长又细又黑又光润的青丝发也一口气都剪了下来。到得她母亲和姊姊们知道，已没法挽救。大家和她闹了一场，她却只是嘻皮涎脸地笑，没有旁的话说。

回头给她父亲看见了，又大大地责备一顿，说弄成这么僧不僧、尼不尼似的，还像个什么样儿！三小姐却笑着答道："管他呢，剪去了长头发省事多咧。每天既不用梳头，抛去一二点钟的工夫，况且我没有首饰，不梳发髻，以后也可不必办了，岂不又省了阿爹的钱？”她父亲奈何她不得，只索对之一笑，末后还是拗不过她两位姊姊，通着她重新留长起来。不到一年，早又云发委地了。

王清儒先生究竟是个五十多岁的人，平日间又多愁多病，不上几时就到地下修文去了。他们一家都是女流，哭声就分外地响。内中喉咙最响的，要算是这位三小姐，直哭得死去活来，分外地悲痛。邻家的老太太听了，竟为她流下泪来。

母女几个好容易把清儒先生的后事料理清楚了，亲戚们都在背地里担忧，说王先生既死了，一家中没有挣钱的人，三个女儿长得这么大，都还没有许配人家，看王太太如何得了？三小姐隐隐听得了这话，便跳起来道：“男子会挣钱，女子难道不会挣钱么？等到阿爹五七过后，我也去挣几个钱给你们看看。我们一家，未必就会饿死呢！”

五七过后，亲戚们都得了一个消息，吓了一跳。原来三小姐已投身在一家女班子的新声新剧场中，串新剧去了。因她出落得好，生性又活泼，一张嘴又伶俐，说东话西，死的能说成活的，因此剧场主人开头就给她五十块钱一个月的包银，专串旦角。她给自己题了个名字，叫作蕊英，于是王蕊英从此在舞台上露脸了。

王蕊英玉笑珠唏，娇嗔巧语，色色（即样样）都来得。做起戏来，能够设身处地，像在真的境界中一样，因此上她的戏白也做一样像一样，和旁的人不同。这样不上半年，已得了看客们盛大的欢迎，新声新剧场中便仗着她做台柱子，号召一时。报纸上的广告写着挺大的字道：“新剧中第一名旦王蕊英。”

蕊英既然色艺都全，夜夜在红氍毹上搬演出来，那种吸引男子的魔力，谁也及不上她。一时自然有好多惨绿少年为她颠倒，一见她登台，便拼命地来捧场，手掌拍肿，喉咙喊哑。有几个会掉文的，便孜孜兀兀地做捧场文章，设法登到大小报纸上去，赞得天花乱坠，直把个王蕊英捧到了三十三天以上。蕊英心中虽觉欢喜，却也不大在意。内中有几个轻薄子要和她相见，她都拒绝了。

在那许多捧场客中，最热心最有魄力的，却是一个前任司法总长的儿子，姓翁单名一个湘字，原籍杭州，却在上海做寓公。这翁湘从美国大学毕业回来，长于文学，闲着没事做，便吟风弄月，分外地逍遥自在。蕊英最初登台的第一个月，名还没有显，却就给翁湘赏识了，特地办了一张小报，着力鼓吹。又就着她的艺术上做确当的评论，宗旨在促她发奋进步，没一句肉麻的话，也毫无非分的举动，除了常看她的戏外，没有什么见面的请求。蕊英天天看他的报，自问自己有不到的地方都依着他话改正，对于翁湘身上，不知不觉起了一丝感激之心。如今已成名了，包银也加上十多倍了，自更感激翁湘，但仍藏在心坎中，绝不流露到外面来。

转是那新声剧场的主人因为那翁湘报纸的鼓吹，营业日见发达，便托人介绍和翁湘认识了。彼此很谈得来，末后又因剧场主人的介绍，蕊英才和翁湘见面。可是少年男女一经相见，就像磁石和铁针一般，最容易吸在一起。不上一二个月，彼此便发生很热的爱情了。

一天晚上，同赴剧场主人的宴会，散席后一块儿在园中散步，翁湘瞧着天上一轮明月，月下一个花朵儿似的美人，鼻子里又闻着那园中一阵阵玫瑰花的媚香，一时便忍俊不禁，竟开口向蕊英求婚了。蕊英心想，自己是个贫女，如今又做着女伶；他是一个官家子弟，前途很远大的，如何能娶个女伶回去做夫人？他的父母不消说，绝不承认，或竟决裂起来，叫他怎样立身？我爱他，肯忍心害他么？当下便敷衍了他一阵，说改日再谈，匆匆地分手了。

翁湘对于蕊英颠倒既深，怎能摆脱？就一天天来催着蕊英以身相许。在蕊英母亲和两个姊姊意中，都一百二十个赞成，心想得了这么一家富贵的亲戚，将来总能沾润些儿。然而蕊英从大处着想，总不以为可。自己虽也一心爱着翁湘，却不得不忍痛割断情丝。

过了几天，蕊英受着各方面的逼迫，很觉难堪，恰见扬州地方新开了一家女子新剧场，她就立下决心，收拾了些衣服悄悄地溜往扬州去了。她想隐去一二个月，或能使翁湘渐渐忘怀，一面也不致听家中那种不入耳的劝告。临行只写一封信给新声剧场主人，请了两个月的病假。到扬州后，便隐姓埋名，投身在那女子新剧场中，做个不相干的配角，借此自遣。

这样过了半个月，心中虽记挂着母姊和翁湘，也用力忍耐着。一天她偶翻上海的报纸，猛见封面上登着两个大广告：一个是新声剧场主人出面，劝她回去；一个是她两个姊姊出面，有母病在床、日夜渴想、倘不回来、母病难愈等话，说得很是恳切。蕊英又勉强挨了三天，才长叹一声，依旧回上海去。

新声剧场主人见她回来，自然喜之不胜，因为她二十天不登台，已受了很大的损失。她母亲并不害病，故意这样说，骗她回来。一见了她，就"心儿肝儿"地乱叫，说以后绝不再逼她嫁翁公子了。蕊英意态落落的，不说什么话，她从剧场主人口中，探知翁湘已为她病倒，进医院去了。

她心中很过意不去，第二天就上医院去探望。彼此哭一回笑一回，依依不舍。出医院时，经过后边花园，却瞥见一个美貌的看护妇，立在一株松树下和两个华服少年鬼鬼祟祟地讲话。她生性好事，便在近边树荫中躲住了，侧耳听去，听了一会儿，才知道他们两个都是拆白党员，正在设计勾引翁湘。借着那看护妇的美色做香饵，要钩他上钩，结了婚便能骗取他的财产。据说目下翁湘和看护妇的感情很好，不等到病愈出院，就能订婚了。

蕊英听到这里，一吓一个回旋，回去后细细地想了一夜，决计要搭救翁湘。第二天再上医院去时，竟毅然决然地以身相许咧。

半个月后，翁湘病愈出院，拆白党的计划失败，却成全了这一对多情儿女。翁湘的父母爱子心切，倒也并不反对，今年的桂子香里，王蕊英便须出闺成大礼了。

旧 恨

西湖上僧寺尼庵是很多的。梵贝声声，常腾在湖面清波之上，和那些轻舟荡桨声互相唱和。单表涌金门内，有一座尼庵，叫作正觉庵，庵中住持是一个老尼，叫作慧圆，今年已七十岁了。拜佛念经，已消磨了她五十个年头，湖上众尼庵中要算她资格最老，大家也知道她是个笃志的佛弟子，对于佛事是再虔诚不过的。

这一天是三月中暖和的日子，慧圆师太做了日常的功课，在院子里晒太阳，手拈佛珠，口中不住地念着"阿弥陀佛"，接连也不知道念了几千遍。末后那太阳已在西天沉下去，一道道黄金色的光线照在院中几株白桃花树上，把那白桃花的瓣儿也染了黄色，仿佛在那里微微地笑。小鸟啾唧上下，啄那落下的花瓣，有时互相争啄，啾唧声便闹成一片。经堂上时有磬声，喤的一响仿佛打到慧圆师太的心坎上，使她忘却一切尘世的烦恼，就这一个院子，此时也像变作天堂的一角了。

但在半点钟前，慧圆师太却听得了一段很凄惨的话，所以她这时口头虽念着"阿弥陀佛"，心中却酸溜溜的，老大地不得劲儿。

原来前天庵中来了一个新披剃的小师太，拜她为师，法名叫作小慧。这小慧出落得花容月貌，年纪不过二十三四，本来是城中黄公馆里的小姐，嫁与一家姓沈的，真个郎才女貌，再美满没有了。哪知天妒良缘，结婚不到一个月，她丈夫忽地害病死了，她心碎肠断，万念皆灰，抛下了锦绣衣裳、珠钻首饰，剪去了青丝，换上了袈裟，竟在这尼庵中留下了。任是她老子娘和翁姑们苦苦拦阻，全都没用。可怜这一枝艳生生的好花，从此就在蒲团经卷间讨生活了。

慧圆师太就听得了这么一段惨史，心中不知怎的，竟有些难受起来。这当儿她耳听着鸟声啾唧，眼瞧着斜阳渲染的白桃花，禁不住把前尘影事一起勾摄了起来。虽然隔了五十年，她心上还是清清楚楚的。可是五十年前，她也是一个红颜绿鬓的姑娘，活泼泼地享受那妙年时代应得的幸福，到得她情窦既开、识得情爱时，她也就蹭进情场去了。

她的意中人姓刘名唤凤来，那时刚经高等学堂中毕业出来，两下里只经得两度会面，就发生了情爱。他们的处境很好，情海中一帆风顺，毫无波澜，又经了两家父母的同意，彼此订婚了。他们都是苏州人，生长苏州，订婚后，凤来想，闲居在家可不是事，就挟了一张高等学堂的毕业文凭，到上海去谋事情做。

谁知上海地方竟像是青年的陷阱，心志不坚的，往往要堕落下去。凤来本是心志不坚的，到上海后，结交了几个无赖朋友，整日价狂嫖滥赌，不但不找事做，反常常寄信到家中去要钱。他父亲先还汇了几回钱去，末后知道他在外荒唐，也就置之不理了，他母亲托人到上海去找他回来，他却避走了。手头既没有钱，可就为非作恶，鼠窃狗偷。一天上海报纸的本埠新闻中忽登着一节新闻，说有苏州少年刘凤来流落在沪，前天因取了一家银行中的空白支单，向十多家商店中冒取货物，给包探查到，捉将官里去，判了西牢一年的监禁。

那时慧圆的父亲在茶馆中看见了这报纸，吓了一跳，回去便含着两包子的眼泪向女儿说，一边向刘家去退婚。慧圆一得这消息，伤心已极，就晕过去了，接着病了好久，病中兀是记挂着凤来，心想自己一生所爱的，除了父母以外，就是这一个刘凤来，一生希望也全在凤来身上，不料他竟堕落到这般田地。父亲虽向他家退婚，但我既专爱这人，更有何心再去嫁旁的人，于是打定主意，削发空门。那时她正在预备嫁时衣，便一起剪破了，病愈后竟趁着她老子娘不在家里时，一个人往杭州去，投身在这正觉庵中，剪下了万缕青丝发，寄回家去。她老子娘拗不过她，只索听她，不过时常来探望探望罢了。

从此以后，她就借着这尼庵四堵高墙，和那繁华世界隔绝，寂寂寞寞，过着无聊的岁月，把她的心儿魂儿全都贯注在经卷上，竭力忘怀她那件刻骨伤心的事。她既然自愿来做尼姑，要借这尼庵做个埋愁之地，对于拜佛念经这些事，自然比旁的尼姑勤恳得多，因此庵中住持最器重她，百事都得和她商量，末后住持死了，临终时就把这庵交给她。她进了庵十年，老尼姑都死了，刘家也早已割绝，没有什么消息，刘凤来更不知道哪里去了。

如今她在庵中已做了三十年的住持，仗着那些信佛的奶奶、太太往来得勤，香火十分旺盛，她吃饱着暖，倒也无忧无虑地过去，她的那颗心也变了个古井不波，再也不想起刘凤来了。只为今天听了小慧的一段惨史，不觉连带着想起自己的事来，心头起了一种说不出的奇怪感觉，一时推排不出，当下便悄悄地自语道："唉！小慧！还是你有幸，一抔黄土掩住了你丈夫的骸骨，那一缕幽魂可已到西方极乐世界去。可怜我做了大半世的人，还不知道那人的下落咧！"说着，老眼中润润的，几乎滴下泪珠儿来。

正在这当儿，她忽地记起，前天妙灵庵中的住持来说，今天有一位法名静因的普陀山高僧到来，顺便参谒各庵，大约傍晚六七点钟要到这里来。眼看着斜阳将尽、暮烟欲燃，似乎正是这时候了。当下便立了起来，撑着拐杖向外边经堂走去，走不到几步路，却见那小慧匆匆赶来，说那普陀山的静因和尚已来了，先在经堂中礼佛，再来拜见师父。慧圆不敢怠慢，急忙到经堂中去，果然见一个白须、白发的和尚，正跪在当中一个蒲团喃喃念经。

听了那声音，慧圆的心中顿时一动，想这声音怎么很熟？十停中倒有六停，像那五十年前的刘凤来，不要我今天偶然想起了，耳朵便来作弄我么？到得那高僧念罢了经，起身回头时，四个眼睛忽在长明灯下碰了个正着，面貌虽有变动，这眼睛是变不了的。

那高僧低低地说了声："咦？"退下了一步，似乎打战起来。

这边慧圆却微微一笑，念了声"阿弥陀佛"，扑倒在面前一个蒲团上。

小慧急忙赶上去瞧时，见她师父已圆寂了。

惜分钗

花信来时，恨无人似花依旧，又成春瘦，折断门前柳。

天与多情，不与长相守，分飞后，泪痕和酒，占了双罗袖。

——晏几道《少年游》

这一角小红楼，是他四年来情丝缭绕之地。云窗雾阁，玉镜珠帘，哪一样不是天天见面，哪一样不是深印在心坎上的？他操劳了一天之后，身心都觉得有些疲乏了，便兴冲冲地赶到这所在来坐拥如花，消磨他五六小时甜蜜的光阴。他几个知己的朋友知道这回事的，都说他享尽了人世艳福。这小小红楼，可算得一座雏形的天堂，也正合着西方人所说的"情巢爱窝"（Lovenest）。

四年以前，他因业务上的应酬，常入灯红酒绿之场，便在枇杷门巷中得了一个恋人。她性情孤高，言笑不苟，和寻常的娼女不同，也不知道是缘呢还是孽，他只叫了她一个堂差，两下里就像触了电气似的，发生了一片火热的情感。也不过是口头轻轻一诺，便同居一起了。

他特地为她造了这红楼一角，钿床镜台，以至一碗一盂，都照着她的意思置办起来。他不惜黄金千镒，只要使他的恋人安乐，一点儿没有不满意处。他虽是使君有妇，不能夜夜伴她，但仍设法腾出空闲的时间来，常和她厮守一处，享受那情天爱天中的无限乐趣。无论歌台舞榭之中、明山媚水之间，总有他们两口子的一双倩影。

但这最近的一年中，她的性情突然变了，仿佛是一头雏鸽，变作了一头鹰。她常从无事中寻出事来和他争吵，一个月中总有这么好几次。他虽给她买珠钻，制罗绮，也仍不能博她的欢心，他的精神上便不知不觉地感受了苦痛，而当着朋友跟前，仍强为欢笑，遮掩得没一丝破绽。谁也不知道他们两人中间，却已有了一条裂痕，似是一只完美的白瓷碗，破了相了。他说挨着这精神上的苦痛，便觉得这一座雏形的天堂渐渐地和地狱接近，而所谓"情巢爱窝"也快要变作愁城苦海了。

昨夜她又为了一点儿小事和他大闹一场，竟扭将起来。他的手腕上被咬了一口。他心中很痛，便不再理会她。由她哭着闹着，自己匆匆地走了。他回到家里，夫人见他面色不快，殷殷慰问，他勉强敷衍过去了，想借着睡梦忘他的痛苦。可是转侧通宵，兀自不能合眼。

第二天他草草干完了半天业务，就提早去瞧他的恋人，心想过了一夜，她的怒火总已平下，也许能言归于好了。谁知刚踏进门口，那老妈子便迎着他颤声说道："少爷，奶奶已在早上带着婢子走了。我拉也拉她不住。"

他大吃一惊，也不暇细问，三脚两步奔到楼上，一声声唤着她的小名道："玉玉！"然而哪里还有答应的声音？他一会儿走到后房，一会儿走到前房，只见瓶花姹娅，盈盈欲笑，哪里还见他恋人的亭亭倩影？

他一时没了主意，兀自在前房后房中往来奔走，好像发了疯似的，也不知道怎样才好。他的头脑中心坎中，只辗转咀嚼着"走了，走了！"四个字的意味，不能想旁的念头。接着对那粉壁上她的小影呆瞧了好久，神渐渐定了，便想起她日常走动的小姊妹家来。她目前不会到别处去，总是在哪一个小姊妹家。她的小姊妹很多，而他所知道的约有一半。要是一家家找去，总能找得到。他想到这里，心中一喜，倒像他那恋人早已在他身旁了。

他东奔西走，好像失了魂似的，连到了好几家她的小姊妹家。踏进门去，便忙着说道："对不起，我家的玉可曾来过么？"谁知她们似是合了伙儿，一齐回说没有来过，又都把诧异而奚落他的脸色向着他，他好生难受，只得垂头丧气地踅了出来。

末后他到了一家，又很恳切地忙着说道："对不起，我家的玉可曾来过么？"那家的主妇冷冷地瞧了他一眼，回说："来是来过了，一会儿就走，也不知她到哪里去的。"当下却又噜噜苏苏地教训了他一顿，他既不愿承认自己的不是，又不肯编派她的不是，便随口敷衍了几句，忙不迭地逃回来。

那老妈子颤巍巍地开门迎着他，急道："少爷，奶奶回来么？"他摇摇头，没精打采地踱到客堂中，绕圈儿踱着。这一间小小客堂，是他每晚和她同用晚餐的所在。平日间华灯如雪，笑语声喧，如今那一桌一椅黯然相对，也似乎现着无限伤心之色。东壁挂着她的两帧小影，是当年游西湖时所摄，特地放大的，瞧去还带着甜媚的笑容。如今她既绝裾而去，不知道可能无恙归来，把甜媚的笑容相向么？

他呆呆地出了一会子神，痴心妄想的，还希望她自动地回来，因便屏息侧耳，静听叩门之声。每听得门声一响，便当作是她回来了，好几次开出门去，哪里见她的影儿？这样守过了半夜，时钟已报两下，他又苦痛，又寂寞，又想起家里的母亲正在守候他回去，于是长叹一声，一步黏不开两步地踅出后门，回他的老家去了。

这是她出走以后的第十天了，他仗着一二好友的安慰，从无可排遣中寻出排遣法来。吃吃馆子啊，看看影戏啊，上上跳舞场啊，借着物质上千百种快乐，忘却精神上一二分的痛苦，幸而没有忧伤憔悴而死。

但他每到一处，总生出一种感触。上一家馆子时，他总得想起最近的某月某日，曾和她同在这里吃饭；喝的什么酒，点的什么菜。她爱吃的是炒青蟹，爱喝的是竹叶青。如今不能再和她一块儿吃喝，不知她又在哪里。想到这里，就觉得难于下箸了。跳舞场中的轻歌曼舞、鬓影衣香，似乎很可使他怡情悦性了。谁知怅触更甚，更觉无聊。原来这舞场中的明灯千障，也曾照过他和她的舞态，两下里依着音乐，台上琤琤琮琮的乐声，翩翩跹跹地合舞着。狐步舞啊，磨旋舞啊，一一都来得。那时节软玉温香抱满怀，真个是欲仙欲死，如今却眼瞧着别人家花花对舞、燕燕交飞，可没有他的分儿了。

他除了为好友所嬲作无聊的排遣外，仍天天到他过去的情巢爱窝中去。每去时，那老妈子总是迎着问道："少爷，奶奶回来么？"他回不出话来，眼泪向肚子里咽，只重托了老妈子好好看守屋子，自己就逃也似的退了出来。

这一夜是他恋人出走后的第二十夜了，他本是不喝酒的，可算得涓滴不饮，近来却听信了昔人借酒浇愁的话，居然也喝几口酒。这夜他在酒楼中喝了半杯白兰地，微有醉意，仍是照常去瞧瞧他的情巢爱窝。

他叩了门，老妈子把门开了，仍照常地问道："少爷，奶奶回来么？"

他忽地很高兴地答道："她今夜要回来了。"

老妈子那张皱纹叠叠的脸上立时现出喜色来，忙又问道："什么时候回来？"

他信口答道："一会儿就回来。"一边说，一边很高兴地踅上楼梯去。梯顶的粉壁上也挂着她的小影，仿佛代表她平日间那么迎着他，娇声呖呖地问道："我望了你好久了，你夜饭吃过了没有？"

他不知怎的，很相信她今夜要回来了。想到卧房中去整理一下，因便掏出钥匙，把房门上的弹簧锁开了。他入到房中，旋明了那盏珠珞四垂的电灯。眼见那广漆地板上，已薄薄地积了一重尘埃，连半个脚印儿都没有。要是在二十天以前，屋中的地板上哪一处不是她双趺经行之地？那镂空花面的小蛮靴子，还踏得咯噔咯噔作响咧。他踅到窗前，见那八扇玻璃窗上蒙着浅红色的茜纱，窗外半垂着帘子，因又使他想到平日间黄昏庭院、微月帘栊，他和她总是并坐一起，喁喁情话。这浅红茜纱之上，正不知印过他们俩几次的并头双影咧。

窗下一架留声机，机盖上铺着一条织花的纱，还是她亲手铺上的。上面供着一个红底蓝花的瓷瓶，十分鲜艳，瓶中插着几枝晚香玉，残花狼藉，半已枯萎。走近去时，却还闻着一阵微香，这晚香玉不也是她亲手养在瓶中的么？当下他把瓶花移开了，开了机盖，从下面安放唱片的柜中，取出一张《潇湘琴怨》来，唱片辘辘地转了，那幽婉的乐韵歌声直打到他心坎上。这一支《潇湘琴怨》如泣如诉，不也是她平日所最爱听的么？唉，歌声依旧，而爱听的人已不知哪里去了。

那靠窗斜放着的是一只大理石面的盥洗台，那方瓶圆瓶扁瓶的香水啊，扇形瓶的生发水啊，白底蓝花的皂缸牙刷缸啊，牙膏瓶啊，雪花粉缸啊，漱口杯啊，一件件都在原处。那只黄花白底的面盆中，还留着半盆洗过脸的水，水面上堆着白白的皂沫，余香犹在。这定是她临去时洗过脸的，而那块雪白的手巾还搭在这盥洗台的一角上，一小半下垂着，地下还有滴水的痕迹。想见她去时匆促得很，连这手巾也没有绞干啊！唉，他瞧到这里又想起她平日梳洗时的状态咧。他每礼拜不过宿在这里一二夜，而第二天早上起来，总喜欢瞧她当窗梳洗，领略那水晶帘下看梳头的意味。他还往往立在她背后，向镜中做鬼脸，逗着她笑。有时伸手到她腋下去，呵她作痒，惹起她的娇嗔来。如今一一回想，都觉得津津有味的。

那脚挺大的玻璃橱下面有两只大抽屉，是她日常放衣服的所在，除了几套衬衫裤和新制的三四件秋衣已被她携去外，其余春夏的衣服仍还放在那里。开出橱门来瞧时，里面挂着两件斗篷和一条玄色印度绸的裙子。他瞧了那斗篷和裙子的长度，便又想到她亭亭玉立，在橱门前照镜的模样。一衣一裙，细细拂拭，有时他还和她并着肩在那长镜中相视而笑，如今眼见这镜中一片空明，照着自己孤单的影子，却照不到她亭亭玉立的倩影了。

留声机的右面放着一座五斗柜，柜面上放着几件玲珑小巧的银玩具，什么灯啊，船啊，小车啊，都是她日常摩挲的。如今闲闲地列在那里，可不能再亲近她的纤纤玉指了。旁边一个花架，供着一盆黄菊花，是她出走的前三天买的。一朵朵的花又圆又大，直好似绣球一样，如今因没人观赏，没人灌溉，一半儿垂着头，也奄奄欲死了。这盆菊之旁，是一座妆台，两面放着两个银镜架，一面是他的半身小影，一面是她的半身小影。双方的面庞，恰恰相对，眉目之间都带着微笑，如今鸾凤分巢，重合不知何日，便觉得微笑中也含着悲凉了。

这一个小小圆桌，放在中心的，是她日常小坐之处，桌上也供着一瓶菊花，一样的憔悴可怜。小烟盘中有半支至尊牌纸烟，是她所吸剩的，烟梢上似乎还留着她的香唾余痕咧。旁边放着二十天以前的《新闻报》，一张《快活林》还展开着，这是她天天要看一遍的。这报纸的旁边又留着半包麻酥糖，糖屑还狼藉些在那挑花的白桌衣上，想见她当日吃糖阅报的情景，是何等的安闲啊。

他一处处地看，一处处地发怔。末后他便仰天长叹了一声，倒在那铜床之上，却见一旁还摊着她那天临走时换下的衣服。他便搂在怀中，闭了两眼，当作是搂着她苗条的玉体一般。他扑到枕上，却见双枕相并，一样是十字布织成的花鸟枕衣，花是连理，鸟是比翼，使他瞧了又是怅触百端，不由得掉下泪来。泪珠儿掉在枕上，忽又发现了两丝长长的头发，这不是她的云发么？这黑如鸦羽的云发，正是他平日所心爱的。如今却只留下这两丝来，像情丝般络住他的心坎，给他作永久的纪念。

他伏在枕上呜咽了一会儿，才拾起身来，下了床，踅到后房中去。这后房比前房略小，是他们冬天所用的房间。所有温椅钿床、壁镜窗衣，都一一如旧。去年的火炉，也仍在原处。床底下还有三双八分新的绣鞋，是她日常替换着的。一双鹅黄，一双墨绿，一双戏紫，都露出一个鞋头在外，似乎竟媚斗妍地等主妇来看。哪知主妇竟去如黄鹤了。当下他拾了一只，呆看了半晌，便忘其所以地揣在怀中。他心中忽又想到去年的冬间，和她在这里围炉取暖，笑语生春。夜深留宿，还和她同在枕上翻看《红楼梦》，讨论贾宝玉林潇湘的恋爱问题咧。唉，前尘影事，渺若烟云。而此刻追想起来，还很有意味，抚今思昔，真的是不堪回首啊！

他在前房后房中往来踱了一夜，眼瞧着凤去楼空，心碎肠断。一时怨极恨极，渐渐陷入了发疯的状态。他觉得留着这一座空楼，来供他天天凭吊陈迹，那未免太没意味了？当下里便泼风价赶下楼去，掏出几张钞票，送与老妈子，把她撵出门外。一边将灶上一盏煤油灯向柴堆上一抛，便也长笑出门而去。

那一角小红楼，都葬在熊熊烈火之中。四面是园子，并没近邻，园中的几树梧桐都被火光烘得红了。到得消防队赶来救火时，已变成一片瓦砾之场。

第二天晚上，月黑星稀，他又像鬼影似的溜到这里来，对着那灰烬，悄然掩泣道："情爱呀，情爱！我把你和这情巢爱窝一同火葬了，从此生生世世，恕我不再作有情之物。"

诉衷情

当时月下分飞处，依旧凄凉，也会思量，不道孤眠
夜更长。

泪痕揾遍鸳鸯枕，重绕回廊，月上东窗，长到如今
欲断肠。

——晏几道《采桑子》

他和她分离以后，忽忽已两个月了。坐想行思，总有她憧憧
心头，忘怀不得。每天早上八点钟起身，他不由得想起她当日睡
在他身旁时，这当儿正还在黑甜深处，做着甜美的晓梦。那嫩碧
色的丝绵锦被，盖了大半身，一条莹白如玉的藕臂，往往伸出在
被外，一只翡翠的手钏，映着冰肌是何等的鲜艳啊。但他怕她受
了冷，总得轻轻地给她放进被内去。他只为很爱看她的睡容，便
坐在床沿悄没声儿地瞧着，见她侧着头躺在那挑织鸳鸯的十字布
枕上，鬓云松松地堆满了半枕，一张脸晕着红云，嫣然带笑，正
不知做着什么好梦咧！

唉，如今鸾凤分巢，孤眠夜夜，夜中入梦时，或者还能遇见
她，欢笑如故，情深如故，到得一枕梦回，便又形单影只，更哪
里去看她娇艳的睡容啊！

昨夜他又入梦了，他见她仍在当时的旧妆楼中，口脂眉黛，

颊痕眼波，都一一如旧，那妆楼中的云窗雾阁、玉镜珠帘也一一
如旧。便是那窗外的天光，映在窗纱上的月色，也一一如旧。那
时她正侧卧在钿床之上，左臂支着枕，托着粉腮，右手中执着一
本《七侠五义》，正就在枕畔的银灯下闲闲看着，灯光如雪，映
出那玫瑰似的娇脸，觉得娇滴滴越显红白。一别两月，似乎没一
点儿憔悴的容光啊。他走上前去，做着笑脸，低唤了一声"玉"，
便斜着身体，在那床沿上坐了下来。她听得了声息，只没精打采
地抬了抬眼，仍又注在那本《七侠五义》上，他却忍不住开口
说道："玉，我们分手以来，不知不觉已两个月了。当初你在气
头上，把我恨得什么似的，竟毅然决然绝裾而去，如今时隔两
月，你的气可已平了么？至于我，倒并不生气，只觉得伤心无
限。可是我当年从娼门中把你拯拔出来，辛苦四年，要把你造就
成一个好女子，使你读书识字，居然能做得短文，能看得《红楼
梦》《七侠五义》，走在人前，谁会知道你是娼门中的人物？我
的几个知己朋友也都看得起你，没一个小觑你的。平日我那么待
你，也可说百依百顺。你要衣服，便是衣服；你要首饰，便是首
饰；除却天上的月儿，没法摘下来给你，此外凡是我能力中所办
得到的，没有不依。我扪心自问，对你已仁至义尽了。谁知多情
却是总无情，如今竟落了这样结果，免不得使旁人说一声，娼门
中人，毕竟是没有恒性的，毕竟是不能安分的。爱你如我，哪得
不心痛呢？"

他说到这里，声音中夹着眼泪，略略有些嘶哑了。她却一声
儿不响，只冷冷地瞧了他一眼，仍是看她的《七侠五义》。

他又很恳切地说道："这两个月来，不知你过着怎样的生
活，我原知道你生性高傲，又经了我四年的陶炼，一时未必会堕

落。但这两月来孤零零的，没一个知心着意的人儿和你陪伴，你总也像我一样地感受着寂寞之苦吧！你的那些小姊妹，我以为对于你有损无益，始终不敢信任。就是你这回悍然不顾地绝裾而去，怕也是这班好小姊妹从中撺掇之功么？唉，事到如今，这也不用说了。我所记挂着的，你那头痛怎样，两月来可曾发过么？我还记得今年初春，有一夜夜半春寒料峭，天又下着雨，你忽然头痛起来，捧着两个太阳穴不住地哼哼唧唧。我好生着急，便冒雨出门，远迢迢地去请了那位黎医博士来给你诊治，又冒着雨上药房去配药。如今你倘再头痛，怕未必再有这样热心的延医配药人吧？唉，我要劝你，你对于起居饮食，都须格外留心，不可大意。每天早起早眠，多吸些清新的空气，身体也得给它多动动，不要牢守着床铺爱睡。要知你的病大半是从缺少运动而来的。烟酒也以少亲近为妙，如能戒绝更好。黎博士曾给你照过爱克司光（即 X 光）镜，不是说你的胃已变成了葫芦式么？平日间有我在身旁，可以常常劝告你。如今劳燕分飞，还有谁顾惜你的身体，你自己要千万珍重啊！"

他一边说，一边眼睁睁地直注在她的脸上，很希望她回一句话，但她只微唔了一声，仍是看着她的《七侠五义》。

他默然不语了半响，觉得坐对着这哑美人，无聊得很，便把手指轻轻地弹着床沿，心中咀嚼着旧剧中"提起当年泪不干"的词句，回首前尘，也真有提起当年泪不干之感咧！少停，他才又说道："自你突然去后，我的忧闷和失望真是不可言喻。每天虽仍出去办事，却神志不属地呆坐在写字台旁，胡乱地把白天消磨过去。到了晚上，更好似一头失巢之鸟，这身体不知道安放在哪里才好，我虽是有家，也好像无家的一般。于是有一二位知己的朋友，怜我孤单，每夜总拉着我吃馆子去。可是上海的馆子很多，不论哪里都可吃喝，而他们偏爱上味雅和小有天去。这两处不是我们俩平日所常去的么？我踏进门去，总觉得前尘历历，都在眼前。味雅的鱿鱼、蚝油牛肉和红烧闽鲍，都是你爱好之品。还有那蒸饭和青梅酒，也是你所爱吃爱喝的。你可还记得我们对坐在那小房中浅斟细酌时的情景么？我不能喝酒，你却翠袖殷勤捧玉盂，兀自劝着我喝。你又说房间不嫌小，越小彼此越觉得亲密。唉，我哪得一辈子和你厮守在这小房中啊！我又想起那小有天来了，你不记得那楼梯项上的大镜子么？我们每次去时，你总得在这镜中照照衣裳，掠掠鬓发，顺便还睐着我含娇一笑。如今我上楼去时，见这大镜依然，而你的亭亭倩影却已不在我身旁，使我哪得不怅触百端呢？”

他说完，低垂了头，把那涌塞到咽喉上来的眼泪竭力咽了下去，勉强地装出笑来，对着她瞧；她却把托着粉腮的左手放下去了，索性对灯侧卧着，仍是看她的《七侠五义》。

他见她不理，很觉刺促不安，便把手匀着她锦被上的皱纹，又搭讪着说道：“玉，上礼拜日，我因没有去处，便到法兰西公园去走遭。这所在不是你日常游散之地么？记得今夏池荷作花时，曾和你在那里盘桓了好半天。还给你拍了好几张照咧，那外面的小池中开满着紫色的大蝴蝶花，花朵儿临风招展，写影入水，十分可爱。你立在那花池之旁，啧啧赞美，我便给你摄入影箱中。人面花容，彼此衬映得越发美丽了。我和你一路在草地上缓缓踱去，看那里面大池子里的荷花，绿叶摇风，亭亭如盖。那红荷花已开了一半，蝴蝶恋着花，翩翩跹跹地飞来飞去。我笑着对你说，你是荷花，我是蝴蝶。我们两口子便来凑一个词牌名儿

《蝶恋花》吧。你含笑不答，只眼望着水中，瞧我们俩的并头双影，比着谁长谁短，竟立住了脚不想走咧。接着又到小阁上去听人造的瀑布声，到那兽苑旁，逗引那一双小鹿往来奔跑，末后转到那俄罗斯人的饮冰处去喝了一杯冰橘水，方始携手归去。我最近去时，却已在初冬时分了，梧桐叶早枯黄了，落满了一地，满园子现着一片萧瑟的气象，正和我的心中一样凄凉啊！然而光阴容易，冬去春来，春残夏至，那池子里的荷花、紫蝴蝶花，仍能开得烂烂漫漫，但是花虽开了，我们俩却未必再去同看吧。”

他说到这里，声音中又带些哽咽了。她似乎不耐烦，蓦地把那《七侠五义》摔在地上，双手扶头，直挺挺地仰卧着，两眼注在帐顶，一动都不动。这默默无言的哑美人，倒像又变作了意大利的石美人了。

他这时被感情冲动到极点，觉得满肚子都是话，不能不说。因此他又开口说道：“玉，去年耶稣圣诞节的前一晚，我不是曾和你同到卡尔登去跳舞的么？那气球啊，纸帽啊，满场飞掷的彩条啊，和那如醉如痴的乐声舞态啊，至今都深印在我的心中脑中。今年的圣诞前一夜，我本不愿意再上卡尔登去，多一重感触。奈何为两位好友所嬲，不得不去。但是舞场中的热闹，虽不减去年，而我终鼓不起兴致来，只独坐在那里衔了一个纸管子，闷唉着冰橘水。冰水一口口泻下去，简直把我的心肝五脏全都冰住了。那两位好友见我百无聊赖，便介绍了一位舞伴给我，和我同舞。我虽有曾经沧海难为水、除却巫山不是云的意志，但因苦闷已极，也就很勉强地逢场作戏了。我一边搂住那舞伴舞着，一边闭上了眼睛，幻想中只把她当作是你。睁开眼睛一看，却见并不是你，心中便大失所望，只舞了两次，也就不舞了。没到夜半，就急急地逃出卡尔登。唉，影事陈陈，真令人不堪回首啊！"

这时那床上仰卧着的她，忽地翻了个身，侧过去向着里床睡了，仍是不瞅不睬，不则一声。只见那本《七侠五义》翻开着躺在地上，似乎正向着他冷笑。

他还是恋着不肯走，又接下去说道："玉，这两个月来，你可曾看过影戏么？大约不带了我这翻译同去，很有些不便吧？最近我在爱普庐却看到一张好片子，名叫《重吻》，西名唤作 *Kiss Me Again*，是著名导演家德人刘别谦所导演的，内中情节是说一个少妇嫁了个很温和、很忠实的丈夫，却嫌生活太单调，没有趣味，便爱上了个音乐师，在琴上弹着《重吻》一曲，借此调情。不幸给她丈夫发现了，悲愤交集。但他并不去请离婚，只把他的衣物移往旅馆中去，将住宅让给她和那音乐师居住。她和音乐师同居以后，换了一个生活，却又渐渐地觉得不满意了。有一晚在餐馆中，见她前夫正和一个少妇同餐同舞，不由得妒火中烧，反觉她前夫的大可亲爱。末后便赶到她丈夫旅馆中去，求他恕罪，彼此重合。于是那先前和音乐师调情时的《重吻》一曲，竟做了他们的佳谶，吻与吻重又相接了。此片字幕有许多妙语，可以做我们俩的教训，而有许多穿插也和我们的情形相合，所不同的是彼此都并没有别一个人罢了。唉，以前种种，譬如昨日死，以后种种，譬如今日生。重吻重吻，不知我们俩可也有重吻的一天么？"

他一面说着，一面想探过头去瞧她，谁知她恰恰回过眼来，瞅了他一下，双手把那锦被向上一拉，紧紧地蒙住了头，再也不理会他了。

他待要伸手过去拉那锦被时，猛听得砰的一声，顿时把他的梦境打破。睁眼瞧时，原来他家的一头花白猫跳到窗前的小桌子上去，把一瓶蜡梅花撞倒了，而黄金色的阳光，也已偷偷地溜到了床前。

燕归梁

对景还消瘦，被个人、把人调戏，我也心儿有。忆我又唤我，见我嗔我，天甚教人怎生受？

看承幸厮勾，又是樽前眉峰皱。是人惊怪，冤我忒撋就。拼了又舍了，定是这回休了，及至相逢又依旧。

——黄庭坚《归田乐引》

他自那夜孤枕凄清、荒唐一梦以后，更把她想念得切了。

每天早上醒来，听着屋顶上鸟声啁啾，就想到当初宿在她那里的当儿。一听得鸟声，便霍地醒了，揭开罗帐来，看那妆台上的一座粉红云石钟已是什么时刻。倘若未到八点，就得恋着那温暖如春的绣被，靠在枕上对身旁睡着的她细细地瞧，瞧了她那种娇媚可爱的睡态，不由得出神。

只见她两道细秀的翠眉长入鬓里，眼帘紧闭着，那长长的睫毛很匀净地掩在眼皮上；头上一头云发，很蓬乱地散了半枕，一阵阵的玫瑰花香从发中吹送出来，两边的嫩颊上似乎带着一丝极微极微的笑容，口角边微有香唾之痕，有一小抹沾在枕角，正不知她此时做着什么好梦咧。

他瞧到这里，情不自禁总得凑过嘴去，在她鲜艳红润的樱唇上亲了一下。有时亲得太重了些，将她惊醒。她睁开那惺忪倦眼来，含娇一笑，便把两条藕臂勾住了他的脖子不放，总要他讨了饶才罢。有时她仍还不醒，那么他悄悄地先自起身，轻手轻脚地溜下床来，不敢惊醒了她，而檀口上的香泽，却已给他偷尝了。

唉，自她去后，更哪有这样的细腻风光啊？

他朝也想，暮也想，醒时也想，梦中也想，直想得神魂颠倒，几乎要发疯了。他虽觉她性情执拗，难图久长，然而不知怎的，总觉有柔丝万丈，像铁链般紧紧缚住了他，不许他摆脱。他当着朋友们跟前，还满口子说着解脱的话，其实他心中耿耿，兀自盼望她回来相就，言归于好。一个"情巢爱窝"毁灭了，又何妨像那阳春归燕一般，重造起一个新巢新窝来呢？

然而他这边盼望得眼也穿了，那方面还是芳躅沉沉，无消无息。有一天他正在苦想，却不道一封书天外飞来，使他吃了一吓。原来是一个外国律师写来的信，代表他的玉说他有虐待她的事，不愿再和他同居，要求赔偿身体上的损失和日后的赡养费。这一封信当夜直送到他营业的店中，那时他恰恰出去了。店中人莫名其妙，急忙派人到他家里，说有外国律师来信，不知为了怎么一回事，请快快到店中来。他一读这信，气得发昏想，她倘不愿回来，要几个钱也不妨托我一二知己的朋友，从中做说客，何必要去请律师？这不是明明抓破了脸皮，和我过不去么？她既请律师写信来，那我也不能不请律师写回信。于是发一个狠，委托一位少年律师去书驳斥。

回来却不知怎的，给老母知道了，悄悄地安慰了他一番，说她外面有人，早就得知，只为儿子既爱着她人，那她人定有她人的长处，为母的不忍从中破坏。如今她既自动地求去，这是再好没有的事。从此收束风华，别求慰情之道吧。他唯唯答应着，第二天他的一个同事也知道了这回事，说了好一番劝他割爱的话。他听在耳中，都以为不错，一面觉得自己对她的余恋，也因了那律师的一封书而渐渐地灰冷了。

唉，苦痛的回忆不时地完上心来。他每看手表，总得瞧见腕上被她那天咬伤的所在，齿痕隐隐，至今还没有退去。唉，想起当年爱好的时节，低帏昵枕，诉尽柔情。这手腕上不是常常枕着她头、偎着她脸的么？就这编贝似的玉齿，不是也往往在喁喁情话、回眸浅笑时，露给自己瞧的么？谁会料到她会忍心害理地咬这一口。唉，那玉齿咬下来时，直好似咬到了他的心头，手腕上的痛倒不觉得怎样，只是心痛得难受啊！

好了，到如今缘已满了，她托着外国律师来把他心房中深藏着的情爱全都赶去了。他从此不再爱她，不再恋她，唯有恨她、怨她的分儿，万丈情丝一一化作了恨缕，永远烙在她的身上。

他自打定了这主意以后，倒反觉心中空空洞洞，一无牵挂。只把她当作一个瘤，便毫无怜惜地把来割掉了。天下本来无不散的筵席，分手就分手好了，又何必自讨苦吃呢？他这么一想，更觉得大彻大悟。一到晚上，总得约着几个知己吃馆子，看影戏，上跳舞场，分外地高兴。他本来不吸烟不喝酒的，如今也能吸一支吕宋烟、喝一杯"白玫瑰"了。他本是富有美术思想、审美眼光，而喜欢品评妇女美丑的。现在他一见妇人，却好似见了毒蛇猛兽，连正眼都不敢瞧了。

有一晚，他在一家影戏院中看一部美国影片，叫作《妇人之仇敌》，便受了一种极大的感触，夜半回去，嚼齿自语道："从此以后，我也做妇人的仇敌了。那影中人末了都变节，终于堕入妇人的彀中，我却须铁打心肠、誓不变节呢！"这夜他入睡后，便得了个奇梦，梦见自己擎着一柄明晃晃的大刀，走遍天涯地角，见一个妇人杀一个，把全世界的妇人全都杀完了。五大洲上，一处处积尸成山，五大洋中的水，也泛做了桃花之色。他抹抹刀子回来，立在昆仑山的最高峰上，横刀一笑，心中真痛快极了。

第二天他忽发奇想，在一家大酒楼中设了盛宴，把他亲戚朋友全都邀了来，即席演说，预备组织一个大规模的会社，专和妇女为仇，会名就叫作"仇女会"。凡有人失意情场，见弃于妇女，或不能容于家庭，为妻妾所困，总之凡是爱妇女而吃过妇女苦楚的人，都可入会。

他这话一说，当下便有一大半人拍手赞成，都说妇人是没有心肝，不知所谓情爱的，我们非得结一个大团体，和她们为仇不可。试看古今来才人杰士，为情所累而死于妇女之手的，不知有多少。我们倘不急起直追，仇视妇女，那么妇女们更要猖獗咧。

当下他便又说道："可不是么，即如我四年来爱了一个妇人。对于这妇人，可算得一往情深、体贴入微了。我曾冷淡了家里贤德的夫人，伴着她游山玩水，享受种种清福。我曾靡费了好多血汗挣来的钱，制罗绮、买珍饰，博她的欢心。她喜我也喜，她忧我也忧，真把她爱得无可比拟。倘有人将我一半儿爱她之情去爱他的父母，那人就是个孝子了。然而我虽是这般爱她，她却还说我虐待，说我打伤了她。要我赔偿她身体上的损失。像这样的妇人，可还有心肝么？我虐待她，打伤她，并没有证据；而她的无情无义，却有证据在这里。列位请看，看我这手腕上的齿痕。"说完挎起衣袖，露出那腕上紫中带黑被她咬伤的痕迹来。

众人瞧了，止不住打了个寒噤。

他又继续说道："如今我们组织这'仇女会'，就把齿痕做会中的标记。大家一见这齿痕，便可作当头棒喝，从此不敢亲近妇女，而誓作妇女的仇敌了。大家请想一想，我们平日间不是为了爱妇女之故，往往节衣缩食，把血汗钱多买衣饰，贡献于妇女之前么？她们高兴时，冷冷地说一声'还好'，倘不高兴时，就把你这东西瞧得一钱不值，捺在地下。以后我们可不再受这种气了。我们自己挣来的钱，为什么不给自己受用？与其买了首饰送给她们，何不买金刚钻约指给自己戴，亮晶晶的像明星一般。难道不好看么？便是衣服一项，一年间耗费在她们身上的，更不知多少。什么纱啊，罗啊，软缎啊，巴黎缎啊，印度绸啊，团锦绸啊，只要她们中意，便不问几块钱一尺，都得由她买回去，配上五块十块钱一码的花边，毫不在意。斗篷、大衣、旗袍、马甲，多多益善。不知道金钱的来处不易。如今我们可不再做冤大头了，我们自己挣来的钱，给自己制好衣服穿，绸缎绫罗，从心所欲。即使打扮得像花蝴蝶一样，难道有人来干涉么？倘有人实在不能脱离妇女的，那也不妨和她们虚与委蛇，假意地言情说爱，使她们颠颠倒倒，吃尽苦辛，或竟为我们牺牲性命。这倒也好算得是我们的大复仇啊！"

他说到这里，大家都拍手喊好，这一个"仇女会"就在席上成立了。

灰色的冬季早过去了，一阵子轻暖轻寒又偷偷地把春光送来喇。他一面往来奔走进行组织"仇女会"的事，一面常到那委托的少年律师处去，探听对方的消息。

对方的律师办事似乎很慢，每一封信去总要换过这么半个月或二十天方有回信来。这一回第三封信去后，已过了二十多天，却还是没有回信。

他正在诧异，不想蓦地里飞来一个电话。原来是她所谓小姊妹中的一位姊姊打来的。这姊姊说，双方请了律师，相持不下，事情越弄越僵了。好在她近来常到我这儿来，你也不妨来走走。彼此当了面谈判一切，不是容易解决么？他本来不愿意去，但又深怕律师闹翻了，闹到官里去，于自己很多不便。当面谈判，也许是容易解决些。于是硬着头皮，竟上那姊姊的门了。

事有凑巧，第一回前去，就撞见了她。他们两口儿分手以来，忽忽三月。她经了这变故，玉容也清减多了。那时他呆立在一旁，不知道说什么话才好。毕竟妇人是天生的优伶，善于做作的。她见了他，却做出非常客气的样子，立起身来让座，并且和颜悦色的，和他寒暄了几句。当下又仗着那位姊姊在中间牵合，两下里才开起谈判来。这第一次的谈判，并没结果就匆匆别去。

过了一天，又开始第二次的谈判。双方渐渐接近，她要求那天带去的衣饰完全归她。倘能给她一笔钱，自是最好，要是没有钱给她，那么她方面的律师费须归他担任。他言念旧情，抱着宁人负我、我毋负人的宗旨，一一应允了。两下同坐了一辆汽车，到他方面的那位少年律师处，去做了一张分离的证书。请律师做证，彼此签字。那一支寻常的钢笔，便硬生生地打散鸳鸯两离分了。

唉，天下妇人之心，不知是什么做的。合在一起常多不满，一分了手却又深怜痛惜起来。一礼拜中她总有二三次打电话给他，说我们虽已分离，但朋友仍是朋友，我如今孤寂已极，你也总得来瞧瞧我啊。当下又把新地址告知了他。他原是个富于情感的人，不能便忘却了往事前欢，因此也常到她那里去走动。她说了许多自怨自艾的话，又说明当初请律师写信，全是为了给小姊妹们挟制之故，从此以后总得设法把那执拗的性情改变过来。像这样柔丝重重，一天天来络住他的心，他便又不由自主地软化了。公余多暇，仍是到她那里去，黄昏庭院，微月帘栊，仍容他享受那甜蜜的艳福。因为天下男子终于少不得妇人，又怎能硬起心肠来和她们相仇呢？

阳春三月，燕子归来。那新"情巢爱窝"又落成了。

凤孤飞

陈春波是个富于情感的青年，一张极挺秀而极诚恳的脸上常流露着一种无可寄托的情绪。要是由心理学家的眼光看去，便可以从外表上测度到他的心理，他正在如饥如渴地求一个寄情之点。

春波自中学堂毕业以后，挟着一张毕业文凭作投入社会谋生的证书。奈何上海是个人才荟萃之地。国内外大学堂毕业的博士、硕士、学士真个是车载斗量，可以抓一把来拣拣。只为谋生不易之故，往往有大材小用、屈居人下的。像他那么一个中学毕业生，姓名上光秃秃的，没一个"达克透"或"爱姆爱""皮爱"的头衔，可真是起码极了。因此他辗转托人或投函自荐，直忙了这么半年之久，方始在一家进出口洋行中得到了个写字的位置。每月有三十块钱的薪水，他已喜出望外。因为勉强可以养活自己和年老不能谋生的老父了。

但他时运不济，做不到三个月，那洋行大班宣告破产，暗中卷了一大笔钱，回他的故国故乡去咧。春波突然失业之后，心中着实焦急。又过了三个月，方始在一家大商店中得了个书记之职。然而不知怎的，他所做的事情总也不能长久。以后又当小学教员，当银行司事，当报馆校对，当汽车行推销员，倒活像一个十起行的马浪荡（方言，游手好闲，也指游手好闲的人）了。

这样悠悠忽忽地过了五年，他已二十五岁。每月所入从没有超过五十元以外。在这生活程度日高一日的时光，不欠债已算万幸，哪有什么积蓄？而他那个老鳏的父亲，见儿子已上了年纪，应当娶一房媳妇。况且自老妻去世以来，家中没有妇女，也觉得寂寞得很。娶了媳妇来，那总能热闹些了。

在他那个富于情感的心中也未尝没有此想，只是手头没有整笔的钱，说不上"娶妻"二字。禁不得老父时时絮聒，也就觉得自己有娶妻的必要，但是娶妻之先，非设法多挣几个钱不可。他就为了要多挣钱之故，才毅然决然地投身电影界中。

上海自电影事业勃兴以来，人人都当银幕上有着金矿似的，一个个把影片公司开将起来，东挂一块招牌，西挂一块招牌。几乎到处都是影片公司，甚至摄影机未办，摄影场尚未找到，先就高高地挂起招牌，大书特书地揭出某某影片公司来了。

就在这汹涌万丈的电影潮中，有一家影片公司叫作金星公司的，摄制一种言情影片，名《月下花前》，恰缺少一个面貌挺秀、态度潇洒而又性情诚恳的生角。物色了好久，总也没一个相当人才。公司中那位导演先生不免抱了才难之叹，于是发一个狠，在各大报上登了个招请生角的大广告。一日之间，早来了三四十人。虽有勉强可以中选的，而总觉不甚满意。到得一见了陈春波，那导演先生便欢喜不迭地嚷着道："有了，有了。铁尺磨成针，有志者事竟成。我终于找到这个人了。"

当下他们又将春波考验了一下，做了几个坐立走跑的姿势，扮了几个喜怒哀乐的面孔。他们认为十停中已有七八停入选的资格了。问起他的技能，也不算坏。除了开汽车不曾学过外，其余跑马、游水、打拳、踢球，却样样来得，原来都是在中学堂中练成的。却不道中学堂的一张毕业文凭，换不到多少钱；而在中学堂中所练成的这些拳脚本领，倒值起钱来。当下公司中便许他一百块钱的月薪，和他订了一年期的合同。

春波由每月五十块钱而达到一百块钱，由呆板乏味的职务，变成了活泼愉快的职务，那真是说不出的踌躇满志，也可算得大丈夫得意之秋了。

《月下花前》的剧本，是描写三角恋爱的。两个女子同时争爱一个男子。那男子是个潇洒而诚恳的青年，深知怯爱的真谛，而不肯滥用其情的。那两个女子，一个是幽娴贞静，一个是浮浪不羁。那导演者放开慧眼，就许多女演员中披沙拣金似的拣出两个人才来。请那平日很静默而不大和人说笑的张淑姝女士，担任幽娴贞静的一角；而请那平日会说会笑、媚骨天生的华倩倩女士，做那剧中的浮浪女子。这新入公司的陈春波，居然就派充了男主角，在剧中不劳而获地消受那两个女子的爱情。虽说做戏是做戏，事实是事实，但他那个寂寞的心坎上多少也得了些安慰。

天下男女之情，是很神秘而不可思议的。要是双方的心没有一种互相吸引之力，任是两下里同居一百年，也不会发生爱情。要是有这吸引力的，那么只需见一见面，就会倾心相爱。说也奇怪，那静默而不大和人说笑的张淑姝，忽地在举止言笑之间，对他有情爱的表示。虽是不甚显露，而眉目间的含情脉脉，已足使他十分明白她的意思。他正在如饥如渴地求一个寄情之点，对于张淑姝的用情，当然表示容纳了。

不道有了张淑姝，忽又加上了个华倩倩。华倩倩的用情，可就和张淑姝不同。她是显豁呈露的。她的两道修眉、一双妙目，常流露出极热烈的情感来。握手联臂，算不得一回事。有时竟扭股糖儿似的扭在他身上，无论人前人后，总是"春波、春波"地叫得震天作响，好像夫妇一般。春波因她太不避人，往往窘不堪言。加着他又不是一个滥于用情的人，见了她那种浮浪的样子，实在有些厌恶，更绝对说不上一个爱情，于是他的心更不知不觉地倾向于张淑姝了。

这描写三角恋爱的《月下花前》还没有摄制成功，而三个男女主角却已打成了三角恋爱的局面。爱河情海中，波涛万丈。陈春波泊浮在内，过着胡天胡地的生活。

华倩倩在金星公司女演员中本是个领袖人物。她的月俸最高，服饰也最为富丽。论她的面貌，虽当不上"美而艳"三字，而冶荡之态，却没有人比得她上。本来上海地面上，女子原以冶荡为贵，只要善作巧笑、善飞媚眼，能勾摄男子们的心儿魂儿，便一辈子吃着不尽了。华倩倩的一生本领，也就在巧笑媚眼上边，所以她一上银幕，就享了大名。男朋友之多，一时无两。好在电影明星原常和男子接触，人家也不以为意的。

至于张淑姝呢，她还是一颗未发光的明星，以前虽也在华倩倩主演的影片中做过几次配角，因为地位并不重要，所以没有人注意于她。她善颦善哭，很有些《红楼梦》中林黛玉的脾气。和华倩倩恰恰相反，她如今虽在暗中爱上了陈春波，但因华倩倩也爱着陈春波之故，自己总是步步退让，不敢和她对垒。有时眼见得倩倩挟着春波上餐馆上影戏院去，心中虽不能无妒，也只是微微一叹罢了。

然而世间能对人退让的人，并不是完全吃亏的。因为陈春波对于华倩倩，实在是实逼处此、虚与委蛇，并无爱情可言。而对于张淑姝，却是情深一往，掬着他心坎中从没有爱过旁的女子的一片至情，很诚恳地灌注在她的身上。见她越是退让，爱她的心越是深切。淑姝的面貌原比倩倩美丽得多，一张雪白粉嫩的脸蛋儿，连一点儿斑点都没有：而慧目流波，盈盈善睐，也从没有一丝一毫的荡意。她的装束又淡雅非常，和倩倩的浓妆艳裹完全相反，正好似一朵出淤泥而不染的白莲花，不但使人爱，还使人敬咧。淑姝虽是入了电影界，常和男子们接触，又常和男子们配戏，一块儿言情说爱，但她一离了摄影场，就放出一张正经面孔，从没有和人开玩笑的事。因此一般男演员背地给她题了个绰号，叫作"冰箱"。谁知这"冰箱"遇了陈春波，却渐渐地热起来了。

春波除了敷衍华倩倩外，往往捉空儿伴着淑姝出去吃馆子，看影戏，或是上法国公园去散步清谈，吸收那新鲜的空气。有一天晚上，他们在月下花荫之旁走着，入到一角小亭中去。大抵明月和美人相共，最足以给少年人造成一片销魂之境，撩拨起心中潜伏着的情绪来。

春波一时情不自禁，就向淑姝吐露了胸臆。他很恳切地说道："淑姝，我今年已是二十五岁的人了。这二十五年间，除了爱我那亡故的母亲不算外，委实从没有爱过旁的女子。如今我就把这纯洁的深情完个儿用在你身上了。但不知你对于我的情感当真如何，还是拒绝我的爱呢，还是容纳我的爱？"

淑姝低头瞧着月光中满地花影，含娇不语了半晌，然后嘤咛说道："春波，我不愿瞒过你，我自最初见了你以后，就起了一种特殊的情感，只因有倩倩在着，我不愿和她竞争，自甘退让。如今你既对我吐露相爱的诚意，那我当然是容纳的。"

春波立时握住她的手道："谢谢你，我那没有归宿的一片爱，如今可就有了归宿了。"

淑姝嫣然微笑，眼中满含着情光，仰注在春波脸上，娇怯怯地说道："不过婚姻问题，暂时不许提出，非等我们俩在银幕上得了大成功，月薪超过二百元不可。"

春波微笑点头。当下他们俩又相偎相依地讲了一会儿情话，两颗心都像浸在醇醪中陶醉了。到得夜将过午，方始踏碎了满地的月影花影，携手同去。

经了三个月的辛劳，那《月下花前》已大功告成了。在大中国影戏院开映的一天，轰动了上海一市。人人争说此片的伟大。而陈春波、张淑姝、华倩倩三主角的艺术高妙，更备受观众和舆论界的好评。

三人之中，张淑姝被推为第一，说她的表演全是真情流露，没有一丝矫揉造作，中国自有电影明星以来，从没见过这样超群绝伦的人才。大小报上一致有这种赞美的论调，那是何等有力！便使多数上海人的心中脑中，都牢牢嵌着"张淑姝"三字，更有一般游手好闲之徒，组织了一个"淑社"，到处地鼓吹揄扬，推她为东方的瑙玛泰曼、中国的丽琳甘许。

可是那班主持影戏公司的人，原也是以耳为目的。听说大家都很热烈地赞美张淑姝，也就认定张淑姝是电影界了不得的人才，生怕别家公司来挖，急忙和她订了五年的长期合同，每月八十块钱的月薪竟飞跃到三百块钱。张淑姝一红会红到如此，自己连做梦也没有做到，这一来她可得意极了。

上海本是一个专给富人横行的世界，也是专给富人行乐的场所。他们有的是黄澄澄的金子、亮晶晶的钻石、花花绿绿的钞票。声色犬马之好，当然是予取予求，不算一回事。加着他们好奇心重，好色之心更重，听得有什么著名的女伶或是什么交际之花，都得见识见识。多花几个钱在她们身上，心中一百二十个情愿。倘能量珠聘去，藏之金屋，那更快慰平生了。

这时张淑姝电影明星的大名，既轰传一时，报纸上和照相馆中都有张淑姝的小影，明眸皓齿，如玉如花。于是有许多富家子弟都想和张淑姝结识，钻洞觅缝地想方设法，从此交际场中便常有张淑姝的亭亭倩影。日日汽车，夜夜宴会，什么跳舞会啊，音乐会啊，也以张淑姝在座为莫大荣幸。张淑姝以为既做了电影明星，深受多数人的爱慕崇拜，自也应当注重交际。因此凡有男子们请她吃饭看戏或跳舞等事，她总是来者不拒。这么一来，可就把那陈春波渐渐冷淡了。

女子美色的魔力，真像磁石吸铁一般，有吸引黄金之力。不上两三个月，张淑姝的身上已缀满了亮晶晶的钻石；张淑姝的手袋中，已装满了花花绿绿的钞票，而张淑姝十八年白璧无瑕的身体，也已生生地被玷污了。

陈春波眼瞧着他爱人一天天堕落下去，心痛如割。他曾哭着劝告淑姝，说：“你不要因一时的虚荣，糟蹋了你宝贵的身体。要知金钱虽好，不如名誉的可贵。名誉一毁，世界中便无立足之地。况且女子的美色，也像琉璃一样脆薄，一朝损坏，可就不值一钱，再也没有人要了。我先前的爱你，端为你幽娴贞静之故。不过成名之后，你却好似蓦地变了一人，怎不使我伤心啊？”

淑姝听了这番话，很轻蔑似的耸了耸香肩，眼望着天花板，懒洋洋地说道：“我早已想穿了。人生在世，共有多少年？若不及时行乐，死了岂不冤枉。先前我实在太呆，才和你言情说爱，讲了许多可笑的迂话。如今我抱定宗旨，一意地寻乐。你们男子爱玩女子，我却反过来玩男子。男子玩女子要花钱，我玩男子却还用男子的钱。这真是再便宜没有的事。玩腻了一个，另换一个。好在上海地面上男子很多，尽由我挑选。几百个几千个都是现成的，末后我要是玩得实在腻烦了，也许再回过来爱你。你倘愿意等我，就耐心儿等着吧。"说完似笑非笑地伸出一只雪白的手来，和春波握了一握，便袅袅婷婷地走开去了。

可怜的陈春波，到此已绝望了。他怀着一颗粉碎的心，仍是佯为欢笑，过他银幕上的生活。要求编剧人编了一出悲剧，做极忠实的表演。他虽仍和张淑姝一块儿配戏，实在是痛心疾首，老大地不愿意。又加着旁的男演员背地里常有嘲笑他的论调，使他听了甚是痛苦。所可以自慰的，那华倩倩却依旧和他很亲热，看影戏吃馆子，仍是拉他同去。

陈春波本来不愿再和女子周旋，转念想，张淑姝既负我，我又何妨向华倩倩表示亲爱，给张淑姝瞧了，也许能挑起了她的嫉妒之心，回复当时的旧爱，正未可知。谁知试验了这么一二个月，并无效验。张淑姝除了配戏时不得不和他敷衍外，一下摄影场就不再理会他，自管坐着恋人们派来相接的汽车，扬长而去。

春波眼见得已无可转圜，便横一横心，索性爱上华倩倩了。他想，倩倩本来也没有什么不好。先前因为瞧不上她那种浮浪的模样，才倾向于幽娴贞静的张淑姝，然而现在的张淑姝怎么样，不是比华倩倩更浮浪十倍二十倍么？他这么一想，便觉得先前太对不起倩倩，如今该好好地补过，用真心去爱她了。

一天晚上，他同着她在一家餐馆中晚餐，花香酒洌，心中甚是高兴，多喝了一杯白兰地，已微有醉意。倩倩也连喝了三杯葡萄酒，一时星眸微饧，眉黛间逗上了一片春色。

这夜不知如何，他们俩都没有回家，却撞到了一家大旅馆中去，锦衾角枕，过了个销魂之夜。第二天日高三丈，方始醒回来。两下梳洗完毕，用过早膳，想起今天早上就须拍戏，预备分头回公司去。陈春波扪心自问，很懊悔有昨夜这么一回事，更多了一番牵惹，结了一重孽缘。只是转念一想，华倩倩根性不坏，也可以宜家宜室，我又不是个始乱终弃的人，过几天向她提出婚姻问题，倒是个绝好的补过之法。想到这里心便安了，于是掬着笑容向倩倩说道："倩倩，我如今才死心塌地地爱你了。你既以身相许，我决不肯辜负你。过几天我们谈谈婚事，好么？"

那时倩倩正在妆台上大圆镜中横一照、竖一照地掠着头发，听了这话，便嗤的一声笑出来道："傻子，傻子！你又认起真来了么？我不过和你玩玩罢了。谁要和你攀什么亲眷？先前你只是恋着张淑妹，满眼瞧不上我，到如今张淑妹不要你了，你才来和我讲爱情。哈哈，有了昨夜这一夜，我已完全占了胜利。只要这么一来，我便已玩过了你，从此你再敢瞧不上我吗？古特排爱，买爱大林。"（即英文 Good-Bye, my darling）说完，吸着一支茄力克纸烟，一摇一摆地走出去了。

陈春波呆坐在一张沙发上，听着那小蛮靴声咯噔咯噔地渐渐远去，他只跟个木人头似的一动都不动。他的心中好似打翻了个五味瓶儿，也不知是甜是酸是苦是辣。这样过了好久好久，他方始立起身来，唤仆欧算清了账，便跟跟跄跄地走出旅馆大门。沿着一条空旷的马路，不住地走去走去走去……

他的心中兀自喃喃自语道："女子，女子。你们是毒蛇，是猛兽，我不愿再见你们。我不愿再见你们。"可怜这一个机械人似的陈春波，仍是不住地走去走去走去……不知他要走到哪里……

归去难

列位倘走进华达储蓄银行那两扇柚木紫铜包角的大门，向左过去三四十步，见那长柜台上挂着一块厚玻璃红字镶金边的小小横招牌，标明"储蓄处"字。这横招牌下面，便是一带圆梗的铜栏杆，在一半儿太阳一半儿电灯的光线下霍霍地发亮，仿佛代表银行主人展着笑脸、欢迎顾客一般。列位要是前去储蓄什么活期或定期的款项时，总得望见铜栏杆的小门内有一张团团浑圆的面庞，满堆着和蔼的笑容，连那一副阔玳瑁边大眼镜后面一双近视眼中，也会一闪闪地露出笑来，而嘴边疏疏落落的几根须子，也大有笑意了。

这浑圆面庞的主人是谁？银行中上、中、下三级都知道他是行中第一老资格的储蓄部职员，名唤刘致祥。他为人既和气，又名致祥，因此就将"和气致祥"四个字，做他一辈子立身处世的格言。

大抵银行中的行员，他们高坐铜栏杆柜台之内，天天成千累万的钱钞在他们手中经过，而对外所处的地位，又似乎是人求自己，并不是自己求人，因此之故，往往养成一种倨傲的习性，而在态度上表现出来；但瞧那些捧着银子来存入或持着折子来提取的人，任是赔着笑脸一味柔声下气地向铜栏杆中说话，而他们行员老爷却扬着脖子，爱理不理，把冷气去接待人家的热气。

　　唯有这位刘致祥刘老先生，却比众不同。他虽吃了二十年的银行饭，并没有银行中人的习气。人家见他和气，便都喜欢和他接洽，任是一块钱、两块钱的小储蓄，也要烦劳他老人家。因此大家只见他在铜栏杆内，像织梭似的比旁的人分外忙碌，而他却不以为苦，每天八点钟时早又在铜栏杆内把笑脸向人了。

　　刘致祥正像燕子般辛苦营巢，二十年兢兢业业，才好容易造成一个家庭，使他的爱妻娇女都饱暖了。他年已五十，天天还是那么刻苦。一年三百六十五日，除了星期日例假以外，从不曾告一天假，因为告假要扣去薪水之故。他自己身上也从不肯穿一件新衣服。十多年前的一件玫瑰紫宁绸袍子，还是穿着出门。至于银行中同事有什么饮宴应酬等事，他总是划出范围，绝对不肯参加的。

　　有人向他说，你已是半百年纪的人了，未必再有五十年活在世上，何必节衣缩食，如此看不破、想不穿？刘致祥笑道："我并不是想不穿、看不破，无非为的爱妻、娇女罢了。她们俩都是欢喜阔绰的，惭愧我做这银行中普通的行员，虽说薪水特别比别人高，然而连花红也不过一百多块钱。我要顾全了她们，自己可就不得不刻苦些了。"

　　旁的人听了都没有话说，不过背地里给他起了个绰号，叫作"老牛"。可怜的"老牛"，他一辈子被妻女鞭策着啊！

　　刘致祥口中所说的爱妻娇女，便是上海妇女社会中崇拜虚荣的一派。她们天天打扮得跟孔雀似的，提着手袋，出入于绸缎庄、洋货店之门。晚上除了打牌不出去外，平日总是在餐馆、戏园子里的时候多了。

　　刘夫人今年四十岁，却是徐娘半老，风韵犹存，借着脂粉和衣服掩去了不少光阴摧残的痕迹。刘先生虽没有几克拉大的金刚钻贡献于她，而普通的首饰却已应有尽有。好在现代的妇女只注重衣服的时髦，并不注重首饰上面，所以刘夫人偶然戴些假金刚钻，已很可混过去。人家因她身上穿得好，也不当它是假的了。

刘先生的年纪和夫人相差十年，对于这花朵似的爱妻，当然也纵容一些，不能过于严紧。所以刘先生自己虽是很讲道德，而"家教"二字却不能施于闺阃以内。况且他平日间最爱他的女儿阿桃，真的是百依百顺，直把女儿的话当作圣旨一般，不敢不听的。

阿桃今年二十岁了，凡是认识她的人，都说她风骚。所有古人所谓"媚骨天生""其媚在骨""烟视媚行""回头一笑百媚生"等成语和诗句，她都可当得上的。她生着一双漆黑的眼珠，像棋盘中的黑棋子模样，而活泼伶俐，两眼简直能和人说话。那雪白粉嫩的面颊，时时晕桃花之色，更妙在两个深深的酒窝，随着巧笑不时波动，真有一种摄人魂魄的魔力。一头漆黑像鸦羽似的云发，本来长可委地的，如今也跟着时髦的风气，付之并州快剪刀了。

刘先生因为只有这一个女儿，又生得娇媚可爱，所以分外地疼爱，真个风吹怕肉痛、含在嘴里又怕融化似的。至于他夫人方面，更不必说，恨不得时时刻刻把这颗夜明珠擎在掌上了。

我和刘先生是多年的老友，又是邻居，彼此很为投契，我没事时总得到刘家去走动。那娇小玲珑的阿桃，总是纵纵跳跳地迎着我，没口子叫"伯伯"的。我因她对我很亲热，每次去时往往买些水果或糖食送给她吃，她很为快乐，"伯伯"便叫得益发勤益发响了。

记得那年是阿桃的十岁吧，刘家嫂子很高兴地告诉我说："吾家阿囡好聪明，学会了《十八摸》《十送郎》《四季相思》等好几支小调，已唱得上口了。"

我摇头道："不妥。这一类淫靡的小调，不是孩子们所该唱的。"

刘嫂子道："管它呢，只要好听就是了。"

刘先生不发一言，只是站在一旁傻笑。

有一个夏夜，十二点钟已过了。我因为天热不能入睡，便踱到刘家去，恰值夫妇俩同在露台上纳凉，我也就加入了。刘嫂子带笑说道："你要是早来半点钟，还可听吾家阿囡的小调咧。"

我道："怎么说你家孩子到十一点半钟才睡么？小孩子不该如此，须得早睡才是。"

刘嫂子道："说也奇怪，吾家阿囡是迟眠迟起惯了的，不到夜半，万万不能入睡。此刻你可要听她唱么？"

我道："要听便怎样，难道去唤醒了她，从床上拉她起来不成？"

刘嫂子道："不打紧，她是喜欢唱的，况且这样的大热天，起来怕什么？"说完离了露台，兴兴头头地赶去了。不多一会儿，便拉了阿桃同来。

刘嫂子会拉胡琴，咿咿呀呀地拉着，阿桃提高了珠喉，先唱了一支《四季相思》倒还委婉可听，接着又换了花样，唱起《十八摸》来，才唱了"两个伸手……摸到，摸到姐姐……"

我觉得很可厌，急忙截住了她，抚着她的苹果小颊，带笑说道："好孩子，你唱得好，伯伯明天买可可糖给你吃。"

刘嫂子拍手赞美她，而刘先生也从他夫人头上拔了两朵半蔫的白兰花，向着阿桃身上抛去。阿桃便像名伶般鞠了鞠躬，退入后台去了。

刘嫂子自身并不是姨太太，而偏喜和一班浮花浪蕊式的姨太太们结交，看戏、打牌、吃馆子，总在一起。"姊姊妹妹"的，叫得十分亲热。这班姨太太大半是窑子里姑娘出身，打情骂俏是她们的本能。

阿桃白天在学校里念书，晚上跟着母亲进这打情骂俏的学校，受那荡妇浪女的教育。而这种教育潜移默化的能力，更强于学校教育十倍。所以阿桃不过十五岁小小年纪，而目成眉语，样样来得，已变成个狐媚子模样了。因了这班姨太太的领导，又常到游戏场所走走。凡是什么提倡男女不正当爱情的苏滩、本滩、新剧、弹词，以及粗俗不堪的四明戏、扬州戏等，她都喜欢涉猎一二。课余之暇，连自己也能哼得上口。而她素所擅长的小调，也加多了不少，连《打牙牌》《和尚采花》也学会了。

刘致祥虽不以为然，但因爱女儿过甚，竟不忍说什么话。那些日常往来的姨太太又一致捧场，天花乱坠地说刘小姐如何聪明、如何伶俐，顿使阿桃傲然自大起来，以为比在学校中大考得第一名更荣幸啊！

刘致祥年已半百，只有这一颗掌上明珠，也难怪他要溺爱些。有一晚阿桃打扮得花团锦簇，跟着她母亲上女总会去了。刘致祥目送母女俩出门，微喟着对我说道："唉，这一次中秋节的节关又难过咧。现在还在六月中旬，去年中秋足有两个月，昨夜我背地翻看她们的绸缎账洋货账，一共已三百多元；加着旁的账，非五六百元不办。不用说又要负债了。"

我道："老友，你自己再节俭也没有了，但你何不劝劝嫂夫人和令爱略略搏节些呢？"

他摇头道："不行，她们俩都是受不得一句话的，我语气只需说得重一些，她们就要生气。哭的哭，绝食的绝食，使我万分难受，因此我只得做个哑子吃黄连，说不出的苦，再也不敢向她们说话了。"

我道："但你未免太苦。"

他道："这有什么法儿想？实在也因我平日爱她们过甚，才纵容到这般地步。人家唤我'老牛'，一点儿不错。我正像牛一般为她们做着苦工啊！"说时满脸现出很感慨的样子，但是一转眼望到了壁上一张母女俩合拍的小影上面，那愁眉苦脸上却又堆上笑来了。

一天，刘致祥正在银行中忙着办事，直忙得头昏眼花，暮听得耳边一声"爸爸"，早见他女儿阿桃已花枝招展似的走了过来。他急忙把手头填写着的储蓄折子交给了一个副手，赶出柜台来问："是什么事？"

阿桃装模作样地说道："爸爸你不要吓，我又是来向你要钱的。只为学堂中下月初要开一个游艺大会，他们派我做仙女，须得做一身仙女的衣服。妈给了我五十块不够，还要五十块钱。"

刘致祥皱眉道："我今天身边恰没有钱，你为什么不取了绸缎庄洋货庄的折子去呢？"

阿桃道："不是的。这衣服是在外国裁缝店里做的，衣料也由他们包办，还是上礼拜定下，今天要去取了。"

刘致祥没奈何，只得回进柜台去，向一位高级同事告借了五十块钱，出来交与阿桃。阿桃才嫣然一笑，向他老人家做了个眉眼，泼风价去了。

　　阿桃自做过了游艺大会中的仙女以后，报纸中都登着她的小影，大吹大擂地赞美她的色艺，称她是天上安琪儿，是中国司艺术之神。禁不得这样一捧，可就引起了社会的注意，更引起了多数青年的注意。小小一个刘桃女士，竟变作了一时代的雄狮。投函要和她订交的，不知有多少人，由同学们的介绍，便结识了好几个很漂亮的青年。内中有富家子，有大学生，真的是一时之选。他们如狂如醉，紧随着阿桃，差不多有跬步不离之势，大家伴着她玩，送她礼物，尽力博她的欢心。有时夜半归来，总把汽车送她到家里。

　　于是，她家东邻一位老先生，一辈子主张男女授受不亲学说的，忙着来问我道："你近来可瞧见刘家女孩子么？"

　　我道："可是说桃小姐，她近来怎么样？"

　　老先生道："结交男子啊。"

　　我道："这不算一回事，现在新派女子提倡社交，尽可结交男朋友的。"

　　老先生道："但她的男朋友未免太多了。前天我还看见她同着四五个小滑头从一家西餐馆中出来，谑浪笑傲的，都似乎有了醉意。十五岁的女孩子，使得么？"

　　我道："你老人家眼睛靠不住，没的看错了人。"

　　老先生道："我敢对天立誓，对神明立誓，决不看错。我且还听说，她近来虽说上学堂去，其实并不在学堂中咧。"

　　我听了这些话，半晌不作声，接着便婉劝那老先生，不要在外多说，损坏了我老友刘致祥清白的名誉。

　　可是那老先生是个热心而喜管闲事的人，他悄悄地寄了封信到华达银行去，将这事报与刘致祥知道。致祥最爱重的是名誉，读了此信先还不信，一边却暗暗准备留意他女儿的行动。

有一天他从银行中公毕回家去，走过一家新开的大旅馆，蓦见一对男女从那旅馆中出来，肩并肩走着，模样儿十分亲热。刘致祥心中一动，忙赶上一步瞧时，那女的不是他女儿阿桃是谁？

他大发雷霆，大声问道："你为什么不上学堂去，却在这个所在？"

这时那男的见不是路，早脚里明白，捉空儿溜走了。

刘致祥又叱问阿桃道："快说，你为什么到这儿来？"

阿桃涨红了脸，嗫嚅着答道："在这儿望朋友。"

刘致祥道："该死，该死！你还要扯谎么？快快跟我回去，我再问你。"

阿桃便一声儿不响，跟着她父亲走了。回到家里，刘致祥气愤已极，便也不管他夫人的哭劝，将阿桃关闭在一间小房中，对她说道："女孩子如此荒唐，我们一家的门风被你倒尽了。今夜关你在这里，好教你闭门思过。你倘悔过了，才放你出来。"

阿桃这时也恼羞成怒起来，勃然道："任你关死了我，我也决不说一句悔过的话。结交男朋友，那是我们女学生应享的权利。做父亲的不能干涉。"

刘致祥无话可说，咬紧了牙齿，把阿桃锁在小房中。阿桃一点儿不以为意，写情书，唱小调，挨过了半夜。而刘致祥夫妇俩却足闹了一夜，没有安睡。第二天早上，阿桃被她母亲放走了。

唉，女孩子的贞操，原好像极精细的瓷器，倘能始终爱护，才成完璧，要是一有裂痕，便终于破碎咧！阿桃自经了这回事以后，也就明目张胆，索性不顾廉耻了。每天非深夜不归，有时竟宿在外边。而所谓男朋友之多，更着实可惊，逐一在那里尝试同居之爱。一个月中，连换了好几个人，简直像更换衣服一般。

第二年的冬季，阿桃一个小肚子竟膨脝起来。十六岁的女孩子，居然取得了为母的资格。刘致祥虽是气个半死，但又不能不出来收拾这不了之局。于是捉住了那个犯罪的青年陈一飞，强迫他和女儿结婚，勉强保住了他家的家声。不用说，婚礼很草率。刘致祥垂头丧气，活像是送丧的样子。新娘、新郎也都不快意，因为他们所欢喜的是完全浪漫的生活，一结了婚，可就缚手缚脚地不自由了。

那陈一飞的家是在苏州的，结婚以后两口儿便往苏州去。一时风平浪静，使刘致祥心中得到一种安慰。阿桃也有信给她母亲，说他们俩很快乐，只是他的父母不肯承认他们的婚事。这也无可奈何。目前是另外租了屋子，组织了一个小家庭，横竖一飞很能爱她，也不怕什么了。信中并没有一字提起父亲。刘致祥也置之不理。

过了几月，阿桃生下一个女儿来，产后香桃骨损，憔悴不堪。一飞看着，渐觉厌恶，而手头的钱也使完了，家里又不肯接济，末了便向北京一溜，将妻女轻轻抛弃了。

阿桃生性高傲，不肯向一飞父母去吵闹，自管带着女儿回到上海。但想这女儿太累赘，足以障碍自己以后的行动，于是向她母亲那里一送，从此不负责任。到得身体完全复原、容光重又焕发时，便嫁了个富人做小老婆，很享受些起居饮食上的幸福。但她野性难驯，忽又爱上了个拆白党（方言，吴语上海话，20世纪20—40年代的上海俚语，指设圈套骗取财物的流氓集团或使用诈骗的坏分子），被丈夫觉察逐出，而那拆白党见无利可图，也就和她断绝了。她为了维持个人的生活起见，便投身进电影界去，仗着她的美貌和媚态，居然成了个电影明星，名震一时。有一个大学生瞧上了她，正式娶她做夫人。半年以后，她便和银幕告别了。谁知江山好政，本性难移。这一枝轻薄桃花，终于不能宜室宜家，挨过了一年便又宣告离婚。

光阴流水一般流去，不能长驻。美人的颜色，也何曾能长驻呢？阿桃胡混了好多年，竟沦落在私媚队中，过那种抱衾与裯的生活，先还很可过去，但因一年年斫丧过甚，色也衰得快了。而一般人因她阅人过多，身中积毒，再也不敢和她接近。于是可怜的阿桃竟陷到了穷途末路，衣食住都支持不来。

有人劝她回家去，但她既没有面目去见老父，而老父也早已登报驱逐，万不能再容她回去。加着她母亲和她所生的女儿又都死了，毫无转圜的余地，因此便年年漂泊，筋疲力尽地和生活奋斗着。最后无可奈何，只索借着歌唱为生，好在她肚里有无数的小调在着，差可换碗饭吃。每夜街头巷口，总有人听得一派凄咽的歌唱声，和着一张嘶哑的弦索，似乎在弦线上弹出许多眼泪来，而最最动听的却是她自编的一支悲曲，叫作《归去难》。

一丛花

"玉软香清，珠圆样小，此花丰格谁同？猛记她人，翠鬟云影双笼，银丝绾就团围样，绕钗梁艳雪蒙蒙。最相宜，人也娉婷，花也玲珑……"这半阕《茉莉花》词，是他夏夜无事时常在口头哼着的，也像他们爱唱戏的人，常哼着"八月十五月光明……"一样。可是他生平爱花，更爱着茉莉花，却不道那小小的一丛茉莉花，也就判定了他的终身大事。

他半年来坐想行思，梦绕魂缠，兀自记挂着他的未婚妻。这回从北京学校中暑假回来，提着皮包，走出火车站，劈头第一个就去瞧他的未婚妻；任是家中有倚闾而望的老母，也不放在心上。

那霞飞路口一角小楼，可不是他未婚妻的家么？他见后门正开着，婢子阿宝正在后天井里洗衣服，雪白的肥皂沫把两条臂儿都掩盖住了。阿宝一见他，唤了声"少爷"。他急忙丢个眼色，不许她声张，自管蹑手蹑脚地溜上楼梯去，直闯到他未婚妻的绣阁中，脱口喊道："哈罗，买爱大灵（即英文 Hello, my darling）。"

那时他未婚妻正在镜台前梳掠着一头乌油油的短发，一听得呼声，便直竖地竖了起来，娇嗔道："你这人好没道理，一死到上海就跑来吓人。"

他涎着脸连赔了好几个不是，方始回嗔作喜起来。两下并坐在镜台前，有一搭没一搭地诉说别后相思之苦。衣架上挂着的小竹丝笼中，有一只叫哥哥没命地叫着，也似乎表示它的高兴。

他回来了一个礼拜了，因为被几个至亲好友绊住了身，不是给他洗尘，便是约他打麻雀，竟腾不出工夫来和他未婚妻好好地畅叙一次。今天他才打定了主意，揣了二十块钱在怀中，要去请请未婚妻了。

他的秩序单上共有三个节目：一、吃夜饭，西餐或中菜，唯玉人之命是从；二、夜游法国公园；三、上跳舞场跳舞，大华、卡尔登，亦唯玉人之命是从。他欢天喜地地把这秩序单呈报了未婚太太。谁知却不曾完全批准，说一二两项可以照办，时间以九点半钟为限。第三项因小姊妹有约在先，恕不奉陪。他虽不很满意，但也不能不勉允下来。

这一天天气热极了，寒暑表升在一百度以上。骄阳在天，加足了热度，火辣辣地射将下来，把那柏油浇铺的街道烘得软软的，像面衣饼一样。所有大街小巷的屋子都似乎抬着头，向天叫苦，喘不过气来。路中行人都像面包般在炉子上烘着，没一个不是汗流浃背、耳赤面红，满口子喊着"热、热"。连那些狗也——伸出了个血红的长舌子，似乎在那里喊热不已。路旁的树好似老僧入定一般，枝叶静定着，文风不动。这样的大热天，连那辈年高德劭的老先生，也说是一辈子难得遇到的了。

然而他热衷了情爱，对于这天热如火倒不大觉得。一到五点多钟，火热的太阳还没有下去，就急急地赶到他未婚妻家中，伺候她梳头打扮起来。而更使他欢喜的，便是那一个用银丝穿成碗儿般大的茉莉花球，刚由卖花娘子送来，先在鹅黄瓷碟子里养了一会子，然后簪上她的衣襟，一阵阵妙香披拂，掺和着她身上的衣香直熏得他心儿醉了。

西餐馆楼上一间精致的餐室中，双影并头，喁喁软语，正在商量点些什么菜。他笑逐颜开地说道："我们两口子对吃，正好像吃暖房夜饭一样，总得尽兴儿饱餐顿。"

她信手拈起一张公司菜单来看了一眼，忙撂下道："天热，多也吃不下，点几样清爽些的吧。"

他把纸笔取在手里，满眼带笑地睃着她道："我做你的点菜书记，请一样样地报下来，我等着下笔咧。

她喝了口柠檬茶，想了一想，便说："鸡绒鲍鱼汤、白汁鲑鱼、生菜虾仁、通心粉雀肉杯……"

他忙问道："添一个什么饭，什么点心？"

她摇头道："我的肚皮不通海，来一个樱桃梨算了。"

他从头看了一遍，又凑趣道："呵呵，你所点的菜恰也是我所要点的，我们俩正可算得心心相印了。"

她笑了一笑，弄着刀叉不答白。

大抵天下未婚的夫妇，有权利而没有义务，风味总比夫妇好。未婚时好似一杯纯粹的牛乳又加了雪白的糖，已婚之后那就好似和了咖啡在内，甜味中不免带些儿苦了。

这一顿夜饭吃得很快，八点钟就吃完了。出餐馆时他为了博未婚妻的欢心起见，特地唤了一辆汽车，坐着上法国公园去。

一路晚风拂面，有女同车，他真快乐得有飘飘欲仙之概。到了公园门前，两下里携手而入，一样的夏夜，在这水木明瑟的园子里看去，便觉分外地美丽。一轮明月挂在空中，似是一面新磨的玉镜，照得满园子通明无障。这边是花，那边是树，这边是茅亭，那边是池子。月光水汪汪地似乎滴出水来，把这园子和园中游人洗了一下。那一带大树千章，枝叶儿交纠在一起，搭成了个油碧之幄。月光随意在枝叶的罅儿中泻下来，地上便像铺了一条绣花的毯子。白天里的风姨娇贵非常，不知躲在什么深闺绣阁里，此刻也把那温柔可爱的好风徐徐送来了。诗人李青莲所谓"清风朗月不用一钱买"。这时满园子夜游的女士，都很便宜地兼而有之了。

他和未婚妻携着手，在那天津地毯般软厚的草地上缓步走去，两人对着那一片美丽的夜景，一时都愉快得说不出话来。暗中香风微拂，常见一对对情侣肩并肩地走过，低低地在那里讲着情话，带出轻婉的甜笑声来。有时香风中送来一阵腋气，那就见西方美人袅袅婷婷地走过了。一班外国小孩子玩了一天，还没有回去，在树下或草地上奔跑打滚，时时有尖锐的笑声送将过来。他们的 am ah（俱系中国中年或老年之佣妇，称为阿妈，专以照顾此辈西孩者，亦唯有钱之家雇用之），操着洋泾浜西语，放出劈毛竹似的声音，喝止他们。然而较小的孩子都已回去，所留着玩的也不多了。

他们俩绕了个圈儿，便想坐一会子休息。

他说："到山亭上去坐地，好么？下面有人造的瀑布，听听水声也好。"

她道："亭子上一定早有人占据着了，我们跑上去看人家接吻不成？"

他笑了一声，把她纤手紧握了一下，接着问道："那么我们到哪里去坐呢？"

她道："池子边不好么？池中荷花都开了，趁此闻闻荷花的香味，岂不有趣？"

他又把情眼睃了她一下道："我不爱荷花，却爱你衣襟上的茉莉花球。茉莉花本来香，上了你的身却益发香得可爱了。"

她似嗔非嗔地叱道："死人，算你会说。"

一会儿两人已到了池边，却见有一张两人坐的椅子空在那里，他便掏出手帕子铺在上边，一块儿坐下了。满池的荷花都已开放，真所谓抱月生香、凌波弄影。在夜中看去，别有一种幽致，而晚风吹着荷叶，槭槭作响，也仿佛在那里说情话一般。两人看着荷花，默然了半晌，飞萤点点在椅旁一闪一闪地掠过了。她见了，立时把那小团扇扑去。

他笑着道："好一个轻罗小扇扑流萤。"

她扑到了一个，回过来说道："书呆子，又掉文了。我不欢喜这个，以后可不许掉文。"

他忙道："我知道，我知道，你的话胜似皇帝的上谕，我是不敢不遵的。且慢，我有一件事要和你商量，也得请你恩准才是。"

她道："做张做致的，又有什么大不了的事？快快给我说来。"

他嗫嚅着道："可不是么？我们订婚以来，也有两个年头了。我的年纪虽算不得怎么大，可也虚度了二十五年。我的母亲急着要抱孙子，曾屡次唤我探听你的意思。今年里可能过门？要是说来得及的，那么就由她请瞎子先生拣定吉日，再正式前来报日……"

她听到这里，不由得皱了皱眉头道："不行不行，今年里无论如何一定是来不及的。况且我究竟愿意不愿意嫁给你，还得做最后的考虑。免得结婚以后，又要办离婚手续，太麻烦了。"

他白瞪着眼对她瞧，很诧异地说道："你这话很奇怪，可是什么意思？"

她看了看腕表道："咦，九点半钟到了，我就得上小姊妹家去。这问题明天再细细地谈，好在我的心总是向你的，你不用发急吧。"说着嫣然一笑，挽着他的臂儿一同立起来。

他知道她有意逗着他玩的，也就恢复了本来的态度，昵声说道："我们一块儿在这里，真好似在天堂中一样，怎么一会儿就去了？"

她道："我有我的事，你难道不能原谅我么？"

他便不说什么，伴着她向园外走去。到了门口，他忽地停住了脚说道："亲爱的，你可能把那茉莉花球送给我，那我回到家里，好闻着花香想会子你，当你仍在我身边一样。"

她扑哧一笑道："你又要发痴了，不给你，你回去一定睡不着，就给了你吧。"当下便从襟上卸下那茉莉花球来，直送到他鼻子前。他快乐得什么似的，忙将双手接住了，于是道一声"明天会"，彼此分手而去。

他回到家里，向母亲敷衍了几句，就入到自己卧房中，把茉莉花球扣在自己衣襟上，坐在椅中歇息，闭着眼又哼起那"……最相宜，人也娉婷，花也玲珑"的半阕《茉莉花》词来。一阵阵浓烈的花香直冲到他鼻中口中，把他的心儿胃儿脾儿都像沉浸在茉莉花酒中，浸得醉了。

他坐了一会子，觉得没有事做，想还是睡吧。因便换了睡衣，躺在床上，把那茉莉花球放在枕边。一阵阵的浓香又来了，他忽又想起前人有一首诗是咏茉莉的，只记得"枕边都是助情花"一句，旁的三句却兀自记不起来，又不记得是谁的诗。

他本来睡不着，便起来向书橱中翻书，东一本，西一本，撂了满地，把半橱的书都翻了个身，才好容易从一本诗话中捡出这首诗来，叫作"酒阑娇惰抱琵琶，茉莉新堆两鬓鸦，消受香风在凉夜，枕边都是助情花"。是一位诗人唤作徐燮的手笔。他很为欢喜，重又躺上床去，枕边茉莉花的浓香又来了。便细细咀嚼着"助情花"三字，因而连带想起他那簪这茉莉花球的未婚妻来。娇媚的眼，柔嫩的颊，白净的臂，纤软的手，以及丰满的酥胸，和其余一切使人动心的部分，都是美的、可爱的，他想着……他想着……茉莉花的浓香又来了。……他越是想越是睡不着，心中烦躁已极，便从床上跳下来，在屋子里往来踱步。踱了一会子，仍是烦躁，坐下来，烦躁依然。

他觉得今夜无论如何，一个人绝不能再挨下去了，便不知不觉地走出门去，不知不觉地想起三年前一位白相朋友带他去过的一个所在，一条狭狭的弄口挂着一盏方灯，灯上不着一字，只有血红的两个号码，是 66。进门即是楼梯，楼上即是房间。据说这小小一间房中，便是个销魂荡魄之地。他鼻子里闻着茉莉花香，一颗心突突地乱跳，如有鬼使神差似的，竟不知不觉地到了这个所在。

他脱去了外衣，在床边坐下了，没口子地嚷道："唤一个好的来，人要时髦，价钱贵些不妨事。"

一个胖胖的佣妇答应着去了，他独坐着很乏味，便把四下里打量了一遍，口头又哼着那半阕《茉莉花》词。心中的烦躁已略略平了，这样不知过了多少时候，忽见那胖胖的佣妇走了进来，低低地说："来了，来了。"

他聚精会神把两眼射在门口，门帘缓缓地揭开了，现出一个亭亭倩影。他两眼刚看到那脸上，不由得大叫了一声，扑地跳起身来。那人也惊呼一声，忙不迭要退将出去。但已来不及了，早被他一把拖入室中。她见跑不掉，也就立住了。

他神思昏昏地挣扎了半晌，方始忐愣愣地讲出一句话来道："该死，该死！你怎么到这地方来了？"

她低头不语了半晌，才勃然答道："我果然该死，但你怎么到这地方来了？"

他顿了一顿，冷冷地说道："我们男子到这地方来是逢场作戏，偶然消遣。好一踏进这门口，可就坏了名节，堕落了人格。"

她冷笑着道："哼哼，谁给你这特权把男子、女子分得这般清楚的？男子干得的事，女子为什么干不得？"

他跺脚道："但你是我的未婚妻呀，太对不起我了。"

她接口道："但你是我的未婚夫呀，也怎么对得起我？"

他这时气得冷了半身，有气没力地说道："罢罢罢，你走你的路，我走我的路。"说完，丢了两块钱在桌子上，飞一般跑出房间，跑下楼梯去了。

他神经上受了这绝大刺激，再也不能恢复他的常度。自己也不知道上哪里去好，走不多路，忽有人走上来说道："少爷，要兜风么？车儿是新漆的。"他应了一声好，便跟着那人跳上汽车，又道："任便哪里去绕个大圈儿就得了。"一路风驰电掣，由热闹场而渐入清凉之境，他被凉风一吹，定了定神，头脑中也清凉多了，心中的气也平下去了，自己安慰自己道，天下多美妇人，何必是……

车儿驶过一家跳舞场，门前的电灯招牌霍霍地耀入眼帘，隐隐还听得嘉士班（Jazz band）的繁弦急管之声。那汽车夫略略开慢了些，回头问道："少爷，要到里面去坐坐么？"

他又应了一声"好"，起身跳下车来，踱进门去，入到舞场中坐下。唤仆欧做一杯冰橘露来，含了一根细纸管儿嗫着。隔座有女客簪着茉莉花球，时时随风送过香来，使他心中说不出地难受，急忙换了个座子。

那时交际舞恰完毕，灯光大明，一对对的舞侣纷纷归座。忽然有人招呼他道："咦，你怎么一个人在此，不带你的 Fiancee（未婚妻）来跳舞？"

他放过了那杯冰橘露，抬头瞧时，却见是他的一个同学，正同着未婚妻在一起，于是站起身来和两人握了握手，嗫嚅着答道："是的……是的……她染了时疫了。"

他同学失惊道："呀，怎么染了时疫？可曾送医院？"

他抹着额汗，连连点头道："是的……是的，她已进了医院，很危险，很危险……"

他坐了一会子，看见人家花花对舞、燕燕交飞，很感觉到自己的苦闷与寂寞。舞台上俄罗斯皇家跳舞班的艺术舞虽很可观，也坐不住了。正想起身出去，猛可里却见舞场门口，一个穿着夜礼服的男子同一个身穿鹅黄纱旗衫而截发的女子，笑吟吟地走进来。

这女子是谁？不——不——不是他的未婚妻么？而刚才那招呼他的同学也瞧见了，似笑非笑地将两眼射将过来。

他这时如坐针毡，再也受不下了，便跟跟跄跄地立起身来，夺门而出，急急跳上汽车，直好似一个判定终身监禁的罪犯逃出了监狱咧。

他捧着那枕边的茉莉花球，哭着叹着道："唉，茉莉茉莉，

你是我的功臣。今夜助我揭开了一重丑恶的黑幕。然而我两年来
期待着的毕生幸福，也从此一笔勾销了。"

花虽无言，却也似乎解语一般，在月明中微微含笑，加以亲
切的安慰。

春宵曲

一个月满花芳的春宵，那巴黎白瓷制的美人蒸香器中，正蒸着一盂香水精。香水精经了电热，便发出一缕缕的紫罗兰好香来，氤氲了满室，直使这一角小红楼变作了香国。那天花板的中央，挂着一盏珠珞纷披的电灯，粉霞色的灯光十分柔和地照在一架大钢琴上。琴前软椅中，有一对恋人正唱罢了一支情曲，相偎相依地坐在那里。月啊，花啊，紫罗兰妙香啊，更增加了他们的脉脉柔情，使他们两口子都陶醉了。

二人中陶醉的程度尤其热烈的，却是那音乐师华谷南，偎着他玉软香温的情人爱丽，身子微微颤动着，柔声说道："吾亲爱的甜心，我们俩在哪里？这可是天堂么？我们可是已到了天堂上么？若说是人间不是天堂，那么我为什么满腔子都充塞着快乐，觉得飘飘欲仙呢？"

此时的爱丽女郎猛受了爱的冲动，也早已达到了"四肢红玉软无言，醉，醉，醉"的境界，嘤咛着说道："我爱，你何必问我，我恰恰像你一样，瞧来我们即使没有到天堂，也已去天堂不远了吧！"

华谷南道："我更疑是一场好梦，快不要作声，没的惊破了这温馨甜蜜的梦境。"

两口儿相依相偎，不言不语了多时，于是月暗了，花睡了，香淡了，灯光也似乎倦了。满室中除了小金钟嘀嘀作响外，再也没有旁的声音，只有华谷南领受着这春宵柔乡的乐趣，觉得自己的一颗心撞在胸壁上，不住地在那里作响罢了。当下他就着灯光，看着那含笑不语的爱丽，口中低哼着宋人毛泽民的《清平乐》词道：

> 桃夭杏好，似个人人好，淡抹胭脂眉不扫，笑里知
> 春占了。
> 此情没个人知，灯前子细看伊，恰似云屏半醉，不
> 言不语多时。

华谷南放着他音乐师应弦合拍的声调，哼得分外好听。爱丽拾起星眸来，斜睐了他一下，悄悄问道："谷，你在哼什么，可又是你自制的什么新曲儿么？"

华谷南道："不是，我正在哼一阕宋人的小词，因为这词中的话，恰和眼前情景一一切合。待我逐句来说与你听，'桃夭杏好，似个人人好'，这'个'她便是指你，说你像李花杏花一般的姣好。'淡抹胭脂眉不扫'，今夜你这粉腮子上红颊颊的，不是淡抹着胭脂么？而两道春山，似乎没曾修过，那就合着'眉不扫'三字了。'笑里知春占了'，这是说你千娇百媚的笑容中，被春光占住了啊！'此情没个人知'，那是说我的情没有一个人知道，然而你总得知道。'灯前子细看伊'，'伊'改作'你'字，就是说我此刻在灯前仔细看你呢。'恰似云屏半醉'，你这模样儿花柔柳困的，正活像是半醉之态。'不言不语多时'，你刚才不是好久没说过话么？"

爱丽把两个春葱似的纤指，在华谷南手背上轻轻地拧了一下，樱口中喷出笑来道："亏你这油嘴滑舌儿，拉拉扯扯的，附会得上去。我可要罚你咧。"

华谷南笑道："罚什么，罚我接一个吻可好？"

爱丽啐了他一口道："啐，你又要油嘴滑舌了，我罚你做苦工。"

华谷南道："什么苦工，但请大老爷吩咐下来，小的不敢不遵。"

爱丽道："我要你制一个乐谱，把那小词中的话编成一支曲儿，好给我夹在新戏中上台去唱的。"

华谷南吐口气道："我道是什么苦工，原来是这么一件稀松平常的事，我只需配上一个乐谱，把那小词做了蓝本，再将今夜的花咧、月咧、紫罗兰香咧描写一下，便编成一支《春宵曲》了。那容易，那容易。"

爱丽欣然道："好个《春宵曲》，你快快给我编去，限你三天交卷。"

华谷南道："我当了这差使，你赏我什么？"

爱丽道："这是我罚你的，你怎么反讨起赏来？"

华谷南涎着脸道："我不愿受罚，却先要领赏。"说时掀高了他的嘴唇，慢慢地凑到爱丽那张樱桃小口上去。……

这当儿月胧胧，花馥馥，月光撇开了花影，却把那一对恋人的并头双影写上窗纱，彼此紧贴着，直泼不进一滴水儿……

这是光明影戏院所映新影片《春宵曲》的一节，梁梦庵看到这里，不由得回肠荡气起来，四座观众见了银幕上恋人接吻，都拍着手。也有些少见多怪的人，啧啧啧做出接吻的声音来。

以下的情节便是说，歌女爱丽得了她恋人华谷南的一支《春宵曲》，插在新戏《春闺梦里人》中，上台演唱，受观众热烈的欢迎，大小各报也一致赞美。此戏连演一个月，夜夜总是满座。爱丽本来是个很红的歌女，如今因了这春宵一曲，却益发红了。有人知道她和华谷南一重情天公案的，便在报纸比大书特书，说那"《春宵曲》是爱丽姑娘的恋人即景生情，特地为她编制的。这恋人是谁？便是著名音乐家华谷南先生"。他们生怕引起交涉，不敢直书华谷南，然而颠之倒之，使人一望而知。可是华谷南原是使君有妇的，他夫人一见报上言之凿凿，便妒火中烧，和丈夫大闹起来，以致发生出一场伤心刻骨的悲剧，竟使那红氍毹上的妙人儿柔肠寸断，宛转而死。

这一本影戏大致是描写妇人的嫉妒，有破坏一切的能力。那饰华夫人的一位女明星似乎是个天生的醋娘子，表演得十分神似。

一会儿全片完了，四下里的电灯都亮了起来，梁梦庵取起一个纸裹，戴上西帽，离了座位，挤在人堆中，一步步挨出影戏院的大门。一看门口大钟，长短针都已指着十二点，便急忙跳上人力车，赶回家去。他的家远在闸北，最快也需半点钟可到。

一路上他回想着《春宵曲》影片中的情节，便起了"爱""怜""恨"三种观念。他爱爱丽的娇柔，怜华谷南的懦弱，恨华夫人的泼悍。

接着他忽地联想到自己的夫人身上去，想他的夫人何等贤明啊。她明知自己是有腻友的，却从不干涉他的行动。有时虽有些冷言冷语讥刺他，也总是带笑说的。所以结婚三年，从没有吵闹过一次。因此他虽有腻友，而良心上也不得不爱她了。想到这里，他又摸了摸手中那个纸裹儿，自言自语地道："丽珠这几天想吃杏仁糖，已说起过两次了。我今天连跑了三家茶食店，方始买到，此刻悄没声儿地买回去，一定讨她欢喜的。"说时点头微笑，手指在纸裹上弹了几下。

他的家到了，他跳下车来，打发了车钱，三脚两步跨上石阶，伸手叩门。他原知道夫人的习惯是早睡的，每天十点钟就得安睡，此刻定已在黑甜乡中做她的温馨好梦咧。那出来开门的，定是老妈子张妈。她的耳朵已有些聋了，叩门须叩得响些，方能给她听得。因便握紧了拳，用力在门上擂了几下。

当下听得楼梯上一阵脚步声，急急地赶下来。他心中很有些诧异，因为听这蹬蹬之声，分明是他的夫人啊。一会儿那门吱呀地开了，果然见他夫人亭亭立在门内，门口的电灯光照见她满脸现着不高兴的神情。

梦庵急忙带笑问道："咦，丽珠，你怎么还不睡觉，可是特地等着我么？"

丽珠冷冷地答道："还用问么，不是等你难道等旁的人？"

梦庵不再多说，咯噔咯噔地跑上楼去，入到卧房中把皮大衣脱了。丽珠信手来接过去，向绒沙发上一掷，悻悻地说道："你这人倒好，请看看钟上，是什么时候了，可又是什么爱人、恋人，缠着你舍不得放你回来么？"

梦庵急道："罪过罪过，怎又拉扯上爱人、恋人的话来？我正在光明影戏院中看九点一刻的那班影戏，不信有影戏的说明书为凭。"因便从衣袋中掏出一张折叠的油光纸来，展开着直送到丽珠眼前道："你看你看，这不是《春宵曲》的说明书么？今夜光明影戏院所演的，除了新闻片外，就是这大华影戏公司的新出品《春宵曲》。"

丽珠冷笑了一声道："哼，这也能算得证据么？回来时路过光明影戏院向卖票处要一张说明书，那是再容易没有的事。我做了男子，有了野心，也会用这法儿回去哄妻子的。"

梦庵急得面红耳赤地分辩道："我当真在看影戏，何尝哄你？你倘再不信，我敢赌一个毒咒给你听。"

丽珠道："算了吧，我从来没听得过赌咒会应验的。今夜的事可也奇怪，你平日看影戏啊，或是有什么应酬啊，总是白天知照在先，今夜定是在无意中撞见了爱人、恋人，好久不见了，少不得要叙叙了。"

梦庵搔着头，兀是喃喃地说道："这真是冤哉枉也，哪有这回事！只为今天在公司中看见报上登着《春宵曲》是末一夜开映了，我爱这片名怪可爱的，错过了很可惜，所以当夜去看。这主意是到公司中看了报后才打定的，自然不能知照在先了。阿珠，你不要和我闹了，试猜猜看，这里头是什么东西？"说时满面堆下笑来，把那纸裹擎得高高的。

丽珠自管坐在床沿上生气，连正眼儿也不看，做着娇嗔之声道："你累人等得好苦，谁耐烦再挖空心思猜谜子？"

梦庵将那纸裹儿放在床前小桌子上，柔声下气地说道："这是你两天来正在想吃的杏仁糖，我跑了好些路，连上了三家茶点店才买到的。"

丽珠仍是冷若冰霜地说道："谁教你费心，我可没有拜托过你啊！"

梦庵一听这话，也有些恼了，便不再说废话，独自到大理石圆桌子旁坐下，摊开了一本没看完的新小说尽着看。一抬头见那云石钟旁边放着一碟美国蜜橘，一瓢瓢剥得很齐整，这明明是丽珠留给他吃的。他想伸手去取来吃，只是回头见丽珠并不打开他那纸裹儿来，因也赌气不吃美国蜜橘，借此报复。

一个闷坐在床沿上，一个自管看小说，两下相持了半个钟头。那云石钟铛的一响，已报一点钟了。丽珠打了个呵欠，踢去了脚上一双鹅黄缎绣着双鸳鸯的拖鞋，揭开帐子把娇躯移到床上，脱去了外衣裤，唰地向被窝中了下去了，接着懒洋洋地说道："对不起，我要睡了，不能奉陪了。"

梦庵似应非应地吱了一声，仍是看他的小说，然而两眼虽注在书上，他的心却不知着在哪里，全不领会书中所说的话。

这样挨过了半点钟，他想不能再挨下去了。目前虽已构成了交战之局，只需对方略肯让步，未始无议和之可能。而这个议和大会，唯有到被窝中去举行了。于是心儿突突地跳着，溜到床前，点上了火油灯，把电灯旋灭了，脱去了鞋子和外衣裤，小心翼翼地钻到被窝中去。

他的头着到枕上，先偷看丽珠，却见她双闭星眼，分明已入睡了。但他侧过身去时，似乎见她的眼皮也张了一张，趁此偷看他一下。他自管躺下去了，老大地不愿意先树降幡，杀了丈夫的威风，因此有意把身体移开了些，不去和丽珠接触。而丽珠也像划疆而守似的，不越雷池一步，一边鼻息呼呼的，只装着假睡，不来理会梦庵。

梦庵直僵僵地躺着，两眼望着帐顶，不住地唉声叹气，心想万料不到看了一班影戏，迟回了两三个钟头，会惹得夫人疑神疑鬼，以致闹翻的。当下他动一动左脚，一不留意恰碰着了丽珠的小腿，顿如触了电网一般，忙不迭地缩将回来，并不是他不愿意和夫人接触，实在是不愿意先自屈服、落了下风而满心希望着夫人来迁就自己。倘能伸过一弯藕臂来，磕他一下，那真不胜欢迎之至咧。然而丽珠却一动都不动，虽是侧身向外躺着，脸儿和他相对，奈何星眼紧闭，眼电不流，长长的睫毛贴住在下眼皮上，连偷看也不偷看了。更瞧她双臂交叉，掩护着酥胸，似乎也严密布防，生怕丈夫来碰着她，而也防着自己无意中碰着丈夫。这时，这一对同床同枕又同衾的夫妇，竟活像变作了南极和北极咧。

可怜的梦庵，他一心想望议和而苦于议和无从着手，心中又焦急又寂寞，说不出的难受。他虽是身在这长不满七尺、阔不满五尺的钿床之上，却好似没骆驼的孤客，彷徨在沙漠之中；没帆樯的孤舟，漂浮在大洋之上。心想丽珠倘始终抱着这冷淡的态度，不和自己言归于好，那只能眼巴巴地挨到天明休想入睡了。今夜要是一夜不睡觉，明天一定疲倦不堪，如何能上公司办事？他越是这样想，心中越是烦躁，便连翻了几个身。说也奇怪，今夜的床上倒像生了刺似的，任他翻来覆去，总也不觉得舒服；而在他翻身的当儿，偏又撞了丽珠一下。

丽珠陡地睁开眼来，怒声说道："你为什么这样不安定？可是要拆毁这只床么？现在已是什么时刻，也可以安安静静地睡了。"

梦庵苦着脸道："我不知怎的，兀自睡不熟。"

丽珠冷然道："你胡思乱想地尽想着爱人、恋人，自然睡不熟了。但你睡不熟，可不该累得我也不能睡啊！"

梦庵作声不得，索性又做了个鲸鱼翻身，把背对着丽珠，装死不动了。

铛铛铛铛，钟声已报四点。眼见这被窝中的议和大会渐渐地绝望了，梦庵深恨丽珠太冷酷，太执拗，对自己一点儿不肯让步。其实做妻子的对丈夫让步，绝不是羞耻的事。他因了恨丽珠一人，连带把全世界的妇人全都恨到了，想妇人总是不祥之物，总是使男子们受磨折挨苦痛的。别的不用说，就是自己今夜一夜中所受的磨折、所挨的苦痛，已胜于耶稣基督上十字架了。

他这样想着，却听得丽珠的鼻息声很均匀地微微作响，自鸣得意似的直送到他耳中。他因自己睡不熟，见丽珠如此好睡，不由得嫉妒起来，于是有意再翻过身去，将丽珠撞醒了。

丽珠倦眼惺忪地瞅了他一下，含怒说道："你这样横不得竖不得的，到底要怎样才好？我白天既要料理家事，又须照顾孩子们，今夜又等到夜半更深，等你回来，此刻也该让我好好地睡了。你既讨厌我，明天我就让你，回母家去。"说着，珠喉中带着哽咽之声，分明要哭出来咧。梦庵没话可说，又不愿示弱于她，于是把被儿向头上一蒙，躲到被窝的中心去了。

天快要明了，梦庵还是不能睡熟，他想起了那今夜所看的影戏《春宵曲》，便恨得牙痒痒的，自言自语地道："《春宵曲》《春宵曲》，你真是害人不浅。我好好的一个春宵，已被你生生断送咧。"

他因着这"春宵"二字，便又想到古人"春宵一刻值千金"的诗句，今夜闹了一夜，辜负春宵，若把一刻千金核算起来，那么就有好几万的黄金付之流水了。他想想这个想想那个，把许多无谓的事情都有一搭没一搭地想起，百无聊赖之余，想找些小调、戏词和诗词的断句，放在口头哼着，解些寂寞。

他心头一动，总是想着《春宵曲》，因《春宵曲》而感想到自己所度的春宵。古诗中说得好，"芙蓉帐暖度春宵"，这是何等香艳的句儿。唉，我的芙蓉帐里哪里有一丝暖意，简直是结了冰块，变作一片北冰洋了。

　　春宵易过，那处处的啼鸟已将春晓送来了。可怜的梁梦庵，五千遍捣枕捶床，一万声长吁短叹，总算度过了这一个春宵。他挣扎着坐起了身，回头望一望丽珠，见她粉腮子贴在枕上，春睡方酣，而眼角眉梢还留着夜来的泪痕，更觉得楚楚可怜。他心中好生不忍，轻轻地溜下床来，他已准备在夫人城下先树降幡，做一个降将军了。

献衷心

夜来月色很明，照着园中的晚香玉，其白如雪，花香分外地浓郁，荡漾在晚风之中。那多事的风姨忽地挟了这一阵阵的浓香，偷偷地溜进那老医学家杜鸣时博士的书室，将四下里的药香掩盖住了，直扑老博士的鼻观。顿使他老人家也回肠荡气起来，让他枯燥的人生观得了一些子润泽，而他那久已沉定不动的心，便不由得微微波动了。

杜老博士抱着好几十年的学识和经验，曾行医多年，活人无算，得到社会上绝对的信仰，几乎真当他是华佗再生、扁鹊复活。晚年嫌行医麻烦，精力不继，便由他几位门弟子合办了一所医学专门学校，恭恭敬敬地请他老人家去担任校长之职。有许多医学生因久仰杜老博士的医学高深，都纷纷负笈来校，这医校便非常发达。十年以来人才辈出，所有悬壶市上鼎鼎有名的大医士，全是校中的毕业生，这哪得不归功于杜老博士啊！

这一天是博士的七十岁生日，可是他一辈子尽瘁于医学，从没有享过室家之乐，连个一男半女也没有他的份儿，所以他老人家对于这种做寿的俗套，也不愿举行。但他的门弟子们如何过意得去，定要称觞祝嘏。他老人家没奈何，便提出一个条件，说旁的虚文一概免除，只许在酒楼中大家大嚼一顿。门弟子们本想举行大规模的祝典，大大地热闹一下，但见老师执拗，也只索依允他的条件了。博士经了这一场轰饮，已有醉意。出了酒楼，忙回到他校内的寓楼中。一时还睡不着，就照着他夜夜的老例，在书室里小坐，吸一斗板烟，望一会夜云。

无赖的晚风，挟着那晚香玉的浓香，来搅乱老博士寡妇般古井不波的心曲。他见今夜有花有月，花既分外的香，月又分外的明，而一天夜云，又分外的美丽。猛觉得世界万物都是有情之物，唯有自己孑然一身，倒变作了个木强无情的人，未免辜负了这有情的世界。当下里便引动了身世之感，益发觉得寂寞无聊了。他抬眼向四面瞧时，只见满目琳琅的都是中外的医书，案头所陈列着的无非是五颜六色大大小小的药水瓶；就中有一个大瓶，满盛淡黄色的药水，浸着一颗碎裂的心。

这心是谁的？他隐隐记得是四五十年前一个邻家女儿的心啊！他不知怎的，今夜瞧在眼中，心头忽然刺促不安起来。急忙靠坐在一张安乐椅中，抬头向天，紧紧地闭上了眼睛，将他自己那颗不安定的心，暂时寄在云表，一边他归咎于今夜多喝了酒。

蓦然之间，猛觉得肩头轻轻地一拍，很轻很轻，简直像一朵落花或一片落叶掉在肩上的一般。他唰地一惊，急忙张开眼睛来，却见一个二十多岁的女子，不知在什么时候溜入室中，玉树亭亭地立在那里。黑黑的发儿，弯弯的眉儿，亮亮的眼儿，嫩嫩的颊儿，小小的嘴儿。就这一张脸，已当得上一个美字了，又加上了那不长不短不肥不瘦的身材，真是个美人的胚子。她所穿的衣服，虽还是四五十年前的旧式装束，却也不减其美。

杜老博士眼睁睁地呆瞧着，不知她是什么人，黉夜到这儿来，又不知为的什么事？愣了好一会子，才柔声问道："姑娘是谁，此来有何见教？"

那女子嫣然一笑，莺声呖呖地开言道："博士，你难道不认识我了么？我即是四十多年前住在绵恨街中和你家贴邻的秦银鸾啊！当时我曾献与你一颗碎裂的心，承你的情，倒还安放在这儿咧。"

杜老博士听到这里，大吃一惊，身体虽仍坐在椅中，上半身却尽着向后退缩，只可恨被椅背挡住了，无可再退，无可再缩，一边便颤声问道："秦银鸾，秦银鸾，你不是早就死了么？"

那女子忙道："死了又打什么紧？你不见我虽隔了四五十年，仍还年轻，仍还貌美，一点儿没有变动。这不是比你们活在世上强得多么？但瞧你——你当初是出落得何等的漂亮，穿着西装，又何等的挺拔，而如今却已发白如雪、背曲如弓，早变作一个老头儿了。"

杜老博士靠在椅中，兀自微微打战，作声不得。那女子忙道："博士，你不要怕。我此来毫无恶意，只为四十多年阴阳相隔，记挂得很，特地来望望你，和你谈谈。可是我并非淫荡妇阎婆惜，你也不是负心汉张三郎，我用不着来串一出'活捉'啊！"

杜老博士这时虽放下了一半儿的心，但是当面和鬼物说话，总觉得不自在，当下便有气没力地说道："谢谢你，谢谢你的一片好意。"

那女子故意学着"葡萄仙子"中的腔调，鞠躬笑答道："不要客……气，不要客……气。"一面将那两道灵活的秋波向四下里乱转，忽又变换了口气道，"博士，光阴过得真快，一转眼已过了四五十年。你仍还在那里行医卖药么？"

博士摇头道："不，我久不行医，在这里办个医校，教人学医。"

那女子道："但愿你教出来的学生，多给女孩子们医医心病，不要硬着心肠不瞅不睬，瞧她们心碎而死。不幸的我，便是供你牺牲的。且慢，我还得问你，你四五十年来可是依旧抱着独身主义，并没有娶妻生子么？照例早该儿孙满堂，做个老封翁了。"

杜博士道："我的心一辈子用在医学上，竟没有想到娶妻生子这些尘俗的事。到如今年华老去，也未免有些儿寂寞咧。"

女子冷然道："你也有觉得寂寞的一天么？既有今日，当初为什么瞧不起人，硬生生地捣碎了人家的心，置之死地啊？"说到这里，泼风似的赶到窗前，将案头那个浸着心的浅黄色药水瓶捧将起来，含悲带怨地说道，"你瞧，你瞧，这上边有无数裂纹，像一个无价之宝的古瓷瓶，被人砸碎了。这每一条裂纹中，正不知包含着我多少哀怨的血泪呢！"说时两手颤动，那瓶子几乎要掉落下来。

杜博士急忙捧住了，很郑重地还放在案上，口中喃喃地说道："可怜，可怜，谁料得到你会情深一往，竟致心碎而死的？"

女子勃然道："为什么不？你以为一个唱戏的女戏子，就不知道爱情，就不会情深一往么？想当年我们同住在绵恨街中，两家贴邻，只隔得一堵墙壁。你家有钱，而我家清贫。端为我父亲早年故世，没有儿子，单生了个我。母亲见人家女孩子上戏园子唱戏都很能挣钱，不由得眼红起来，因也请了教师，教我唱戏。谁知一唱了戏，就好似做了贼强盗似的，身份立时降落下去。但我还是个天真烂漫的女孩子，哪里知道身份不身份？得了闲总得上你家的门，和你一块儿玩。我的小心坎中，早就满满地嵌着你了，到得你读完了小学中学，上大学堂去学医，我们俩都已成丁；于是我觉得你和你的父母，都渐渐地和我生分起来。

"我也就不敢常到你家来走动，唯有我那学戏时高唱的声音可关闭不住，不免天天要来惊扰你们。而我私下以为，我的声音倘能常给你听得，也觉得万分欢喜的。你每天早上出去，我总得半开着窗偷看你；傍晚时立在门前，等候你回来。远远地听得了你的脚步声，我的心便突突地不住地跳了。这样过了一天又一天，而我爱慕你的心也一天深似一天、一天热似一天。但我哪里知道，你正抱着大志，一心要做你的大医学家，并不留意到一个学着唱戏的穷女孩子。

"从此见面的日子很少，彼此的情谊也淡了。本来东邻西舍小孩子时代的情谊，只热在一时，终于是不可靠的。到得你大学医科毕业，上北京某大医院去实习时，我眼瞧着你越去越远，连那推窗偷看、倚门守候也没有我的份儿了，于是心坎深处顿像堵塞着什么东西似的，推不开去。过了几时，这东西似乎活了，日夜磨砺着牙齿在那里吃我的心，正好似春蚕吃那桑叶一般。唉，你——你又哪里知道啊？"

杜博士听了这番话，好生感动，眼眶子里湿润润地有了眼泪，急忙将手掩住了。

那女子又道："那时我戏已学成，为了维持我们母女俩的生活起见，不得不老着脸登台唱戏了。可是我既怀着这一腔子不可告人的心事，又哪能唱得好什么戏？每在哀怨无奈之中，发着幽咽凄哽之声，不知如何却把《六月雪》《玉堂春》一种悲情的戏唱红了。自有许多好事文人没命地捧场，又给我上了什么'哀艳亲王'的封号。日夜在后台侍候我的人，不知有多少。然而我的心中何尝有他们一丝一毫的印象？我只知有你，再也没有第二人能闯入我的心坎了。"

杜博士嗫嚅道："你这样的多情，真使我感激不尽，但你当初为什么不向我表示呢？"

女子道："那时你远在京中，何从表示？况且我是个唱戏的女孩子，也决不敢作非分之想。只索拼着一辈子单相思了。果然不上一年，我竟害起心病来，身子一天天瘦下去，变作了个瘵病模样。戏院子里，十天倒有八天请假。我母亲虽给我延医服药，也没有多大效验。事有凑巧，这年年底，你回来过年，母亲为便利起见，就天天请你来诊治。多谢上天，我居然天天能见你的面了。你每次来时，坐在我的床边，总得握着我的手看脉，眉宇之间微有忧色，我便快乐得什么似的，以为我病了能使你忧，这就足见你很爱我啊！因此我不但不恨我的病，反感激病魔能使我天天享受那片刻儿甜蜜的光阴。"

博士喟然道："可怜的女孩子，可怜的女孩子，我何尝知道呢？"

那女子白白的脸，忽地现出一片玫瑰嫣红之色，分明是很激动的样子，接着又道："博士，你还记得么？那时你每在早上来给我诊治时，总见我模样儿很好，大有起色。你道为什么？这并不是你的药石之功，只为好天良夜，我往往入梦，梦中的你，比在梦外亲热十倍。话是情话，笑是情笑，你且还和我接吻，竟像情人一样。梦中的情景，虽是空虚的，然而醒回来时还觉得津津有味。这就好似服了一剂灵药。"

博士捧着头憔恼似的说道："你生着嘴，为什么不说？我是个书呆子，可瞧不到你正用情在我身上啊！"

女子道："女孩儿家羞人答答的，好意思亲口将心事说出来么？那时我天天见你，夜夜梦你，倒很心安意得，病也渐渐地好了。年初一那天，我居然上戏园子去，日夜登台，唱了两出戏，博得不少的喝彩声。年初三那夜，记得你也来看我的戏。我站在台上，和你遥遥相对，心花朵朵儿开了。于是我因为你在座，就分外地卖力，你瞧我这一部《玉堂春》唱功极多，我竟始终不曾放松一些，完全不像是个久病初愈的人。要知我这一夜的戏，聚精会神，都是为你做的啊！

"这样一连唱到元宵，不曾告过假。园主挣到了不少的钱，好生欢喜。而我的名字，也越唱越红了。有许多痴心妄想的臭男子都千方百计地来亲近我，想得些好处。然而我这颗心中仍满满地装着你，转移不动！唉，这半个月的好时光，一会儿已过去了，你又上北京去了。我的病又上了身了。这病不来便罢，一来便不肯再去，每过一天，病势也加重一天。两个月后，已甚是沉重，无论什么名医，都医不好我的病。

"有一天在热极的当儿，大说谵语，把心事都说了出来，给母亲听得明明白白。第二天清醒之后，母亲就竭力安慰我说，好孩子，你的心事妈都知道了，停一天请媒去说亲。杜公子他们都疼你，那一定办得到的。当下我虽觉害羞，心却放宽了。过了一天，母亲果然挽了西邻的沈嬷嬷，到你们那里去说亲。回头沈嬷嬷来告知母亲，说杜老爷、杜太太都不敢作主，须写信到北京去问杜公子。且等半个月后再给回话。我听了，心头也安慰了不少，以为二老既并不一口回绝，那就有些希望了。于是一天天很乐观地盼望着。

"不到半月以后，回话来了，说杜公子已有信来，不赞成这段婚事。因为唱戏的女孩子太下贱了，不配做夫人。这话是沈嬷嬷私下来告知母亲的，母亲虽想瞒过了我，将好消息来骗我，安慰我，但早已给我听得一清二楚。这个当头霹雳，直好似把我从天堂中打入地狱。我的心苦痛万分，便渐渐地碎了。"

博士诹道："呀！我全不知道有这回事啊！当初我父亲母亲并没有写信来问我，什么唱戏的女孩子不配做夫人的话，全是他们编出来的。唉！这真苦了你了。"说完抱着头流下泪来。

那女子在旁瞧着，面现喜色，伸过手来抚摸着博士的头发道："过去的已过去了，你不必悲伤，更使我觉得难堪。这事的真相，我死后也就知道。所以并不怪你，只未免抱怨你平日间太不注意于我，而又抱怨我母亲不该给我学唱戏，吃了这碗戏子饭，身份太低，难怪要给你父母亲瞧不起了。唉！这一段姻缘，虽没有成功，但我四十多年来身在幽冥，一片爱你之心始终不变，真个和天地一般久长咧！"

博士道："你怎么将你的心送给我的？"

女子道："我自被你家拒绝之后，心已死了，身体也已死了一半。挨不上一个月，不医不药也就一病不起。病重时定要母亲送到医院中去，切嘱医生等我死后，剜出我的心来，送交北京杜鸣时博士。这医生倒也是个多情的人，对天立誓，一定照办。于是我死了。你瞧见了这颗心，瞧见了这心上的裂纹，总也明白我秦银鸾是为你而死的吧？"

博士泪流满面，摇头叹息道："唉，阿鸾，阿鸾，我负了你。我负了你。"

女子道："这也不能说是你负我，只恨我们俩彼此无缘罢了。今天是你的七十岁生日，你半醉归来，似乎感觉得人生寂寞之苦，所以我特来看望于你，向你一诉衷曲。你瞧我虽过了四五十年，却还年轻貌美，像十七妙年华时一样，不胜似生在人世间、变作一个鸡皮鹤发的老婆子么？从此以后，你每感寂寞，我立时前来伴你。你只需对着我的心低唤三声'阿鸾'就得了。我去了。再会，再会。"

博士悲声道："怎么说，你去了么，你去了么？可能带着我一同去？"

这当儿那亭亭倩影已霍地隐去了。杜老博士陡地醒了回来，摩挲着两眼瞧时，却不见什么，只见月色在窗、花影入户，伴着他孤单的身子，追味着那凄艳的梦境。

真假爱情

一

却说辛亥那年，桂花香候，这三百年沉沉欲睡的中国，蓦地里石破天惊地起了大革命，那无数头颅如斗的革命健儿，先在武昌树了革命之帜。黄鹤楼头，白旗飞舞，黄鹤楼下，战血玄黄，替这寂寂无声的河山生色不少。各省热心之士，都龙骧虎踪而起，赶到武昌去仗力杀敌。江山如画，一时多少豪杰，十足为吾们四万万人吐气！

单表江西九江城中学校里有一个学生，姓郑，单名一个亮字，平日气概不凡，抵掌谈天下事，豪气往往压倒侪辈。课余之暇，每取了一本《法兰西革命史》，回环雒诵，想慕罗拔士比（今译罗伯斯庇尔）之为人。又喜欢涉猎战法学，因此战术也略知一二。如今忽听得平地一声雷，武汉起了义师，驱逐满人，他就仰天大笑，以为这正是大丈夫得意之秋。横竖父母已经双亡，没有什么人掣肘，何不投笔从戎。

看官，可是天下一般飞而食肉、气吞云梦的英雄豪杰，终不免有儿女恋恋之情。你不见那"力拔山兮气盖世"的西楚霸王项羽，何等豪爽，哪知垓下一跌，雄风不竞，却还在明灯影里，对着虞美人缠绵歌泣，回肠荡气！像项羽这样一个喑呜叱咤的莽男儿，尚且为一缕情丝所缚，何况是旁的人呢！

这位豪气不可一世的郑亮，也犯了这一个"情"字。原来他和一个女学校里的女学生唤作陈秀英的有了爱情，并且已订了婚约，两下里十分缠绵。现在即要去从军，须得和意中人说一声。当下他便写了一封信去，约在城外一个幽静的花园里相见。

那天斜阳将落未落的时候，先到那边去等着。等了十分钟光景，早见他意中人从斜影里姗姗而来，那亭亭倩影，益发绰约欲仙。郑亮忙迎将过去，带笑说："妹妹，你来了。"

陈秀英把一双媚眼睐了郑亮一下，婉婉地说道："哥哥你唤吾来，有什么事？吾瞧仔那封信，似乎写得匆匆忙忙的。"说时，玉靥上微微现着一丝笑容。

郑亮慢慢儿地说道："妹妹，吾要去从军了。你不见武昌城中，处处风翻革命旗么？昨天吾见报纸上说，各处学生都争先恐后地去从军。吾郑亮素来自命为觥觥好男儿的，如何肯落在人家后边！"说着，探怀掏出那张报纸来，授给陈秀英。

秀英一瞧也不瞧，轻舒玉手，嗤地撕为粉碎，丢在地上，把小蛮靴践着，娇嗔道："哥哥，你怎么好去从军？"

郑亮道："这也是吾们爱国少年应尽的天职，万万不容规避的。吾曾读过十年书，略知道些大义。平日做论说，满纸都是慷慨激昂、爱国救民的话头。但是纸上空谈，究竟无补于事，所以吾久已立了一个决心，不学那贾长沙的痛哭，不学那黎沙儿的哀吟。夜半飞出龙泉剑，不斩楼兰誓不回！用了全力，着着实实做去，目下这好机会到了，吾怎肯轻轻放过呢？"

秀英道："你好好儿住在这里，有什么不好？偏偏要寻死去！革命军中多了你一人，未必就会打胜仗，少了你一人，也不打紧，未必就会打败仗。你又何苦来呢？"

郑亮毅然道："你这话错了，要是人人存了这个心，趑趄不前，大事还能成功么？吾决意要去，不去定要发狂咧！"

秀英听了，星眸中早已含着怒意，娇呼道："你可是忍心丢下吾么？你可是忘了吾们指天誓日的盟约么？你可是忘了吾们平日的爱情么？"

郑亮柔声道："吾怎么敢丢下你？吾怎么敢忘却吾们平日的爱情？然而也不能为了儿女情长，致使英雄气短！妹妹，你须得明白些，如今不论哪一个来劝吾，吾一概不听！"

秀英大呼道："就是吾的话也不听么？"

郑亮道："妹妹，只得对不起你了。现在吾这身体已不属于妹妹，属于大汉。这身体，这灵魂，都一概要替他宣力，把吾满腔的热血，浇开那自由之花！妹妹，你原是吾生平最爱的人，吾断断不忘却你，永把赤心对你。你也须把赤心对吾，断断不可忘却吾。将来吾凯旋，便和你填鸳鸯之谱，成一对美满无比的夫妻。"说时，执了那双温软如绵的柔荑，正待温存。

秀英却洒脱了，退下一步，大呼道："你要去从军尽去，吾也不稀罕你！你能够丢下吾，难道吾不能丢下你！这茫茫世界上，自有多情人在着呢！"

郑亮听了她的话，脸上立刻没了血色，咬着嘴唇，沉思无语。想她说出这种话来，分明有和吾决裂的意思。然而为了同胞的自由起见，也顾不得了！咳，天下女子原是水性杨花的多！今天和你鹣鹣鲽鲽，过几天就钗劈钿分，又去爱上了旁的人，要求那爱情专一的女郎，简直是凤毛麟角。这时，他脑海中也起了个幻想，仿佛已从战地归来，断手折足，满身都是伤痕。陈秀英和她的新相好联臂并肩，立在那里抿着檀口，向他冷笑。自己却成了个废物，送进善堂去，过那冷冷清清、寂寂寞寞的岁月。不久便魂归地下，化为异物，当复如何？

但是，他虽是这么想，那从军之心依旧热热的，并没有冷，好似百炼之钢，用了烈火也烧不软他。一会子，眼中含着泪痕，嘶声说道："吾就是失欢于你，不能和你缔同心之结，这一片爱国之心，也始终不变！妹妹，吾自以为这半年来爱你的情，上天下地，求之不得。谅来妹妹也爱吾的。好妹妹，如今你不妨把吾暂时借一借给祖国，好好儿地勉励吾几声。吾上起战场上，记起了妹妹香口中的娇呖呖声，便能勇往直前，奋力杀敌！妹妹，你须原谅吾，吾要是不去，人家一定要讥笑吾，说吾是没胆的懦夫、冷血的动物，以后吾昂藏七尺，怎能再出去见人？吾为了祖国，为了自由，不得不辜负香衾事战争了！妹妹，你可能依旧爱吾么？"说时，把两个灰色的眸子，注在陈秀英秋波里，等她回答。

秀英冷然道："这世界上足以消受吾爱情的，不仅你一人！"

此时，树荫里夕阳影碎，半天上新月阴斜，照见这情场失意人，掉头长叹了一声，踏着落叶，踉踉跄跄地出花园而去。那落叶苏苏作声，也好似向他说道："你是个情场失意人！你是个情场失意人！"

二

陈秀英有一个表妹姓李，名儿唤作淑娟，生得姿容秀媚，体态轻盈，芳龄恰才二九，也能知书识字，确是一个好女子。伴着她七十岁的老父，住在城外一个幽情所在，屋后绿荫千顷，屋前碧树当门，正不数渊明之宅、诸葛之庐。淑娟秉性贤孝，问燠嘘寒，善承老父意志，人家见了，都免不得要叫她一声"好姑娘"。

她有时到表姊家去走动走动，因此也和郑亮相识，相见时总谈谈学问文章，一点儿也不露出轻佻模样，仿佛是凛凛不可侵犯的样子。郑亮和她表姊已订了婚约，她也知道，心里十分快乐，想阿姊毕竟好眼力，赏识了这个如意郎君，前途幸福，正复无量。武昌义师起后，知道郑亮要投笔从军，益发倾倒到十二分。说，大丈夫固当如此！将来怕不是一个东方华盛顿么！一天，忽听得他在园中和表姊握别，表姊已和他决裂，不觉大大的失望。想进城去劝劝他，只为老父恰有些小病，侍奉汤药，不能抽身。不道过了几天，忽接到了她表姊一封信，说已和郑亮断绝关系，同郑亮的一个老同学张伯琴订了婚了。淑娟便叹了一口气。于是，不得不抽身到城里去走一遭，瞧有挽回的法儿没有。

一路离了家，刚要进城，却见郑亮彳亍而来，低着头似乎在那里想什么心事。淑娟立在一旁，曼声叫了一声："郑君。"

郑亮猛抬头一瞧，见是淑娟，也就立定了。

淑娟瞧着他说道："郑君，吾表姊处可有什么消息么？"

郑亮面色非常坚决，答道："没有。"

淑娟道："你也不必气恼，或者她有回心转意的一日，好姻缘依旧是好姻缘。"

郑亮微哨道："吾已绝了这希望了！"

停了一会儿，淑娟又道："吾今天接到了表姊一封信，那信中的话，吾本不愿意告诉你，怕你听了触动悲观。只是，想你是个觥觥好男子，决不为儿女私情，灰了平生壮志。因此，吾不妨和你说，吾表姊已和你的同学张伯琴订了啮臂盟了。"说时，双波中不知不觉地含着盈盈红泪，芳容上现着惨淡之色。

郑亮低头不语了好一会儿，才不动声色地说道："淑娟女士，吾和你再会了。今天晚上，吾就要出发赴前敌，以后药云弹雨中，是吾的生活。那香闺绣阁中的艳福，合该让那有情人消受去！"说时，咬了咬唇，背过脸去，低声说道，"淑娟女士，吾们再会了。"

淑娟道："郑君，再会再会。愿你此去，得胜归来。今夜，吾到火车站来送行。郑君，你心里别悲痛，既已失了情人，不妨以身许国，尽你的本分，将来云破月来，仍还你个快乐之日，愿上天佑你。"

郑亮闻言，十分感激。返身过去，眸子里早含着两包子的眼泪。一会儿，回头瞧时，却见淑娟的亭亭倩影已去远了，不由得长叹一声，一直向学生军驻扎处而去。老天恶作剧，大雨倾盆而下，郑亮好似一点儿也不觉得，还在雨中彳亍走去。

这天夜中十点钟的时候，学生军全队出发到火车站去。雨仍点滴未停，似乎伴着那些送行人洒泪一般。这时车站上早黑压压都挤满了人，军队也乱了秩序。有人家老母弱妹，扬着手帕，含着眼泪，送她们亲爱的儿子、阿兄，嘴里喃喃地求天公保佑；也有闺中少妇，泪痕被面，把着她良人的手，扭股糖儿似的恋恋不舍。此刻虽有江文通生花妙笔，怕也不能替他们做一篇酣畅淋漓的《别赋》呢！

那郑亮也随着众人惘惘前行，眼瞧着人家都有人热烘烘地来送别，吾却这样冷清清地没有什么人来理会，想着，不由得唏嘘叹息，无限低徊。到了月台上，抬头四望，却一眼瞧见李淑娟苗条体态，在一边人丛里乱挤，眼波如月，照在他身上，朱唇微微动着，玉手里执着一条雪白罗巾，一阵子狂挥。郑亮也向她扬了扬手，像做梦般拥到火车里面。

停了一会儿，汽笛呜呜地响着，汽机腾腾地动着，载着这一百多个好男儿，向着那血飞肉舞的武昌而去。那车站上数千百人，老少男女的欢呼声，兀是响彻天空，久久未已。

三

却说学生军到了武昌之后，还没有开赴前敌。一天操演已毕，大家休息，郑亮同着一个小队长巡行营外，忽见前边有一个人骑着一匹马嘚嘚而来。郑亮抬起头来一瞧，却千不是万不是，正是他的情敌张伯琴。

张伯琴见是郑亮，就在马上高呼道："哈哈，郑亮君，久违了。"

郑亮急忙赶到马前，和他握手，说道："吾却想不到在这里遇见你！"

张伯琴微笑道："因为你料吾不敢从军么？"

郑亮道："吾并没有这意思，只想那人如何舍得你！"

张伯琴道："你说陈秀英么？吾既然一心要来从军，她自然也拗不过吾。"

郑亮点了点头，又道："但是她一定不以你此行为然，又要发娇嗔咧！"

张伯琴道："吾自有驾驭妇人之术！听她哭，听她跳，然后慢慢儿地使她贴服。郑亮君，吾很佩服你有毅力，为要出来从军，竟能割断情丝，学那温太真绝裾而去，这真不可及！吾听得你们两下里绝了交，吾就乘隙而入，把钱儿晦气，买她的欢心，她居然倾心于吾，吾益发奋勉。今天金刚钻，明天蓝宝石，尽力地去巴结她。哈哈，果然天从人愿，不久就交换指环，生受她声娇唤郎君了。只吾夺了你的旧爱，你可恨吾么？"

郑亮笑道："吾不恨你，女子的心，原是最容易变的，她爱哪个，就爱哪个。吾也没奈何她，只望你此番好好儿地回去，长隶玉镜台畔，善事玉人，一辈子享受那闺中艳福，别使她望穿秋水，怨王孙久不归呢！"

张伯琴欢然道："好老友，你如此大量，吾再要和你握握手。吾也望你安然归去，横竖吾家有百万，你倘然没有啖饭地，尽可投到吾家来，做吾父亲的记室，薪水从丰便了。"

郑亮道："多谢你的盛意，只是吾却不想再回到故乡去。这回倘然不做战死之鬼，以后也须留在军中，终生以戎马为生涯了。"

张伯琴道："这也很好，从军原是快事，晋非常赞成的。以今吾在第二队中，你可是在第一队么？"

郑亮道："正是。此刻吾们暂别，相见之日正长咧。"说着，又和张伯琴握了一握手，同那小队长走了开去，往小山上仰天长啸去了。

过了约有半个月，不过天天操演，夜夜防守，并没经过战事。郑亮眼见得英雄无用武之地，觉得闷得慌，心里早已跃跃欲试，但望它快些出现战事，便能上沙场杀敌去，就是死了，也算是个荣誉之魂。横竖吾孑然一身，既没有父母，又没有家室，毫无牵挂，死了也不打紧。男儿合为国家死，半壁江山一墓田。烈烈轰轰地死一场，可不辱没吾"郑亮"两字呢！

一天，忽听得民军已在汉阳和清军交战，这两队学生军须得开赴前敌助战。郑亮听了，十分得意，几乎要距跃三百，曲踊三百。这一天，黄昏时候，已到了汉阳。只见药云漫天，弹雨卷地，枪炮之声隆隆不绝。这边的统领当下便发出一个进军的号令，这二百多个初出茅庐的学生，一个个抱着马援马革裹尸之志，勇往直前。各人的大小脑里，一个装着那身经七十余战的西楚霸王项羽，一个装着纵横欧罗巴洲的绝世怪杰拿破仑，因此战得甚是勇敢，没一个退缩。虽是死伤不少，却还不屈不挠。

郑亮比别人自然更加奋勇，心胆俱壮，血汗交流，他心目中一切都没有，只有那敌人，拼命地冲将过去。

这边的小队长身中子弹，跌倒在地，还振喉大呼道："诸君快奋勇杀敌，使吾们学生军的荣誉传遍全世界！"于是，大家又平添了百倍勇气，拼着命儿冲去。前后战了两个钟头，依旧相持不下，两军都宣告停战，检点两队学生军中，一共死伤四五十人，都由红十字会招去。

第二天朝日方升，其红如血，两军又开起战来。这边民军抵敌着清军大队，两队学生军却去袭击他们的支队。慢慢儿地掩去，掩到一百五十码左近，郑亮劈头大喊一声，一跃而前。那一百几十个血性少年，跟着他像猛虎出柙般冲向前去！一百几十把明晃晃的刺刀，映着晓日，闪闪作光。那边清军原不过七八十人，抵御了好一会子，果然支持不住，都丢了枪逃了。

学生军便插起军旗，把那地方占领。大家经了这一场恶战，不免有些儿困倦。郑亮身上受了好几处伤，伏在河边喘着，忽见河当中有一个人伸着两臂，高声呼救。远处还有弹丸一个个地飞来，落在河中。那人不住地喊着。

郑亮举目瞧时，见是张伯琴。这时，他心里想：这人是吾情敌，夺吾的意中人，吾何必去救他。他死了，也好使那负情人心里悲痛悲痛，也算出了吾心头的怨气。停了一会儿，猛可里长叹一声，颤巍巍然立起身来，跃入河中。

正在这当儿，河的对岸三四百码外早又来了一队清军，不住地把机关枪、毛瑟枪向这边遥射。郑亮置之不顾，游向河心，抱住了张伯琴，回到岸边。

刚上得岸，忽地飞来一个弹子，恰打在郑亮肩头，便扑地倒在地上，晕了过去。

四

郑亮在医院里，好几天不省人事。

一天，那军中的统领特地来瞧他，问那看护妇道："姑娘，那人怎么样了？"

看护妇道："将军，他已出了险了，大约不致有什么意外咧。"

统领喜道："敬谢上帝，吾们军中原不能少那郑亮似的好男儿。此刻他醒着么？"

看护妇道："醒着。"

统领道："吾要和他说几句话。"说着，便走进病房，到那郑亮的床边坐了下来。

郑亮举起那只无力的手，行了个军礼。

统领道："郑亮，你不必拘礼了。那天你的一番作为，又义又勇，真足为吾们军人生色。那大军中也都已知道你的事，很为叹服。听说要赠你一个宝星咧！"

郑亮道："将军，吾不愿意得什么宝星，倘能许吾永远做一个军人，替国家效力，就感激不尽了！"

统领道："你有这样志气，不愧是中国的好男儿。这事万万没有不许你的，只吾有一件事告诉你。那天你所救的人，因为受伤过重，已死了。"

郑亮失色道："怎么，张伯琴已死了么？张伯琴已死了么？"

统领道："正是。他才是昨天死的。郑君，再会。吾望你立刻就好。"说罢，和郑亮握手而去。

郑亮喃喃自语道："张伯琴死了，张伯琴死了。"一面说，一面躺了下去。替那陈秀英着想，想夫婿战死沙场，一去不归，"可怜无定河边骨，犹是春闺梦里人"。她听得了这恶消息，不知道芳心中要怎样悲痛呢！

过了三个月，郑亮已升为军官。一天，蓦地里接到了一封信，一瞧却是陈秀英的手笔。只见信笺上边写着道：

> 郑亮吾君如握：妾夫不幸，竟作沙场之鬼，良使妾悲！然吾君无恙，差堪少慰。妾至今未尝忘吾君。曩昔之情，犹温馨心上。吾君戎马之服，或亦念及旧人乎？迢迢千里，相思无极，月夕花晨，梦想为劳。君以何日归，妾当为君解战袍也。

郑亮一连读了三遍，蓦地撕成了几百条，摔在地下，把脚一阵子乱踹，轻轻骂道："好一个无耻的女子！好一个无耻的女子！"当下，撇开了这假爱情，就不免想起了真爱情。朝朝暮暮，把那"李淑娟"三字深深地镌在心坎上。

等到战事完毕，他便跨马回去，向李淑娟求婚。淑娟禀明老父，立即答应。一个月后，这一对小鸳鸯已在红氍毹上盈盈对立，交换指环。结婚后，伉俪间万分相得。

淑娟却时时向郑亮道："郎君，你娶了吾，别忘了祖国。吾虽然望你爱吾，吾也要望你爱祖国！郎君，你须体贴吾的心。"

郑亮听了她这种有志气的话，更加钦佩，想世界上竟有这样柔肠侠骨的好女子，能不使人五体投地！

那李老翁年纪虽然大了，精神却还矍铄，对着这一对爱婿娇女，得意非常，不时掀着那千缕银丝般的白髯，微微而笑。

那城里远远近近的人，都很艳羡他们。每当春秋佳日，往往见夫妇俩比肩同出，一个戎服映日，一个罗衣凌风，或是双骑游山，或是一舸玩水，有时联袂看花，有时同车送晚。大家见了，都啧啧称羡，说是神仙眷属呢。

恨不相逢未嫁时

六桥三竺间，一片山明水媚之乡。风物清幽，直类仙境。其间乃毓生一大画家，曰辛惕，风度翩翩，如玉山照夜，说者谓钟天地之灵秀而生。生十龄而丧父，母氏茕茕一嫠，孤苦无依，家固匪富，殊弗能支此残局。于是携生及生之一妹一弟，走海上，投其所亲，而令生入一商肆学商焉。生母栖息他乡，每念逝者，辄面壁揾泪，中心如剡。生偶归省，必依膝下，逗阿母欢笑而后已。岁暮分得余羡，则狂喜，归以奉母，而己则不名一钱。母或与之，则曰："儿不需是也！"

生习商数稔，勤于所事，良得肆主欢。顾心殊无聊，念长此雌伏，永无雄飞之日，蛟龙非池中物，胡能郁郁久居此哉！于是弃商入一图画学校。生天资颖慧，声入心理，不越年，已得个中三昧。后复孜孜自修，艺乃益进，偶有所作，风景人物罔不工，老画师见之，佥首为之肯。更数载，名满春申江上，尺幅流传，得者如拱璧，一时言美术家，人莫不推辛先生云。

时年甫二十一二也。生母见生已长，在势当娶，因敦促之。然生美术家也，审美之眼光绝高，目中殊无当意者。居恒叹曰："吾欲美人画，顾欲于此茫茫人海中，求一好范本，且不可得，世无美人，其亦可以已乎？"

时生妹有闺友某女士者，丰于才而啬于貌，雅慕生之为人，芳心可可，颇属以意，间以函札与生通，论文说学，俨然女博士。顾以爱生之心深，时于行墨间微露其意。而生意殊不属，谓个侬之才固可取，特欲为吾范本，则未也。后女性不自禁，遂求婚于生，生与女本无情愫，因阳慰之而阴绝之。女觉，由是不复以书至，盖情丝断矣。生漠然无动，不言娶。母促之，弗应，但出其意匠中之美人，作画而已。

时已暮春，花落残红，鹃啼野绿。生心中惘惘，百无聊赖。一日薄暮，偶出游，用舒积闷。经一曲巷，夕阳拖人家屋角，殷若胭脂。生仰天噫气，于意良得。

斗见十数武外，有女郎携一稚子，被夕阳，姗姗而来，衣朴而不华，芳龄可十六七，而其姿态之便娟流丽，实为此大画家二十年来所未尝见，即其独运匠心所成之画中美人，对之亦且失色。

生痴视久之，似见天上安琪儿，飞到人间，以观其色相者。女鬟影低鬈，以双波微睇生，遂姗姗出巷去。生目送之，至于弗见，念此娟娟者，其瑶台之仙子耶？洛水之神姝耶？似此美人，庶足为吾范本矣！念极，仍木立巷心，久久弗动。俄闻巷尾车声辘辘然，始警觉，惘然引归。而彼美之花貌玉影，犹在眼睫间也。

明日薄喜，复欣然往，顾乃不见彼姝芳踪，越日复然。生心滋怏怏，私念昙花一现，从兹岂不再现耶？

及第四日午后，忽见女在巷口一丝肆中，市五色绣丝，展玉纤，细细数之，六寸肤圆，御浅碧罗鞋，色泽尚新，时云鬟犹微蓬，受风飔拂，则频以手掠之，厥状至媚。生恋恋不忍去，则引目视丝肆商标，用以自掩。女偶仰其首，眼波遽与生接，则立垂其睫，略动玉背外向，仍数手中色丝，矫为未见。时肆中人见生木立如痴，频属以目。生不得已，遂怅然他适。

由是日必往曲巷，冀得邂逅美人，为程虽窎远，殊不之顾。而彼美玉貌，时萦心目间，未尝或忘。

一日五时许，会访友归，行经巷尾，忽闻一门中呖呖如啼莺曰："阿弟，趣以扇来，扑此梁山伯！瞬且度墙去矣！"

此娇声绝处，乃有一女郎，携稚子翩然而出，挥扇逐蝶。生乍见女，心乃大跃，盖彼美也！彼美见生立止，微赧其靥，夕阳衬桃花之影态乃益媚。俄释稚子手，翩然如惊鸿，引身入屋，但闻门后曼声呼曰："阿弟趣入，否则将有外国人来，捉汝去矣！"稚子遂亦疾奔而入，门亦遂阖。

生意得甚，欢然归去，由是日必徘徊女家左近，阴晴风雨，未尝或间。顾不见之日多，而见之日少，见则女但微睐，未尝有笑容，柔媚中端肃无匹，生受睐，心辄为之跃跃。有时生过时，女方低鬟坐门中，拈针挑织，波眸初不旁瞬，则生大弗怡，滋欲发吻而语之曰，痴生日过卿家，意欲伺卿眼波，卿曷微仰其首，睨以一睐，则兜率生天，甘迟十劫矣！然生无憪薄之习，殊不敢唐突美人。无已，则如小学生初习体操，足顿地，作巨响，彼美闻声，立仰其首，双波澄然，微睇生，生如饮醇醪，含笑而归。餐时食量陡增，尽数瓯不言饱，入睡则梦魂亦适，而梦中犹见彼美横波如水，微睇己也。

生自遇美以后，每好作美人画，日必二三幅，尝应至友某君请，绘《水晶帘下看梳头》，及《与郎细数指间螺》二图。画中人秋波春山，以及笑容媚态，一一与彼美绝肖，遂张之壁间，晨夕恣观。友来索，靳弗与，迫之，则睡不顾。

友因戏之曰："画中人岂君意中人耶？胡恋恋至是！"

生微笑，他顾不答，目灼灼注壁间弗置。一日又杀粉调铅，绘美人画一巨幅。仅画半身，作女画家绘画状，姿态栩栩如生，若将仙去。生薰以异香，装以锦架，并手题其上曰"辛郎画侬，侬画辛郎"，盖为彼美作也。

其妹笑问之曰："哥奚事不画全身，而画此半截美人？"

生曰："丹青不是无完笔，写到纤腰已断魂也！"

妹曰："然则画中人果有其人否？"

生复微笑，他顾不答。

由是日夕对画痴视，必一二时始已。若欲观此画里真真，辞纸而下者。

生妹见状滋怪，辄叩之曰："画中人果谁氏妹？乃令哥移情至是！"

生又微笑，他顾不答，而日夕痴视如故。

值友人来，则指画问曰："是画如何，画中人美乎？谓为国色天香，亦相称不？"或曰："然！似此美人，诚天人也！"

生大悦，力褒其人，谓英雄所见同也。

间一友故戏之曰："画中人直鸩盘茶耳！作配非洲黑奴始得，乌足以言美人？"

生闻语大怒，色立变，几欲与之决斗！怫然言曰："尔敢作是言，当抉眸子！以尔俗眼，固不合瞻仰天人；斯人而曰鸩盘茶，则天壤间将胡由得美人者！岂必如尔家中黄脸婆，始为美人耶？"

友笑曰："足矣足矣！前言戏之耳！奚悻悻为？特吾欲问君，画中人果有其人否？"

生怒少解，笑而不答。

时生仍日日往曲巷，然梨花门掩，不复见亭亭倩影，一扉之隔，直同蓬山万里。如是半月，终不遇女，心大弗怪。长日神志惘然，如弗属，食量锐减，面容日消瘦，作画亦懒，第时向画中美人痴视而已。未几遂病。

生母大忧，延医求神，粟六万状。而生病势且日日重，无已。因延一星者来，以卜休咎。星者谓公子喜星已动，须论婚为之见喜，病且立瘳。生母信之，恳所亲物色女郎。生闻其事，力阻其母，谓儿宁终生鳏，脱相强者，儿旦夕死矣！母勉慰之。生妹固知乃兄意在画中美人，病亦由是而起，因私询生画中人所在，生微喟弗应，泪痕盈眦，立蒙首而睡。

越日，生妹固问之，继之以泣，生始直陈其事，妹以告母，母遂画策，将求婚其家。

时适有女仆曰阿桂者，闻其地址，遽矍然曰："嘻！吾知之矣！是家崔氏，三年前吾尝佣彼家，主人已殁，主母年五十许，有三子一女，长公子次公子均以疫卒，今仅存三女公子及四公子耳。四公子甫六七岁，女公子年十六七，月颊星眸，如天女郎！且知书识字，工绣善织，秉性亦温柔，公子既有意，吾当一行。"

生阻之曰："尔勿孟浪，彼家或不吾许。"

阿桂曰："公子才貌均佳，性复诚厚，少年中胡可多得，彼家安有不许之理！吾决往矣！"

阿桂去后，生焦急至弗能耐，切盼青鸟使去，以好音归。则后此年年月月，乐且无极；脱不幸而见绝，则彼苍苍者且安排愁城恨海，为吾汤沐邑矣！念若是，心大跃，几欲上抵其咽。翘盼既切，因时时私问乃妹："阿桂归未？"

妹笑曰："阿兄情急哉！讵今日即欲作新郎耶？"

生微愠曰："妹无赖，恣加调侃，他日出阁，吾亦当以此报妹耳！"

妹大赧，疾趋而出。

越半时许，阿桂归，索然无喜色，私语生母曰："事不谐矣！崔氏女公子已于客腊许城北某氏，月内将出阁。不幸哉公子，已落他人后矣！"

母曰："奈何！此噩耗不可告惕儿，彼知之病且立殂！"

妹曰："然。儿以为不如姑绐阿兄，谓彼家已允，则兄中心必悦，而病亦易瘳。"

母曰："尔决策良高，可嘉也！"于是敦属阿桂勿泄，而以好消息报生。

生初不察其诈，乐乃不翅，引眸主帐顶，几将纵声而笑，此身飘飘然似已在画堂红毡氍上，并彼美香肩，互换指环，彼美倾环低黛，玉颜微酡，娇美若不胜情。俄又仿佛相对于海红帘底，彼美花容笑倩，话曩日曲巷中邂逅事，软语沁人似水。生乐极，几欲跃起舞蹈。越三日，病已霍然，治事咸有兴致。

生母喜且忧。惧一旦事泄，不知将作何状？自是生仍时往曲巷，虽不遇美，彼亦无所怼，知彼美伏处香闺，殆为娇羞也。一日午后，生以事访友，经曲彼美倩影，知不复操苦役，心乃少慰。特不能日见玉容，无以慰相思之苦，辄复临风惆怅耳。

一夕十时许，生方挑灯读书，于意良适，斗闻警钟声，鲸铿而动，俄门外人声鼎沸，群呼："火，火！"生急拔关出，闻途人言在某巷中，以某家稚子遗火于薪，遂兆焚如。生疾奔而往，则见红光已烛天，火鸦烨烨然，凌空四舞，光上冒如巨蟒吐舌，被火者则崔氏居也。

生大惊，排众直趋屋前，救火会中人方施救，粟六万状，生斗见一窗中有稚子舞双臂，大呼乞援，顾为火声所掩，众乃不闻，而火焰灼灼，乃其身，瞬且葬于火窟！生见状，见义勇为之心立动，夺救火梯至于窗下，猱升而登，冒火光挟稚子出，平昔苒弱如处女，此时力大如牛，迓至梯下，初弗觉重，观者金啧啧称其义勇。时稚子已晕绝，有中年妇趋至，持之而哭。生知为母子，扶之同归其家。叩妇姓氏，知为彼美之母，而稚子则彼美弟也。生前者固尝见之，第以病后脑力大衰，相见乃不之识而已。

天已破晓，树上宿鸟徐扬其声，忽闻叩关声甚急，生趋出启关，则盈盈立于前者，意中人也。玉容惨澹，如梨花被月，见生，即颤声问："母弟在是否！"

生乍觇芳容，似居大梦，木立不知所答。女入见母，相持大哭，久之，始收泪。

女哽咽曰："阿母无恙，儿心安矣！"

母惨然曰："吾家已毁，尔弟亦几葬身火窟，幸此先生奋勇相援，得免于难。儿曷谢此先生！"

女流波睇生，状至感激，既即俯其柳腰，磬折言曰："出吾弟于火窟者君耶？君义且勇，侬至感佩，誓毕生不忘大德！"

生亦磬折曰："女士无事挢谦，见义勇为吾人分内事，见人及于难而不救者，非男子也！"

女曰："君以救人为分内事，今侬则以感激君为分内事。各为其分内事可耳"语既，即顾与女母语，且晋谒生母，致其谢忱。

唯女母以昨夕受惊过甚，至是病矣。女体欲携母弟同至夫家，母既病，遂弗果。病兼旬始已。

此二十日中，女日必一至，与生母妹至相得，见生每脉脉含羞，时或在绿云鬓下，流波送睐，生时与语，时且不敢与近，但凭其眸，示其中心隐情而已。老人瘥后，女即谢生及生母，携母弟俱去。生知此后曷克幸晤，殊怏怏不可自聊。

然女间数日必一至，省生母，相与话家庭琐事。生母偶询及其夫，女辄颦蹙，出罗巾揾泪微唱曰："侬自恨薄命耳！"旋顾而言他。

一日，女至，不面生母妹，迳入画室，愁黛惨颦，含泪注生面，久久无语。

生起立曰："女士奚事郁郁？可得闻乎？"

女泫然曰："侬与君长别矣！此生恐无再见之期。"

生急曰："何遽言别？去将安适？"

女曰："彼人携侬赴汉皋，不日首途。嗟夫，辛君！侬身不能自主耳！"

生大悲曰："别时容易见时难，吾胡忍与君别欤！"语次，把其如荑之手，颤声言曰："君……君当知吾心，吾爱君深也！"

女理鬓回其娇面，恻恻作断肠声曰："嗟夫，辛君！勿复与侬言爱，恨不相逢未嫁时耳！"

千钧一发

天已亮了好一会子，门前的一树垂杨上，喜鹊一阵子乱噪，一丝丝的日光，红如胭脂，照在那玻璃窗里，只见靠窗坐着一个二十五岁左右的女子，低垂粉颈，在那里做活计。

瞧她的容貌，虽不能说是闭月羞花，却也带着几分秀气。只是玫瑰花儿似的玉靥，白白的如同梨花；羊脂白玉似的纤手，只为多操家中苦役，又粗又红；两个眼儿，本来也配得上秋波凤目那种名称，只为早起晚眠已失了神，仿佛秋波上笼着一重薄雾的一般。身上的衣服半新不旧，朴而不华，洗濯得却甚是洁净。便是这一个小小儿的房间，东西虽不精美，也位置井井，洁无纤尘，足见她家政学是很精明的呢。

看官，要知道这女子原是女学堂里出身，名儿唤作黄静一，着实有些才学。她丈夫是个小学教员，名唤汪俊才，文学界上倒也薄负微名，只可怜怀才不遇，没有人家请教，没奈何只得投身小学校里，充一个国文教员，每月赚他二十五块钱的薪水，同他老婆俩过这荼苦生涯。

幸而黄静一是个明理贤惠的女子，从没有一丝怨怼之色，整日价忙忙碌碌，不肯休息。早上一清早起身，替人家做活计，赚几个苦钱，贴补贴补柴米之费，使丈夫肩头也得轻松一些。至于一切家事，也一力担任，不辞劳瘁，买东西咧，淘米咧，洗菜咧，烧饭咧，几乎忙得发昏。这些琐事弄清楚了，便又忙着做活计，直要做到夜深人静，十指纤纤，没有停的时候。

她丈夫见了，不免疼惜她，总说："静一，你忙了一天，已辛苦极了，快些儿睡吧。"

她便从灯下抬起头来，竭力张大了两个眼儿，向着她丈夫答道："吾一点儿也不觉得疲倦，你不见吾两眼还张得大大的，很有精神么？"

看官，其实她眼儿里两个瞳仁，手上十个指儿，都在那里叫苦咧。汪俊才见他老婆如此贤惠，自然感激，黄静一却益发奋勉，夫妇间的爱情于是乎更见浓密了。

这也不必细表，且说黄静一做了一会子活计，忽听得大自鸣钟噹噹地打了八下，便从窗前立起身来，穿了裙子，提了筐儿，反锁了门出去，姗姗地直到八仙桥小菜场上，买了些肉和菜，花了一角多钱，回到家里，走进厨房，放下了筐儿，就入到房间之中，坐在窗前，捉空儿取起那当日的报来瞧。原来她一切日用都肯节省，唯有这每月八角的一份报钱，她总先在预算表里开明，万万不肯省的。

静一瞧了半晌，刚瞧罢欧洲大战争的路透电报，猛听得门上起了弹指之声，便丢下报纸起身出去开门。门开时，只见外边立着一个二十七八岁的少年，长长的身材，约莫有五尺五寸，面色微黑，似乎刚从远方回来的一般，身上衣服穿得煞是阔绰，手指上戴着一个挺大的金刚石指环，逼得静一眼花缭乱。

当下他带笑说道："静一，你可还记得从前和你母家同居（即住得近，有如邻居）的傅家驹么？"

静一娇呼道："呀！家驹君，久违了！"

傅家驹又笑着说道："吾此来，可不是出于意外么？"一边说，一边早已走入室中。

静一也只得跟着进来，问道："家驹君一向在哪里？出门了差不多四五年，毫无消息，你家里的人也都当你客死在外边咧。"

傅家驹得意扬扬地语道："不但没有死，并且很过得去，这四五年里已弄了好几个钱。如今的傅家驹，已不是往年你所知道的傅家驹了。不瞒你说，吾出门时，身边一股脑儿但有五块钱，此刻却满载而归，总算每年也有五千块钱的进款。"说着把手扬了一扬，那金刚石指环的光儿便闪闪四射。

静一道："只你一向到底在哪里？"

傅家驹道："这四五年来一向在南洋群岛营商，并没到旁的地方去。"

静一道："但是你那年为什么一声儿也不响，就飘然而去了？"

傅家驹道："吾们同居了有两个年头，吾的心谅来你总有些明白，两年来一意要想和你白头偕老，结一对美满的鸳鸯。不道吾还没开口，却听得你已和汪俊才订了婚了。吾心里好不难过。眼见得自己的禁脔被人家一口衔了去，却想不出什么法儿来夺回来，失望之余，不愿意再老等在家里，眼瞧你们俩结婚，于是发一个狠，悄悄地往南洋群岛去咧。"

静一道："承你垂爱，感激之至。然而那时吾却如在梦中，一点儿也不知道呢。"

傅家驹道："如今吾倒要谢谢你，当时要是没有这样一激，怕依旧是个江海关里的书记生，哪里有这每年五千元的进款？"说时，笑了一笑，在一把椅儿上坐了下来。接着把那一双眼儿骨碌碌向四下里一溜，慢吞吞地说道："你们的景况似乎不甚佳么？
吾知道，你芳心中也一定很不自在呢。"

静一微笑答道："吾心中倒很觉自在，一点儿也没有不适
之处。"

傅家驹道："俊才一向可好么？"

静一点了点头，说道："多谢你垂询，他很好。"

傅家驹又道："他的脾气也依旧和从前一模一样么？吾记得
他每天七点钟慢吞吞地上学堂去，午后五点半钟慢吞吞地回到家
里来，不喝一滴酒，不吸一口烟，礼拜日只老坐在家里，闭关自
守，两眼不离书籍，这怪脾气可是仍然没有改么？"

静一道："仍然如此。各人自有各人的性格，原不容易改
变的。"

傅家驹道："他学堂里的薪水可加了些没有？"

静一道："每月仍是二十五元，因为那学堂里经费甚是支绌，
这数目已算是大的咧。"

傅家驹摇头道："吾以为他老做这每月二十五元的小学教员，
总不是个事体。在于他一方面倒没有什么，因为他是个怪人，多
赚了钱也没有使处，只苦了你。"

静一道："吾倒也不觉得苦，那牛衣对泣的光阴，个中自有
乐趣。"

傅家驹不语了一会子，才问道："你们两口儿订婚之后，过
了多少时才结婚的？"

静一道："差不多过了一年，方始结婚。"

傅家驹道："吾总不明白你为什么赏识一个穷书生，竟肯委
身下嫁，过这清苦的日子！"

静一道："吾从前读书时代就抱着一个志愿，不嫁则已，若要嫁，总要嫁人，不要嫁钱。吾嫁俊才，便是嫁人，有了才，不怕没有飞黄腾达的日子，此刻不过在雌伏期中罢咧。将来难道不能雄飞么？"

傅家驹笑道："好一张利口，吾竟说不过你。只吾替你想，俊才出去之后，一天到晚独自一人在这屋中，未免太觉寂寞。何不出去走动走动，你同学闺友不是很多的么？"

静一微喟道："咳，家驹君，你不知道其中难处。俊才每月所入不过二十五元，一日三餐和衣服房金都取给于此。你想，还有余钱给吾和闺友们去酬酢么？加着吾还须做做活计，贴补贴补，也没有余暇呢。"

傅家驹道："这个未免太苦了，像你这样花儿似的珊珊弱质哪里禁受得起？一天到晚你到底要做多少事！"

静一道："吾一清早五点钟起身，草草梳洗过了，便做一会儿活计，等俊才起来后，就去烧粥给他吃。他一上学堂去，吾便又抽空做一会儿活计，听得大自鸣钟打了八下，忙到小菜场去买小菜，回来看了一张报，于是淘米洗菜烧饭，忙了好一会子，饭后好在没有什么旁的事，只做那活计。夜色上时，就丢了活计烧夜饭。用过夜饭，俊才坐着看书，吾再做活计，直到一两点钟，外边都静了，方始安睡，吾一天的功课到那时总算完了。"

傅家驹摇头道："太辛苦，太辛苦！这样做去，简直像牛，不像是个人咧。你总该寻寻快乐，剧场里头也不妨去走走。"

静一道："去年俊才的朋友周瘦鹃曾送给他两张新民新剧社的优待券，他便同吾去瞧了一夜天笑生的《梅花落》，以后却没有去瞧过。一则没有余钱，二则也没有余暇呢。"

傅家驹默然无语，把两眼兀是注着静一，心想，不料这花容失色、横波无光的小学教员之妻，便是四年前女学界中的花冠、人人所倾倒的黄静一。从前何等艳冶，何等活泼，如今却憔悴得几乎不成样儿！红颜易老，能不使人生今昔之感？想到这里，不觉叹了一口气道："咳，改变得真快呢。"

静一不知道他话儿里含着什么意思，也搭讪着说道："不错，世界上万事都改变得很快。"

傅家驹道："只吾想，俊才必须生色些才好，若是老赚这二十五块钱，吾怕你一辈子不能出头呢。"

静一点头道："只消俊才加些儿薪水，或是进中学堂去充教员，家里便能宽绰得多了。"

傅家驹低头瞧着地板，停了好一会子，才抬起头来说道："今天吾想同你一块儿去用一顿丰腴的中膳，舍妹也很要见你呢。"

静一疑犹不语，想这事倒有些尴尬，不去未免有负他盛意，去倘被俊才知道了，一定不以为然。沉思了半晌，终不能决定，却听得傅家驹又说道："上海的西菜馆，卡尔登是很著名的。吾就同你到那边去用一顿极丰腴的西膳，膳后再去看戏。今天礼拜六，日戏也很有精彩呢。"

静一不住地绞着那白洋纱手帕，嗫嚅道："多谢你的盛情，只吾怕不能从命。"

傅家驹道："同吾去吃一顿饭，看一回戏，打什么紧？吾可不会拉了你逃之夭夭呢。今天中膳你预备了什么菜？"

静一道："吾买了一角钱的肉和四铜圆的白菜。"

傅家驹摇头道："这个如何能下饭？何不同吾去尝尝上海第

一西菜馆里的东西！"

静一沉吟了一会儿，想偶一为之，也不妨事。大家不过借着酒食，谈谈旧事，朋友间是常有的，于吾道德上似乎没有什么妨碍。况且他妹子也一同去，不至于惹人注目呢。当下便笑吟吟地说道："家驹君，如此吾扰你了。请你等一下子，待吾去换一件衣服，像这个样儿可上不得台盘。"说罢，如飞而去，正如往年做女学生时，听得先生们说要出去踏青，顿时兴高百倍，觉得身体也轻了许多。

她到了内室，一边换衣服，一边还低低地在那里唱，樱唇里细细地透出一种曼妙的歌声来。可怜她一年来劳心劳力，没有什么兴味，今天委实是第一回唱歌呢。

那时傅家驹却正在外边掉头叹息，嘴里喃喃自语道："可怜的女孩子，这种苦日子如何能过？真亏她的！"说时，举起眼儿来向四边瞧，见一切器物都很简陋，收拾得却极清洁，足见她倒是个治家的能手。正在那里东张西望，静一已如飞而来，气吁吁地说道："这衣服还是三年前的嫁时衣，已不时路的了，但是吾所有的好衣服唯有这一件，也不能管它时路不时路咧。"

傅家驹立将起来，含笑说道："横竖你生得一副倾国倾城的玉貌，便是乱头粗服，也自饶妩媚，正不必靠着衣服装点。吾往往见上海一般无盐嫫母似的妇人家，偏偏浓妆艳裹、珠围翠绕，袅着头在南京路上走，卖弄她的衣饰，她却没有想到到老凤祥门前的镜儿前去，把那副尊容照一照，不怕人家见了作十日恶呢。"

静一笑道："亏你有这伶牙俐齿，形容得淋漓尽致。"

傅家驹道："吾们不必多说闲话了，快些儿走罢。"

于是同着静一并肩而出，走上几步，举手向路角上招了一招，早见一辆摩托卡慢慢儿地开将过来。傅家驹忙扶了静一上去，自己也就一跃而上，只听得腾腾腾的一阵响，车儿已风驰电掣而去。

静一出娘肚皮第一回，何等快乐！玉颜笑倩，兀把两眼从车窗里望着外边，似乎乡下人初到上海的一般。傅家驹只低着头，仿佛在那里想什么心事，车儿过了好几条路，还没开口。

静一望了一会儿，便回过头来，笑着说道："家驹君，你为什么好久一声儿也不响？"

傅家驹带着笑答道："你自己也好久一回不开口，倒反而怪起吾来。"

静一道："吾不开口自有缘由，此刻吾好似身在梦中，惝恍迷离，不知所届，怕一开口，这好梦立刻就醒。"

傅家驹笑道："吾不开口也有缘由，吾正在这里瞧着你花容，追想四年前的事。"

静一道："正是。四年前吾们也曾一同出去过好几回，不过当时不是步行，便是坐电车，并没有摩托卡坐呢。便是上剧场看戏，也只坐坐头等正厅，从没坐过特别包厢，然而那时吾们倒觉得很快乐，一点儿也没有烦恼事。"

傅家驹道："静一，你可要复返于四年前么？"说时，那声音非常恳切，分明是意在言外。

静一只微微一笑，依旧把那秋波望着窗外，不着一声。车儿驰骋了一会儿，已到宁波路卡尔登西菜馆之前。

傅家驹便扶了静一下来，一同走将进去。拣壁角里的一只桌子旁边坐下，唤侍役取纸笔来，开了两张菜单，点了几式最可口的菜，又唤了两瓶香槟酒，和静一俩浅斟低语起来。

这时静一真快乐极了，一面把朱唇衔着粉红玻璃杯，唼着香槟，一面把那一双凤目向四下里观望，只见一切陈饰都富丽堂皇，和旁的菜馆相去天壤，座上客大半是碧眼绀发之流，中国人却很少很少。

那时静一已喝了两杯香槟，香腮上早飞上两朵桃花，红喷喷的，真有活色生香之妙，樱唇两边又微微现着两个笑窝。傅家驹坐在对面，眼睁睁地注在她面上，心儿已醉了，魂儿已消了，不觉点了点头，想娟娟此貌，毕竟不弱。此刻这卡尔登菜馆之中，虽是美人如云，然而细细地评量起姿色来，要算这小学教员的夫人黄静一女士坐第一把交椅咧。

酒儿喝罢，傅家驹开口问道："静一，你想吾们饭后到哪里去看戏？看新戏呢，还是看旧戏？新民社、民鸣社、竟舞台、大舞台，凭你说哪一家？"

静一道："大舞台，你以为如何？"

傅家驹道："四年前吾和你最后一回看戏，也在大舞台。你还告诉吾和汪俊才订婚的事，你可记得么？"

静一面上现着不宁之状，说道："吾已忘了，以前种种，譬如昨日死，吾们不必去说它，说起了怕彼此都要不欢呢。"

傅家驹点头无语。

这当儿饭已来了，两人吃了饭，付了账，便走将出来，依旧坐上摩托卡，疾驰而去。

静一启口说道："今天这一顿中饭，委实生平第一回尝过，你一共花了多少钱？"

傅家驹道："也算不得贵，不过二十多元吧。"

静一娇呼道："呀，你怎么还说不贵？恰是俊才一个月的薪水，吾们一家一个月的用度。你真是大手笔呢！"

傅家驹微笑道："但是吾以为这数目是很小很小的。"

静一道："家驹君，你成了富人，自然眼界大了。只吾要问你，令妹怎么不来？"

傅家驹道："早上吾曾和她说起过在卡尔登中膳，大约家里忙，她不能抽身，也未可知的。"

到了大舞台，两人便上楼在特别包厢里坐了。那时戏已开幕，静一横波盈盈，只注在台上。傅家驹眸子睁睁，却只是注着静一，台上做些什么，他并不在意，把七岁红的大杰作《金钱豹》、贾碧云的拿手戏《打花鼓》错过了，还没有知道，仿佛那《金钱豹》《打花鼓》都在静一面上演唱的一般。

静一瞧了好久，才回过头来，曼声向傅家驹道："好戏，好戏！吾实是第一回见识过，只是如今什么时候了？"

傅家驹掏出一只挺大的金时计来瞧了一瞧，答道："四点二十分。"

静一起身说道："如此吾要回去咧。再等四十分钟，俊才便须从学堂里出来的。"

这时傅家驹恨不向她说：你别回去吧！还是天天吃吃大菜看看戏，同吾过快乐日子。跟着那穷酸，永远没有出头之日呢。无奈要说竟说不出来，这几句话只在嘴唇上乱颤，不能作声，于是只得起身同着静一下楼。出了戏园，坐了那摩托卡，送她回家去。

一路上彼此都老不开口，各人想各人的心事，过了约莫十分钟，那车儿戛然停了。原来已到了静一居宅之前，两人便下了车，相将入屋。

　　两下里在室中相对痴立了一会子，静一才微启绛唇，呖呖说道：“家驹君，今天这一天，要算是吾四年来无聊生活中最快乐的日子了。那卡尔登菜馆里的一顿丰膳、大舞台戏场里的几出好戏，吾永远记在心头，断不忘却。这几个钟头里委实好似脱离苦海，诞登乐土，一切烦恼尽行消灭。将来吾到了郁郁不乐的时候，只消坐下来悄悄地把今天这一天想一想，也觉快意。此刻吾不知所报，只能说‘多谢你’的一句话罢了。”说时，双波中现出一种不可思议的精光来。

　　傅家驹心里别别地乱跳，不知不觉地走上一步，立在静一面前，嘴唇动着，却说不出什么话来，只把那两个眼儿盯在静一脸上。静一羞答答地低垂蝤首，把横波注着地，不敢向傅家驹瞧一瞧。傅家驹胸中却好似钱塘江里八月十八起了寒潮，思潮早汹涌不已，几乎不能自持。停了好久，静一才慢慢儿地抬起头来，四道目光便不期而遇。

　　傅家驹脱口喊了一声：“静一！”陡地挨到静一身边，双手执起她温软如荑的玉手，一边渐渐屈了膝跪将下来。静一好似化了石的一般，木立不动。

　　正在这当儿，猛听得小桌子上一架小钟铛铛地敲了五下，门上钥匙眼中擦的一响，傅家驹急忙立起身来，静一也立刻走了开去。只见门开时，汪俊才颤巍巍地走将进来，脸儿惨白如纸，带着凄苦之状，两眼兀是注在地上，好似并没有瞧见傅家驹，接着扑地倒在一把椅儿上，摊开了两手，掩着面，一动也不动。

　　傅家驹正想上前招呼，静一忙拉开了他，自己却走到她丈夫旁边，摇着他的肩，问道：“俊才，俊才！为了怎么一回事？俊才，快和吾说。”

汪俊才的头益发低将下去，停了会儿，才悲声说道："静一，吾们以后的日子简直难过咧。学堂里为了经费支绌，预备关门，吾的饭碗可不是打破了么？"

静一听了，呆呆地立着，默然不声。

这时室中阒其无声，但有那小钟走动的声音。

傅家驹立在那里，很觉不耐，咳了一声嗽。

静一急忙抬起头来，瞧了瞧她丈夫，又瞧傅家驹，接着把玉纤指着门，低声说道："你快去吧。别老等在这里，抛撒你黄金的光阴。"

傅家驹嗫嚅道："静一。"

静一咬着樱唇不答，星眸如水，注在傅家驹面上，一面把手轻轻地抚着她丈夫的头发，好似慈母抚慰她爱子的一般。那时她兀立在那汪俊才身边，抬着粉颈，挺着酥胸，仿佛是天上的仙子，宝相庄严，下临凡人似的。

傅家驹瞧了，不觉起了钦敬之心，鞠了一躬，悄然自去。

静一娇躯微颤，跪在她丈夫跟前，展开了那双玉臂，挽着俊才的头颈，把香颊贴着他脸儿，千种的温存。

俊才哽咽着说道："静一吾爱，日后吾虽是落没，但是有你在着，心中也觉快乐。"

静一含笑答道："吾夫，吾终是你的人，你便是沿门托钵做花子去，吾也愿意跟着一同去的。"

于是，夫妇俩相偎相倚，直到夕阳下明月上时。

柳色黄

那桌子上一座黑云石的座钟，嘻开了团白的面庞，似乎在那里冷笑着，一边不住地说道："嘀……嗒……嘀……嗒……嘀……嗒。"这时疗治室中寂寂无声，唯有这单调的嘀嗒之声，打破四下里的岑寂。而在柳自华的耳中听去，仿佛在那里说："生……死……生……死……生……死……"他的心也跟随着这钟摆的声响，一突一突地跳个不住。

柳自华解开了上衣，躺在沙发上，由肺痨病专家梁博士给他很仔细的诊察，已足足诊察十分钟了。这十分钟的时间，在自华直好似过了十个钟点。他怀着鬼胎，两眼停注在梁博士的脸上，要瞧着这位大医学家的脸色，断定自己的运命。

梁博士俯着身子，握着听心器，在他的胸腔上听了好久。便又将指儿在他肩背各部叩着擂着，听去咚咚有声，活似擂一个小鼗鼓儿，不过声音重浊些罢了。自华听着这鼗鼓似的声响，好生不耐，看看梁博士的脸，又像泥塑木雕般的，一点儿不动声色。他的眼睛没处安放，就满屋子地打着旋儿，桌上的几座银盾，他已背诵得出上面刻着的"扁鹊再世""妙手回春"等那些字了。天花板上镂着的花纹，他数过了好几遍，已得了总数了。那两面粉壁上挂着的匾额，和梁博士在德、英诸国学医时的毕业证书，也看得清清楚楚，不愿再看了。

好了，诊察完毕了。梁博士已放下了听心器，挺身立起来了。自华偷看他的脸，仍是不见动静，禁不住颤声问道："梁博士，我的身体怎么样？"

博士悄然说道："你把衣服穿好了吧。"说着点上了一支雪茄烟，纳在口中，坐到桌子前去开他的药方。

自华急急地穿好衣服，心儿跳个不住，眼瞧着博士镇定的模样，甚是着恼。因又赤紧地问道："博士，你诊察我的身体怎样？可有什么危险的症候么？"

博士眼瞧着自华，眉宇之间似乎现出一丝怜悯之色，慢吞吞地说道："柳先生，你请坐了。"

自华瞧了这情形，心知凶多吉少，他那惨白没有血色的脸，更泛得白白的，像死人一样，抖颤着说道："博士，我对于生死问题，向来看得很透彻，你尽管实说吧。"

梁博士道："柳先生，你既逼着我说，我不得不实说了。你的肺痨病，已入了最后的一期，要是当心些儿，那么还有四五个月的寿命，到得柳色黄时，怕你已不在这世界中了。"

自华听了这死刑的宣告，仿佛当头打了个焦雷，不由得怔住了。好一会儿作声不得，末后才有气没力地问道："难道仗着博士的回春妙手，也不能打退死神，保留我的生命么？"

博士道："你蹉跎得太久了，当初在第一二期的时候，你为什么不好好地疗治？"

自华道："我生平最怕吃药，无论中药西药，一例都是苦水，委实上不得口。非到自己支撑不住的当儿，轻易不上医生的门。"

博士道："这如何使得，你简直是自己送自己的命！"

自华道："事已至此，还有什么话说。我只需等柳色黄时，踏进棺儿中去就是了。"

博士道："然而人事不可不尽，你仍须吃药，在这四五个月中，或能挽救过来，也未可知。你且慢灰心啊。"

自华低头不语，两眼望着桌子上的座钟，见那团白的面庞似含狞笑。而嘀嗒嘀嗒之声送到他耳中，竟好像在那里奏着薤露曲咧。

自华出了医院，心上好似压着几千斤重的一块石头，手上脚上，也像加了镣铐。全身的气力，都不知飞到哪里去了。他一步黏不开两步地走过了几条街，见那往来的行人、奔腾的车马，都包含着无限的生气。自己虽还活着在这里走，实际上却变作行尸走肉，是一个候补的死人了。他叹息着一路行去，总觉没有勇气带这恶消息回去，报与爱妻知道。在这热闹而富有生气的市街中走着，心坎儿里又觉得嫉妒厌恶，不自在。于是折到了一条僻静的小街中去，把脚步放得益发慢了，简直和蜗牛在壁上一样。低头垂眉地不知走了多少路，却已到了一座废园之前。因为他平日间从没有走过这许多路，早已喘作一团，接着又一阵子咳嗽起来。咽喉里痒痒的，一抹血已脱口而出。

他便入到园中，在就近一张破椅上坐了下来，定了一会儿神，渐渐复原。又不由得想道：唉，我柳自华跌宕情场，前后足足有二十年了。一缕情丝，飘飘荡荡地没有归宿之地。直到五年前遇见了倩英，才觉得自己心有所属、情有所归。一生的幸福，已有了把握了。奈何倩英貌太美，性儿太温柔了，少年们用情于伊的，着实不少，我仗着一颗坚忍之心，厮守了五年，一心专注，百折不回，到如今才占了最后的胜利，使那些恋爱伊的人一一失败而去。内中有一人和我立于同等地位，足称劲敌的，偏又是生平最知己的朋友叶仲子。一向相亲相爱，如手如足，而我也绝对不肯相让，终于把那如花如玉的倩英整个儿夺了过来。为了伊分上，我什么都不管。仲子虽并不和我绝交，仍是往来走动，然而十年来，根深蒂固的友谊上也不免生了裂痕了。我和倩英结婚以来，刚度过了一个蜜月，端为这一件无价之宝，由五年的奋斗中得来，很不容易，自也分外地珍惜爱护。而倩英爱我，也委实是既深且固，无可譬说。单就这蜜月中说来，双方情爱的热烈，直超过了寒暑表上最高的度数，和火山快要爆裂时相仿佛。满望白头偕老，好合百年，享受一辈子美满的幸福，不想这几天忽然病了，今天医院中一诊治，偏又断定我的病已成了不治之病，一到柳色黄时，就得和我那最亲最爱的倩英长别了。

唉，我怎么会害上这肺痨病的？读书时有时吐口血，也并不在意，从来又不曾害过什么大病，只是咳咳嗽罢了。身体向来很瘦，还自负筋骨好，谁知那可怕的肺痨病会潜伏在我的身体中呢。要是经了别的医生诊断，我倒还不很相信，奈何这位梁博士是当今专治肺痨病的圣手。他说无法可治，那就是绝对地无法可治。老同学洪子新去年以肺痨病去世，也由梁博士断定他不治，说中秋节以前必死，果然不先不后在八月十四日死了。如今他说我柳色黄时必死，那么九、十月间一定难逃。别的倒没有什么留恋，只教我如何舍得下倩英呢？

自华想到这里，禁不住掉下两颗泪珠儿来，泪眼模糊中，恰又望见了面前的一行柳树，嫩绿的柳丝在风中微微飘拂着，似是美人的云发一般。一双紫燕正在那里翩翩上下，现出十分恩爱的神情。自华触景生情，便颤巍巍地走将过去，抚着柳丝说道："柳啊柳，你是多情的树，你可能可怜见我，同着松柏长春、永没有黄的时候，使我一辈子厮守着倩英，永不分离么？"然而柳树无知，默默不答，袅着那丝丝嫩绿的柔条，尽春风调戏罢了。

夕阳下去了，园中一株古树上暮鸦乱噪，似乎一声声催人回去。柳自华虽是怕见他的爱妻，可也不能不回去了。没精打采地出了园门，便坐上一辆人力车，赶回家去。他心中起了一幅幻想之画，见倩英坐在绣闼银灯之下，玫瑰花似的娇脸上含着甜媚的笑容，正在抚弄伊那头心爱的玳瑁小狸奴，这真是一幅绝妙美人图啊。他又想到他那情场失败的老友叶仲子，近日常来走动，此时也许在家里伴着倩英闲话咧。

唉，仲子仲子，你不过短时间的失败，最后的胜利，怕还是属于你啊。他一边想着，他的心，好似被那车轮辘辘之声碾碎了。

自华到了家里，将帽子授与他应门的婢子后，便蹑手蹑脚地走上楼去，推开了卧房的门，低唤一声"倩英"。

这时倩英正坐在玉镜台旁，逗着伊的爱猫玩。一听得自华的唤声，便霍地抬起头来，向门口一望，带笑说道："华，你回来了么？"当下便起身迎将过去，挽着自华的手，同在一张碎花绿丝绒的温椅中坐下，又柔声问道，"华，这大半天你可在哪里，真叫人寂寞死了。"

自华强笑道："为了度蜜月，一个月不上书局去了，也得去看看情形。教你挨了半天的寂寞，真过意不去。可是我的心一径在你的身上。"

倩英把伊的蠓首枕在自华肩上，很腻地说道："华，便是我的心也一径系在你的身上，我委实舍不得你离我一步呢。"

自华暗暗呻吟着，心口自语道：无论如何，我决不能把这恶消息告知伊，伊如此爱我，我怎忍捣碎伊的芳心啊！当下闭紧了两眼，紧抱着伊的头，他直要借着情爱之力和死神抵抗。这一个鬓发如云的蛾首，倒好似溺水者所抱着的一根木条一般。

他挨过了一礼拜，兀自装着笑脸敷衍他的爱妻，每天早上从床上起来，便想到柳色黄时，这美丽的绣花双枕，再也没有他和爱妻并头安眠的份儿了，用早餐时又想到柳色黄时，再也不能和伊并坐着吃鸡子了。凡是一日间所经过的种种琐事，都足以引起他的伤感，联想到柳色黄时，精神上的痛苦，比肉体上的痛苦更为厉害。然而他又不敢告知倩英，连咳嗽也勉强忍住，少咳几声，一面还偷偷地服着梁博士的药，希望这药是仙人葫芦里的灵药仙丹，不但使他不死，并且能延年益寿，不老长生。

一天晚上，在餐室中晚餐以后，他一阵子大咳，觉得自己再也不能不说了。咳停了以后，便柔声向倩英说道："倩英，你到这儿来，偎傍着我，我有话对你说。"

倩英道："华，你又有什么正经话儿？偏是这样郑重其事的。"说着，含娇带嗔地走将过来，靠在自华身上坐定了，水汪汪的两眼，注着自华的脸道，"说啊，快说啊。"

自华道："你得鼓着勇气听我说，说出来你不要吓。"

倩英笑道："任你谈神说鬼，说得活龙活现，我也一点儿不吓。"

自华微叹道："唉，好孩子，我并不是和你说什么《山海经》，这是很关重大的事。要知再过这么四五个月，到得柳色黄时，我便须上道远行，极远地远行，并且只许我一个人单身前去，你万万不能同去的。"

倩英扭股糖儿似的扭在自华身上道："不，不，你去，我也要去，抛下我一个人在这里，好生难受啊。”

自华惨白的脸上满现着苦痛之色，很恳切地说道：“倩英，你听着，世界上什么地方都可去，唯有这所在你是去不得的。你不见么，近来我时常咳嗽，有时且还咯血，身中很觉得不自在。除了咳嗽的声音不能掩住外，总想隐瞒着不给你知道。前几天我更觉困乏，因便上肺痨病专家梁博士处去就诊，不道诊断之下，都说我的肺痨病已入了第四期，到得柳色黄时，我便须与你长别了。”

倩英一听了这话，顿时玉容失色，颤声大呼道：“华，华，你这话可是什么意思，难不成要死了么？”

自华长叹道：“唉，亲爱的倩英，我何忍抛下你，走到这可怕的死路上去。何况刚度了蜜月，正尝着甜美的情爱之味，更使人撇不下。然而梁博士既束手无策，认为不治之症，我又有什么法儿想呢？”

倩英听到这里，陡地惨呼了一声，晕将过去，倒在自华的身上。自华慌了手脚，急忙抱着伊上楼，入到卧室中去，放在床上，唤婢子取白兰地来，喂了一口下去，不一会儿便悠悠醒转，又哇地哭了。

自华守在伊身旁，柔声下气地安慰伊说：“梁博士的诊断也许靠不住，我还须找德国的名医诊治去，说不定一药而愈，正未可知。你尽自放心，急坏了你自己的身子，可不是玩的。亲爱的，你好好地睡一会儿，只当我的话是开玩笑，可不要记在心上啊。”

倩英本像是一个天真烂漫的小孩子一般，听了这些话，便放下了一半的心，竟在自华身上喘息微微地睡熟了。

从此以后，自华便又担了心事。明明是个有病之身，偏要装得像没有病的人一样。整日价有说有笑，伴着倩英打趣，以安慰伊的心。有时忍不住咳嗽咯血，总借着手帕子掩瞒过去。梁博士的药，虽是一日三次，很虔诚地服着，竟不见多大效验。大概病入膏肓，药也无能为力了，可是自华因着爱妻之故，仍一心作求生之想，对于向来所信仰的梁博士也有些不信仰起来。另外去找了两个德国内科名医诊治，不道他们两人的诊断，和梁博士竟不约而同，说病根已深，决计逃不过秋季的了。

自华到此，才知自己确已陷入了绝望之境，无可挽救。便先自预备一切身后的事，检点资产，共有十万元左右，一起遗与倩英，背地里请律师立了遗嘱，这身后第一要事总算办妥了。

可怜的自华，苦心孤诣，全在倩英身上着想。他为了倩英未来的慰安和幸福起见，自己有意去和叶仲子亲近，让他常到家中来走动。先前一礼拜来一次，如今三天来一次、一天来一次了。仲子一来，他立刻避开，让二人同在一起，煽动起旧时的情焰来。夜中自己又往往推说有事，或直说身体不舒服，唤仲子伴倩英去看电影，看京剧，或上跳舞场去跳舞。他们俩本来旧情未死，如今耳鬓厮磨的机会一多，彼此相爱的心自然又热了。

自华用了两个月的水磨工夫，把一切未了事件全都料理清楚。眼瞧着倩英和仲子亲热的情形，心知伊的终身也有了依托。可怜他精神上肉体上都受足了痛苦，自觉多留一天在世界上，便多受一天痛苦，还不如早早地逃出世界，又何必等得柳色黄时啊。于是一天早上，自华飘然出走了。

倩英起身，只见枕边留着一封信，忙拆开来看时，见上边很工整地写着道：

倩英吾爱，吾去矣。吾病已入膏肓，无复生理。柳色黄时，势在必死。等死耳，不如早死为佳。唯卿向娇怯，雅不欲令卿见陈尸之惨，故毅然割舍一切，远走他方。非葬鱼腹，即堕幽谷。嗟夫吾爱，从此长别矣。遗嘱在蒋立律师处，祈与接洽。恨吾寒素，未能遗卿以巨产，毕生心血所积，止区区十万金耳。仲子吾知友，亦卿旧好。吾去后，务与缔姻，毋背吾意。柳色黄时，恐将令卿触景生感，幸即委身仲子以蠲烦忧，吾亦将含笑地下，听卿等赓合欢之歌矣。别矣吾爱，千万珍重，毋以吾为念。自华和泪志别。

倩英读完了这信，哭倒在钿床之上。碧纱窗外，柳丝在风中飘拂着，瑟瑟有声，似乎和着伊哽咽。

辛先生的心

紫罗兰的幽香，被晓风挟着，很轻柔而委婉地送到辛先生鼻子里，便知道那媚人的春光又来咧。窗外一株含蕊未放的玉兰树上，鸟声细碎，如吟如笑，阳光照入窗中，着在身上，已觉得热烘烘的，分明是艳阳天气了。

这一天是星期日，他不必上女校去上课，一看案头的日历，见是三月十八日，猛记起今天还是他的生日——是六十岁的生日。可怜啊，他既在早年上丧了父母，又从没有娶过妻、成过家，所有一二近亲，也早已不大来往了，因此上他的生日，只有他自己记得，可没有人来捧觞上寿凑热闹啊。

东壁上挂着的一面小小圆镜，照见他那额上的皱纹，和一头斑白的头发。嘴脸上虽没有留须，也已老态毕露。他立在镜前，向自己端相了一会儿，不由得悄然叹息道："唉，六十岁了，去死已一天近似一天，得逍遥处且逍遥，可不能再活六十年呢。今天定须好好地乐他一天，莫等闲过去，也算是给我自己祝寿吧。"于是笑了一笑，打开当日的报纸，翻看各舞台的戏目。见一家舞台中一个著名的坤角儿，正排演一出《麻姑献寿》，更看到影戏的广告，见一家影戏院中，正在映部老明星路易史东主演的《情场遗恨》，似乎真有一看的价值，因又欣然自语道："好，好，好，先来一出《麻姑献寿》，再来一部《情场遗恨》，这一天也够我消磨了。"

当下他揣了一个钱袋在怀中，反锁了房门，踱出寄宿舍去。

征鼓喤喤声中，看罢了《麻姑献寿》，总算已给自己祝过寿了。来不及再看压轴戏，忙着坐了人力车，赶往影戏院去看《情场遗恨》。六十老翁忽然平添了无限兴致，这是辛先生十多年来很难得的事。因为那银幕上的《情场遗恨》却使他看得回肠荡气，起了一种说不出的感触。并不是为的这影片中的本事，和他的身世有什么吻合之处，只为瞧着那皤然一老，孤零零地在脂香粉阵中度他独身的生活，没一个慰情的人，在这一点上便勾起了他同病相怜之感。自问平日在女校中上课的当儿，眼看那娇莺雏燕，济济一堂，确是包围在一派温馨柔和的空气中，心坎中充满了乐意。但一回到寄宿舍自己的卧房之中，就觉得举目无亲的，寂寞得难受。一到春季，窗外的园子里，生机勃勃，花啊，草啊，行云啊，飞鸟啊，都足以撩拨他的心坎，而发生出一种不可名的烦闷来，正与美人迟暮有同样的感觉。

他看完了影戏，颤巍巍地站起身来，不知怎样，面颊上已淌着冷冷的泪痕，掏出帕子来抹去了，在人堆里随波逐流似的挤将出去。刚到得门口，猛听得背后有人唤道："咦，佩翁，你也在那里看影戏么？"

辛先生听这声音很厮熟，回头一看，却见是老友秦先生，当下便立住了，欢然答道："咦，芳翁，你也在这里，好久不见了，一向可好？"

两人一边寒暄着，一边便离了影戏院的门口。那些院中散出来的男女，三三两两，擦身而过，时时有浓郁的衣香送入辛先生的鼻观。

一阵香风中，蓦地送过一声娇脆的呼声来道："辛先生，辛先生。"同时有两张娇憨的粉脸，现在他的肘边，一个十六七岁，一个十八九岁，分明是一对娇姊妹，都是截发长袍，风姿秀丽，真的像粉妆玉琢的一般。辛先生对伊们看了一眼，微笑着点点头，姊妹俩就花枝招展似的走开去了。

秦先生问道："这两位姑娘是谁？"

辛先生道："还用问么？当然是吾们校中的学生。这一对姊妹，是很聪明，很活泼的，倘是我自己的女儿，那么两颗明珠，擎之掌上，够多么得意啊。"言下很有些感慨不尽之意。

这一条长长的街，两面都是大商店，窗饰光怪陆离，布置得都很美观。这两位老友，一边谈天，一边且看且走，也不觉得路长。走不多路，对面来了一个西装少年，挽着一个衣饰入时、顾盼生姿的少妇，谈笑风生地一路过来。那少妇一见辛先生，很恭敬似的鞠了一躬，便姗姗地走过了。

辛先生对秦先生说道："这也是我的学生，去年暑假已毕业，听说毕业后就出阁的，那少年多半是伊的丈夫。你看，可不是一对璧人么？"

秦先生道："你的女学生真多，几乎到处可以遇得到，总计起来，大概也不下于孔老夫子弟子三千之数吧。"

辛先生道："我在女校中担任教科，足足做了四十年的教书匠。女学生当然很多，若是一年年统计起来，怕还不止三千之数咧。"

秦先生道："怎么说，你已吃了四十年的教育饭么？我记得你是在二十岁上，就投身教育界的。那么今年定有六十岁了，几时生日？该请我吃寿酒。"

辛先生欣然道："很好很好，今天恰恰是我的生日，我就立刻请你吃寿酒去。"

秦先生忙道："不行，我该先给你祝寿，且一同上酒家楼去，浮一大白。"

灯红酒绿之场，辛先生本来是不惯去的。今天喜逢老友，恰又是自己六十生日，可算是难得的事，于是也高兴兴的，同着秦先生，寻到了一家比较清静的广东酒楼中，浅斟低酌起来。

秦先生的年纪，少辛先生十岁，为人很有风趣。一张嘴最是会说会话，直能将死的说成活的。他又是新闻记者出身，如今虽已退闲了，却还喜欢打听人家琐琐屑屑的事情，作为谈助。平日很喜研究男女问题，以为全世界一切军国大事都不及这一个问题的重要。今晚他逢到了这位日常与女子接近的辛先生，真是一个大好机会，又可研究他的男女问题了。

秦先生衔着酒杯，微微地喋着酒，做出一张似正经非正经的面孔，悄悄地向辛先生说道："你一辈子做这女学校教师，简直是天天住在温馨柔和的空气中，那风味定很不恶吧。"

辛先生苦笑道："如入芝兰之室，久而不闻其香，也不过是那么一回事罢了。唉，就是我四十年老坐着这条冷板凳，一点儿不到社会上去活动，放弃掉许多飞黄腾达的机会，又岂是得已的事。唉，老友，我自有我的隐衷在着，谁也不会知道的。"

秦先生一听得"隐衷"二字，分外地动耳，脸上不知不觉地做出一种很有兴味的神情来，赤紧地问道："啊，你有隐衷在着，可又是什么隐衷啊？"

辛先生微喟道："过去很久了，何必重提旧事，徒多无谓的惆怅。"

秦先生忙道："老友，你心中有事。一个人自己知道，要闷出病来的，又何妨对知己的老友诉说一二，我也可安慰安慰你。况且你已是六十岁的人，说出来也没有什么妨碍。你倘要秘密的，那我给你严守秘密就是了。"

辛先生沉吟了一会子，将面前满满的一杯白兰地酒一饮而尽，开口说道："也罢，今天是我的六十岁生日，说出来也算给自己留一个纪念。四十年来，这事深藏在心坎深处，正如作茧痴蚕，丝丝自缚，也委实使我苦痛极了。"

秦先生凑趣道："着啊，越是隐秘着不说，心中越是苦闷，到得一诉说之后，自然会觉得宽心的。"

这当儿辛先生酒酣耳热，旧恨攒心，便说出以下的一番话来。

"我在二十一岁上自大学毕业以后，就进英华女塾去担任英文教席，每礼拜虽有二十四点钟的功课，可真如你所说的，常在那温馨柔和的空气中，并不觉得怎样辛苦。我所教的是正科四年级，是校中最高的一班，学生共有三十多人，全是优秀分子。而内中有一个唤作林湘文的，更是冰雪聪明，常作全班的冠军。年纪不过十八九岁，生得面目如画，非常的可爱。我所最最忘不了的，便是那一双清如秋水、明若春星的眼睛，对人瞧时，似乎能直瞧到人的灵魂中去。唉，我至今还记得伊笑吟吟地立在讲台下执卷问字时的情景。那一双明眸，水汪汪地注在我面上，那时我那一颗二十一岁的心，也止不住怦怦地跳动咧。

"我在女校中和学生们感情都好，而对于湘文，更是另眼相看。不知怎的，总觉伊在同学中矫矫不群，真的是鸡群之鹤。可是伊不但貌美，功课也居第一，英语说得很流利，发音又正确。

一部纳士菲尔氏文法，烂熟胸中，做一篇英文论说，头头是道，竟不像是中国女郎的手笔。听国文教员说，伊对于中国文学也极有根柢，做起文章来，洋洋洒洒，竟是梁任公一派。像这样才貌双全的女郎，真是难得之至了。

"我对于伊自有一种特殊的感情，但不敢流露在外，生怕引起别人的非议。心中未尝不在暗暗地想，我一辈子不娶妻则已，倘要娶妻时，总得物色一个像湘文般的女子才是。说也奇怪，平日间湘文对我，似乎也很亲近。捉空儿问长问短，和我研究文法，'辛先生，辛先生'地满口子叫着。伊在我班中读了一年，就毕业了，这一年中，使我精神上得到不少的安慰。我恨不得挽住伊留级一年，然而伊各科的成绩都好，终于以第一名毕业而去。举行毕业礼时，我当然在场，亲见伊领了毕业文凭，走出礼堂去时，抬眼对我瞧了一下，眸子里竟有着泪痕，这也是一辈子使我忘不了的。

"自伊去后，我不知怎的，常觉得忽忽若有所失。下学期起，第三年级的学生已升上来了。内中也有不少优秀的女子，然而无论如何，在我心目中，总觉不如湘文。往往对着湘文先前所坐的桌椅呆瞧，幻想中就把现在坐着的学生当作是湘文，借着安慰我那寂寞无聊的心灵。唉，那得湘文依旧回来，给我饱餐伊那张玫瑰脸上的秀色，更给我消受伊那双横波目中的美盼啊。

"我渴欲知道湘文毕业后的消息，虽知伊的住址，因为碍着自己居于师长的地位，不敢冒昧写信去。加着生性拘谨，也不敢有所表示，后来探听得，校中一位庶务先生却是湘文家的亲戚，因此常常和他去接近，在无意间得到一二消息。而最最痛心的，便是湘文毕业后不到半年，就出阁了。伊是自幼儿订婚的，平日从没有见过未婚夫一面，嫁过去后，不道伊丈夫竟是一个呆头呆脑的呆子，自知彩凤随鸦，大错已铸。父亲又是一个头脑极旧的人，绝对无法可想。伊郁郁不乐，便常在药炉茶灶讨生活了。我自得了这不幸的消息后，真有说不出的苦痛，要设法去搭救伊。可是想来想去，总想不出一个办法来。日常只得在同事中间痛论中国婚姻制度的不良，痛骂中国一切顽固专制的父母。人家不知我命意所在，也无非在旁凑趣罢了。这样茹苦含辛地挨过了一年，仍是没有办法。

"而噩耗传来，却说湘文已郁郁而死。第二天上，一封信天外飞来，一看封面，大吃一惊，竟是湘文的手笔。心跳手颤地急忙拆开来看时，只见信笺上潦潦草草地写着几十个字道：'遇人不淑，生不如死，湘今死矣。先生之心，湘固知之；湘之心，先生亦知之否？呜呼……'以下戛然而止，似乎正在病危之际，写不下去了。伊死后，这封信不知如何会寄给我的，至今还是一个疑问咧。

"我得了这封信，心已碎了。请了一个月的病假，整日整夜地躺在床上，不知如何是好。手中执着那信，将那几十个字不知读了几千遍几万遍，两眼无论看在窗上墙上帐顶上，总是虚拟着湘文的声音笑貌。同事们和朋友们来探望我时，忙把那信藏过，始终不敢给他们知道，生怕妨碍了湘文死后的清名，我是对不起伊的。厮守过了一个月，我简直要发疯了。无可如何，还是上课去，借着满堂的学生，在嘈杂中暂忘心头的痛苦。然而我的两眼，终于离不了湘文先前所坐的桌椅，恍惚中倒又似乎瞧见湘文依旧坐在那里，素靥如花，明眸如水，——都在目前。反将我那寸碎的心，——收拾拢来，缝补完成了。从此以后，我便乐于上课，好瞧着我那念念不忘的桌椅，好瞧见我那幻觉中念念不忘的湘文。

"一班班的学生毕业了，一年年的光阴过去了，我留恋着那湘文先前所坐的桌椅，而连带在幻想中瞧见湘文，所以不忍离去这女校，不知不觉地过了四十年。在最初的二十年中，常有人和我做媒，我却一一回绝，说世间女子，是造物之主辛苦造成的宝贝，不容我们万恶的男子去破坏伊们，坑陷伊们，自愿一辈子抱独身主义，不敢造此恶孽。于是，一般做媒的人都说我是怪物，拂衣而去，从此不来打扰我了。唉，老友，今天是我六十岁的生日。自知去死不远，因此把这四十年从未宣泄的秘密诉说出来，使你知道天下还有我这样的一个痴人，给一般轻于言情说爱的青年做一个榜样。要知真正的情爱，全在两心相印，不在两体的接触。在乎牺牲，不在乎圆满。我如今已以一生的幸福，为湘文而牺牲了。在世一日，还是要厮守在女校中，留恋着湘文先前所坐的桌椅。因桌椅而连带在幻想中，瞧见湘文。湘文虽久已死了，但在我的心目中却永永活着，永永不死。"

辛先生说罢，脸上淌满了眼泪，一滴滴掉在酒杯中，不知是泪是酒了。

行再相见

却说一天是九月的末一日，枫林霜叶，红得像朝霞一般。薄暮时候，斜阳一树，绚烂如锦。玛希儿·弗利门从英国领事署里慢慢地出来，抬头望了望美丽的天空，吐了一口气，便跳上一辆马车。那马夫加上一鞭，车儿已辚辚而去。

这玛希儿·弗利门原是英国伦敦人氏，年纪约有二十七八岁，长身玉立，翩翩少年，十年前就毕业奥克斯福大学，得了个学士的学位。庚子年间，在北京英国公使馆里充当书记，一连做了好几年。如今却调到上海来充领事署的秘书。领事很器重他，当他是左右手似的，片刻不能相离。他也勤勤恳恳地做事，一年三百六十五天，没有一天不到。每天早上八点钟，就带朝日而出，到馆视事。每天晚上五点钟，就带夕阳而归，回家休息，每天出来回去，总经过一家花园。经过时，园里的阳台上，总有一个芳龄十八九的中国女郎，把粉藕般的玉臂倚着碧栏杆，亭亭而立。双波如水，盈盈下注，玉靥上还似乎堆着两个微微的笑窝。玛希儿初时并不在意，后来见天天如是，早上过时，往往见晓日光中，总有个美人情影；薄暮过时，斜阳影里，也总是凭栏有人。那两道秋波，像闪电般射将下来，仿佛射在自己身上，于是心里已有些明白。每天过时，免不得要睁起两眼，向那阳台上望它一望。因此上楼上盈盈，楼下怔怔，那四道目光，每天必有两回聚会，倒好似订了密约一般。过了儿来复，两下里竟如素识。玛希儿过时，这一边规定地向楼上脱一脱帽，那一边规定地向楼下嫣然的一笑。无奈盈盈一水间，脉脉不得语，只能凭着他们四个眼儿通意罢了。

不道天缘凑合，有一天是来复日，他偶然走过那中国公园，便迈步进去瞧瞧。却见一个花枝招展的中国女郎分花拂柳而来，玉貌亭亭，似曾相识。正是那个天天凭栏送盼的女郎！

玛希儿·苿利门便走上一步，脱了帽，劈头先喊了一声"密司"。那女郎颊晕双窝，掠着鬟云一笑，接着两口儿已在旁边的椅上坐下，款款深深地讲起话来。女郎倒也操着一口好英国话，说得如泻瓶水，十分流利。

原来她是广东的番禺人，姓华名桂芳，从小在教会里读书，所以英国学问已造高明之域。她父亲早在庚子那年，在北京被一个外国人杀死了。她母亲苦念丈夫，也就一病而亡。可怜这曙后孤星，伶仃无靠，亏得有一个伯父照顾她，带她到了上海，仗着有些遗产，在一个幽静所在借了一所巨厦，一块儿住着，过他们清闲的岁月。只是铜雀春深，小乔未嫁，人非木石，免不得心醉少年了。

当下两人谈了一会儿，十分浃洽，好似多年的老友，直谈到残晖西匿、新月东升，方始勉勉强强、怅怅惘惘地握手而别。临行时两双眼儿还碰了好几个正着。

第二天晚上，玛希儿·苿利门从领事署里出来，走到那花园之前，却并不抬头向阳台上望，自款关而入。门外汉居然做入幕宾了。从此以后，他天天总得进去一趟。或是把臂窗前，或是并肩花下，两下里已情致缠绵到十二分，竟有难解难分之势。

　　这一天他坐了马车，直向女郎家来，到了那花园前停下车来，匆匆而入。直到一间精雅小室之中，在一把安乐椅上坐下。从袋里取出一封信来读着，一面扬声唤道："桂芳，桂芳，你在哪里？"

　　不一会儿即见画屏背后莲步姗姗地转出那美人儿来，玉手里执着一束红酣欲醉的芙蓉花。人面花容，两相辉映，把媚眼瞟着玛希儿·莃利门，娇声呖呖地说道："呀，郎君，你来了！吾正在后园采几枝芙蓉花，想插在这玉胆瓶中，免得空落落的。只累你等久了。"

　　莃利门道："吾方才来此。"说毕又读手中的信。

　　桂芳走至桌前，弄着那芙蓉花。

　　莃利门忽又说道："桂芳，你以为如何？吾们外交部里要召吾回英国去咧！"

　　桂芳听了，手里的芙蓉花，顿时像红雨般索落落地掉在地上，双波注着莃利门，诧异道："怎么？你可是要离开这里？你可是要丢了这上海去么？"

　　莃利门道："正是，桂芳，吾要回伦敦去，伦敦！桂芳，伦敦！"

　　桂芳一声也不响，扭转柳腰，低垂粉颈，拾那地上的芙蓉花起来，清泪盈眸，几乎要夺眶而出。

　　莃利门悄悄地瞧了她一会儿，便道："桂芳，你过来。"

　　桂芳忙执了芙蓉花，走将过来，坐在莃利门旁边，玉指纤纤，理着莃利门的头发。

　　莃利门悄然说道："吾去时，你不好和吾一同去？"说时，从桂芳手里取了一枝芙蓉花，替她簪在罗襟上。

桂芳似乎没有觉得，愁眉蹙额地说道："郎君，奈何吾不能跟着你去。"

莱利门道："但是吾怎能舍得下你？"

桂芳惨然道："你舍不得吾，吾也何尝舍得你来？吾很愿意跟着你去，到处双飞。无如身不由主，须得听我伯父的节制。"

莱利门道："只是你差不多已是吾的人，须同吾一块儿去。况且你年纪已长大了，一切尽可自由，为什么要听你伯父的节制？"

桂芳叹了一口气，说道："你不知道吾们中国的风俗，和你们英国截然不同，做女子的一辈子不能自由。加着吾父母相继死后，幸而伯父抚育吾，不致失所。他好似一棵大树，吾好似一只小鸟；这小鸟好几年栖息大树之中，如今羽毛丰满了，难道就丢了大树，插翼飞去么？"

莱利门默然不语了半晌，才道："桂芳，吾心中除了你以外，委实没有第二个人，你是个最可爱、最柔媚的美人儿，吾愿意一辈子同你在一块儿，白头偕老。吾爱！吾们回到了伦敦，以后快乐的日子正长咧。"

桂芳微微地退后，瞧着莱利门，悲声说道："郎君，吾伯父一定不许，吾伯父一定不许！"

莱利门道："桂芳，你不该拒绝吾的请求。难道这半年来的爱情，已付之流水么？"

桂芳掩面道："郎君，你该可怜吾，原谅吾。吾上边还有伯父！"

莱利门怫然道："好，你当真不爱吾了么？"

桂芳放下了手，说道："吾的爱人，吾何尝不爱你来？巴不得天长地久，吾们永永在一块儿，不论怎样，终不分开。吾这一颗心，只不能抉出来给你瞧。郎君，你千万别说那种话儿，把吾的心寸寸捣碎呢！"

这时天已暝黑，月光像水银般透将进来，照见这一双痴男怨女，都双泪盈眶，黯然无语。

停了会儿，荠利门方才起身说道："吾爱，吾们的爱情，总永远不会磨灭。你心里放宽些，不必悲痛。如今吾要回去了，明天再作计较吧。"说时挽了桂芳的杨柳腰，在她樱唇上甜甜蜜蜜地亲了一下。走出屋子，弯弯曲曲地过了一条花径，出花园而去。到了门外，又回过头来扬了扬手。

桂芳鞠了一躬，高声呼道："郎君，明天会！明天会！"

荠利门去后，桂芳又呆呆地立了一会儿，才娴娴入室。

过了三分钟光景，有一个五十岁左右的人，一头花白的头发，几绺花白的髭须，徐徐地从花园外边进来，直入室中。桂芳一见这人，就欢呼道："伯父，你回来了！"忙倒了一杯茶，双手奉与伯父。

她伯父瞧了她一眼，说道："那外国人今天已来过了么？"

桂芳道："正是，荠利门已来过了。"

她伯父道："他待你很好么？"

桂芳羞红满颊，低垂粉颈，轻轻地答道："伯父，他待吾很好。"

伯父呷了一口茶，吐了一口气，说道："吾刚才恰好遇见他。他的面庞，今天才被吾瞧清楚了。如今吾要告诉你一个故事：七八年前广东番禺有一个巨商，同着他妻女俩和一个阿兄在北京做买卖，很有些信用；不想庚子年间，拳匪乱起，东也杀洋鬼子，西也杀洋鬼子，把个偌大北京城闹得沸反盈天。后来各国派兵到京，不知道有多少无辜良民死在兵火之下。可怜那巨商也逃不过这个劫数！有一天同着他阿兄经过英国公使馆，被一个外国人用手枪击死。幸亏他阿兄眼快，逃了开去。"

桂芳急道："伯父，这可不是说阿父和你的事么？"

伯父道："一点儿也不错。那时吾虽逃了开去，那外国人的面貌已被吾瞧得明明白白。当下吾便立誓，将来定要找到这仇人，替阿弟报仇。一向吾说起了这外国人，你不是也咬牙切齿的么？"

桂芳答道："正是。吾若然遇了这仇人，定要刲刃其胸，报这不共戴天之仇。"

伯父微笑道："好孩子，如今好了，天公大约也很可怜见吾们，因此使那仇人落入吾们的手，恰巧又落在你的手中！"

桂芳大惊道："伯父，你这话是什么意思？"

伯父道："桂芳，那击死你阿父的仇人，今天已被吾找到了。"

桂芳急道："当真已找到了么？"

伯父道；"正是呢。十年宿怨，从此便能一笔勾销。那仇人不是别人，就是你的情人，那个外国人！"

桂芳闻言大惊，不觉退下了一步，大呼道："这是哪里说起？他就是吾的仇人？"

伯父道："一点儿也没有错。你的情人，就是你的仇人！"

桂芳道："这怕未必吧。他是个很温和很慈善的人，怎么会做这杀人的勾当？"

伯父倾身向前，眼睁睁地瞧着他侄女，悻悻说道："好，好，你为了这外国人，便忘却你阿父么？忘却你从前报仇的誓言么？忘却你阿父的惨死么？"

桂芳颤声道："吾怎敢忘却！"

伯父道："你既不忘却，你阿父在地下也要含笑。如今吾和你说一句最后的话，玛希儿·莿利门，杀死你父亲的仇人！明天你就该把他置之死地，尽你做女儿的本分！"

桂芳闻言，不则一声，但她柳腰一扭，像燕子般掠到她伯伯身旁，跪了下来，抬头瞧着伯父，玉容十分惨淡，悲声道："伯父，吾的伯父！教吾怎能下手？怎能杀死玛希儿·莿利门？"

伯父庄容道："桂芳，你须知道，你阿父只有你一人，并没有三男四女。你不替他报仇，谁替他报仇？你若是孝你阿父的，总要使他灵魂安适。难道为了儿女私情，忍心把父仇置之不顾么？"说着，探怀取出一瓶药水来授给他侄女，又道："你只把这药水滴几点在茶里，给他喝了，便能沉沉睡去，并没一丝痛苦，比你阿父死时爽快得多呢。"

桂芳伸两臂，向她伯父说道："吾的伯父，吾如何下得这般毒手？吾们平日何等地相爱，他从来不把疾言厉色向吾，千种温存，百般体贴。吾面上偶然露出一点儿不快之意，他立刻柔声下气地来安慰吾。伯父，吾委实爱他！吾们虽没有结婚，那爱情却比结了婚的更深更热。这半年之中，他直好似吾眼眶里的瞳子、心里的血。朝上起来，第一个念头，总是想玛希儿——吾的爱人！晚上时，末一个念头，也总是想玛希儿——吾的爱人！伯父，如今你却要吾杀他，像吾这样一个弱女子，哪里来的铁石心肠？他又是吾的情人，又是吾未来的夫婿，伯父，你该可怜见吾啊！"

伯父怒气勃勃地立起身来，握着桂芳的臂儿，大声道："女孩子，你须知道你是中国人！不论怎样，须服从你长辈的命令。明天你一定要下手，把他治死。"说罢，放了手。

桂芳眼儿注着地，芳心欲碎，柔肠欲断，一会儿才仰首说道："伯父，你或者误认了，他不是杀死吾父亲的仇人。"

伯父道："仇人的容貌，深深地镌在吾脑里，七八年来没有一刻忘却，哪里会误认？一二月以前，吾早已怀疑。今夜月光大好，就被吾瞧得明明白白，定然是他。你既不信，明天不妨探探他的口气。若然他不是杀死你父亲的仇人，吾自然没有什么话说；若然他确是杀死你父亲的仇人，你就该想想做女儿的本分。"

桂芳道："倘是他果真杀死吾阿父的，吾自然不得不替阿父报仇。报了仇后，吾的本分已尽，便跟着他向他去的路上去。"

伯父道："好孩子，你听吾的话。他可以死，你不可死，他只能独自向那死路上去，你不能伴他。你死了，你阿父一定不以为然。你是孝女，总该体贴你阿父的心。明天晚上六点钟，吾在那公园里等你。他一死，你就赶来瞧吾。吾望上天保佑你，使你成功，明天会。"一边说，一边出室而去。

桂芳伏在地上，掩着面，只是嘤嘤地啜泣，直哭到天明，已到了泪枯肠断的境界。好容易挨过一天，又不知落了多少眼泪。

五点钟时，玛希儿·莯利门欣然来了。却见他意中人正踞在地上，把脸儿掩着，似乎在那里啜泣的样子，便急忙过去，抱了她起来，在一把睡椅上坐下，抚着她柔声说道："吾的亲爱的，你为了怎么一回事？吾爱，快告诉吾，快和吾说！"

桂芳兀是不响，把蝤首倚在莯利门肩上，泪珠儿不住地溁溁而下。莯利门甚是纳罕，但是也莫名其妙，只连连亲她的粉颈和香云。

一会儿，桂芳才轻启樱唇说道："亲爱的郎君，吾们相亲相爱，屈指已有半年了，吾可使你快乐么？"

莿利门笑道："吾爱，自然快乐，自然快乐！从前吾不知道爱情是何物，及至见了你，就不期然而然地发生出爱情来。如今吾总自以为是世界上第一个幸福人，每天只等领事署的门一闭，便能到这世外桃源似的所在来，和心上人持手谈心，消受柔乡艳福。"说着，把双手捧了桂芳的面庞，向着她，又道，"吾的桂芳，你是吾世界上独一无二的爱人！你可也爱吾么？"

桂芳道："吾们中国女子，原不知道什么爱情不爱情，吾也不知道什么爱你不爱你。只觉得白日里想什么，总想着你；夜里梦什么，总梦见你。有时你把吾抱在臂间，一声声地唤着吾的桂芳、吾的爱人，吾心里就觉得分外的快乐。郎君，这个大约就是爱你了。"

莿利门不住地亲着她的青丝发，悄然无语，那样儿却非常得意。

半晌，桂芳忽而问道："郎君，七八年前你可是还在故乡吗？"

莿利门道："那时吾已到中国来，在北京英国公使馆中充当书记。"

桂芳道："那年正是庚子年，吾国忽地起了一种拳匪，专和你们外国人作对，把个辉煌烜赫的偌大北京城闹得落花流水。那时你可受惊么？"

莿利门道："只略受些惊吓。那时吾年少气盛，也恨那些拳匪刺骨。有一天正在馆中忙着办公，忽听得门外人声喧哗，说是拳匪来袭击公使馆了。吾怒不可遏，执了一支手枪，一跃而出，一连放了几枪，居然把拳匪吓退。只是事后一检，那些拳匪一个也没有死，连伤的也不见，却伤了几个无辜良民。有一个四十左右商人模样的人，已被吾击死了。吾至今还在这里问心自疚咧！"

桂芳大呼道："那商人竟被你击死了么？"

荚利门道："这也是一时操切所致，现在也不必去说它了。"

桂芳头儿靠在荚利门膝上，拔了自己罗襟上插着的一朵芙蓉花，一瓣瓣地撕了下来，抛落在地，默然了好久，方才起身说道："郎君，你等一会儿，吾替你做一杯咖啡来。"走了几步，忽又立定了，回到荚利门身旁，说道，"郎君，你再说一遍，说你是爱吾的，说你是永远不愿和吾分手的呀！郎君，郎君，你再把吾抱在臂间说，'吾的桂芳！吾爱你！'"

荚利门也不知其所以然，只拉了她过来，亲着她说道："亲爱的，吾的爱人！你为了什么，态度有些儿改变？吾自然一心爱你，万万没有两条心。你别哭，快收了眼泪，替吾做咖啡去。"一面又和桂芳亲了一个吻。

桂芳走到画屏之前，倏地又回了转来，跽在那睡椅旁边，凄凄楚楚地说道："郎君，你不论遇了什么事，总要原谅吾，体贴吾的心。吾是永远爱你的，吾的身体为了你牺牲，也所甘心。你到哪里去，吾总伴着你去。你若是到世界的尽头处去，吾也跟着到世界的尽头处去，决不肯听你独去，寂寞无伴。"说时，把手儿掩着玉颜，一动都不动地跪在那里。

荚利门瞧着她，很为诧异，但是也不知道其中道理。只当是为了昨天说起了要回英国去，所以她心里郁郁不乐。于是又捧起桂芳的脸儿来，含笑着亲了一下，说道："亲爱的，这不打紧，吾到哪里去，自然总带你一同去。吾身外之物一切都可以没有，然而不可以一天不见吾的桂芳。"

桂芳在那睡椅旁边痴立了半晌，才轻移莲步，往屏后去了。停了一会儿，已托了一只茶盘出来。迟疑了半晌，方始颤手把那一杯咖啡给授莆利门，一边说道："吾的郎君，你喝一杯咖啡！"

莆利门带笑容道："吾的爱人，多谢你！"便擎杯凑在嘴上，咕嘟咕嘟喝一个干。喝罢，扑地向后倒在椅上，那杯儿掉落在地，打了个粉碎。

桂芳秋波含泪，对着她意中人呆瞧了好一会儿，才低下蛴蜷般的粉颈去和他亲了一个最后的吻。接着跽在地下，发出杜鹃泣血似的声音来，凄凄恻恻、悲悲惨惨地喊道："郎君！行再相见！"

第二辑　世　相

试 探

那时正是深秋天气，院落中一树梧桐，撑着它瘦干儿战着西风，萧萧槭槭地做出一派潮声来。那树上早有好几十瓣黄叶飘落在地，被风儿刮着，兀在那里打旋子，倒像生了脚，满地里乱跳乱舞的一般。有一二瓣，却像鸟儿似的飞到一扇玻璃窗中，打在一个少年人的头上。

这少年正拈着一支笔，呆坐着想什么似的，被这落叶一打，才微微地动了一动。当下就拈着那叶瓣儿，带笑自语道："我正在这里想那开场的几句点缀文字，兀地想不起来。如今蓦地里飞来这瓣梧桐叶，我倒有了句子了。"于是把那笔在砚上蘸了一蘸，动手写道："秋深矣，落叶如潮……"

不道刚写得两句，却听得呀的一声，门开了，趑进他的小厮小云来，提着嗓子说道："主人，外边有一个人求见。衣儿脸儿都很肮脏的，我问他要名刺，他却给我一个白眼。我回他说主人此刻不见客，他却老不肯走，说定要一见呢。"

那少年怒勃勃地答道："小云，我正忙着，不能见他，可是那《秋声》杂志里正催着我的短篇小说，明天须要交卷的。他倘要见我，唤他停一天来就是了。"说着，动笔又写。

小云忙道："主人，这个不行。他说主人倘若不见他时，他自管闯进来咧。况且那人又活像是个钟馗，怪怕人的，我倘出去回绝他，却要吃他一个耳刮子。"

那少年皱了皱眉，把笔儿向桌子一丢，大声道："天杀的！不知道那厮是个什么路数，偏偏这样打扰人！小云，你且去领他进来。"

小云答应着，一路走将出去，一会儿就领着个五尺来长、四五十岁花子似的人闯进门来。

那人进了门，便张开了一张血盆大口，笑了一笑，露出那一半儿像黄蜡、一半儿像黑炭的牙齿来。那少年一见这人，几乎吓了一跳，想小云说他像钟馗，委实一点儿不错呢。瞧他身上，穿着一件又肮脏又破烂的棉袄，也不知道它本来是什么颜色。上边又满着无数的窟窿，一个个好像蜂房似的，那半黑半白的棉絮也落在外边。下边一条犊鼻裤，恰正相得益彰，头上那头花白的头发，蓬蓬松松地堆着，多半是那虱类的殖民地。就那嘴边的须儿，也像乱草一个样儿。两只脚上，一只穿着草鞋，一只穿着破靴子，靴尖开着个老虎口，伸出五个脚趾来。

那少年打量了好久，呆得说不出话儿。那人抬着两个铜铃似的血眼，向四下里溜了一下子，接着就劈毛竹般放声问道："你可就是什么小说家，唤作陈乐天的是么？"

少年答道："正是。你要瞧我，可有什么事？"

那人老实不客气，鞠了个大屁股，在一把雪白椅套的安乐椅上坐下来，直把个陈乐天恨得牙痒痒的，却又不能发作。那人搁起了那只穿着破靴子的脚儿，五个乌黑的脚趾，也就和陈乐天行一个正式的相见礼咧。

半晌，那人才道："陈先生，我委实苦极了！日中既没饭吃，晚上又没宿头，眼见得天已渐渐冷了，如何挨得过去？你可能可怜见我，收我在这里充一个下人吧？"

乐天勃然道："我这里已有小厮，又有老妈子，不必再用什么下人。"

那人又道："先生，你瞧我样儿虽然不大好看，然而抹桌扫地倒便壶，都是一等的名手。府上虽已有了小厮老妈子，添一个下人也算不得多。先生很有好心的，请收了个可怜人吧！"

乐天道："对不起，此刻我正有着事，可没有空儿和你歪厮缠，快些出去，别噜苏了。"

那人现着哀求的样子，说道："先生，你瞧上天分上，赏赐一个饭碗给我。人家都拒绝我，人家的儿子们都撵我出来，只你总得体着上天的好心，赏我一个脸。就不肯收我做下人，可能听我说……"

乐天很不耐地说道："但我没有这许多闲工夫呢！"

那人道："先生虽没有闲工夫，可能从百忙中腾出十分钟的工夫来？要知我如今堕落到这般田地，情节很曲折的。先生既是个小说家，可要得一篇小说资料么？我的事儿，简直好做得一篇小说。先生听了，倘说好的，只消赏给三四角钱，我也好挨过两三天咧。"那涎沫好像急雨跳珠般，飞在乐天脸上。

乐天忙把自己的椅子拽得远了一些，一边想那人的事倘能做得小说资料，倒也不恶。况且近来正苦没有资料，脑中又挖不出许多，单造那空中楼阁，究竟也不能持久。我不妨听他一下子，可不是浪费光阴呢！想到这里，便点上了一支纸烟，吸着说道："如此你快说来，我便破了十分钟的工夫听着你。你要是胡说乱道，我便唤小厮撵你出去。"

那人点了点头，忽从耳朵里挖出小半截的纸烟来，取了乐天手中的烟去接了火，一连吸了几口才抛在地毯上边，把脚一阵子乱踏。乐天瞧了这种情景，心中甚是着恼。

不一会儿那人便开口说道："十五年前，我也是个很得意的人，年壮志大，手头也有几个钱。一年上，我忽地发一个狠，想到美国营商去。好在我早年断弦之后，并没续弦，但有一个儿子，年纪还只十岁，我就把他托给一个好友，动身走了。不道船到了半路上，忽地触礁沉没，一时大哭小喊，闹得个不亦乐乎。妇人和孩子们都坐了小船，纷纷逃命；我们男子只索一个个跳入海中。会游水的，自然保全了性命；不会游水的，都葬身海底。我平时原不会游水，只是侥天之幸，却飘飘荡荡地飘到了一个所在。幸而上天又可怜见我，给我遇了一位慈善的老牧师。老牧师见我落魄异乡，也不是事，就收我在家中做他的下人……"

乐天道："且慢，那艘沉没的船，唤作什么名？"

那人答道："那船唤作'宝星'。遇难的时期，已在十五年前，那时先生怕还是个小孩子在学堂里读书咧。"

乐天很诧异地说道："咦，奇了。十五年前，我老子也坐了那'宝星'出去的。半个月后，陡地得了个恶消息，说那船儿已在半路上遇了难咧。我老子一去，也就永不回来。那时我虽是个小孩子，已懂得人事，自问自己变做了个没爹没娘的孤儿，好不悲痛，往往对着黄浦，下几行思亲之泪。然而酸泪入水，可也流不到美国去呢。如今你既说当年也搭着那'宝星'出去的，如此恰好和我老子同在一艘船上，不知道你可曾见过我老子？或者也认识他么？"

那人愣了一愣，答道："我认识的朋友们中并没有姓陈的，加着那船上虽然大半是外国人，内中却也有好几十个中国人，我可不能一个个认识他们呢。"

乐天道："只你唤作什么名？"

那人支吾了一会儿，才道："我唤作丁通山，不过流落了十多年，几乎把这名儿都忘了。那些花子朋友，都称我做老丁。因此上你倘不问我时，我竟记不起来。"说完，把身儿牵动着，伸手到那破棉袄里去搔爬一会子。接着伸出手来，把指甲儿轻轻一弹，就有一个小黑团铅珠似的着在乐天脸上。

乐天愣了一愣，又颤声问道："你，你唤作什么？"

那人答道："我唤作丁通山。"

这当儿乐天口中含着的一支纸烟，立时掉在地上，睁着两眼呆注着那人，又咕哝道："丁通山？怎么也是丁通山？"

那人接口道："正是，我便是丁通山，便是十五年前的丁通山。只到了如今，人家怕已不认识我了。咦！先生，你怎么满脸现着奇怪的样子？难道十五年前你也曾听得过这名儿么？"

乐天一声儿不响，兀在室中往来踱着。抬眼瞧那壁上挂着一幅大小说家施耐庵遗像，倒像在那里向他冷笑的一般。他一行踱，一行心口自语道："这是哪里说起？这么一个花子似的人，却是我的老子？瞧他的举动，分明是个下流人；瞧他的面目，又可怕煞人。然而他的名儿，却唤作丁通山，却是我的老子！十五年前，我不是也姓丁么，只为他动身出门时把我寄在一个朋友家中，后来听说他已在半路上遇了难了，便把我当作了义子，改姓了陈。直到如今，依旧用着义父的姓。然而我老子却回来了！唉，这是哪里说起？我一个大名鼎鼎的小说家陈乐天，却有这么一个花子似的老子，给人家知道了，可不要笑话我？况且我夫人又是个出身高贵的女学生，脸儿既俊，肚子里又有学问，平日间又最重贫富贵贱的阶级。凡是穷苦些的人，都让她瞧不起的。此刻我怎能领着这花子似的老子去见她？还向她说道，这花子便是你的公公，你便是他的媳妇？那时我夫人吃了这大打击，受了这大耻辱，怕要迸碎芳心，立刻晕去咧！幸而此刻她不在家里，尽能瞒着她。照情势上瞧来，唯有不认他是老子，把他敷衍了出去。好在他已不认识我，不怕事儿破裂呢。"想到这里，就住了脚，说道："以后怎样，快说下去。"

那人净了净嗓子，在地毯上连吐了三口痰，又把两个指儿做了个双龙入洞势，探到鼻孔中去挖了几挖，随手把旁边圆桌上的一张白毯子，抹着鼻子。一会儿，便把他十五年中种种的艰难困苦说了出来，其中还夹着些不名誉的事。

乐天侧耳听着，好不难堪。等他说罢，就从身边掏出一张十块钱的钞票，授给他道："你的事怪悲惨的，我很可怜你。此刻你就取了我这十块钱，快些去吧。"

那人唰地伸出一只很肮脏的手来，立时接了去，凑在眼儿上，瞧了好久，又把那纸弹了几下子，接着带笑说道："先生，多谢你！我已好久没有见过这东西咧。你听见我的事，竟赏我这许多钱，你实是一个活菩萨，实是一个大慈善家。那老天一定保佑你，保佑你的夫人，保佑你的公子，保佑你的千金，更保佑你的老太爷。"说罢，又一连谢了好几声，起身趔将出去。

乐天呆呆地眼送他出去，自语道："十五年中，没有一点儿消息，我当他总已死的了。谁知却没有死，却回来了，却又变作了这个样儿！唉，我怎能还认他是老子？怎能还唤他一声阿父？"

当下里他便扑地投身在椅中，把手掩住了脸，一会儿才抬头来，把眼儿注在窗外。只一时他已忘了那桌上放着的稿纸，已忘了那"秋深矣，落叶如潮"的句子，其余的事也一股脑儿都忘了。只暗暗想道：但我做下了这件事，可合道理么？我可能把十块钱卖掉一个老子么？摸着良心自问，究竟有些过不去。可是他堕落虽然堕落，老子仍然是我的老子。我既是他的儿子，万不能做这丧尽天良的事。他虽堕落下去，我须得扶他起来，做了儿子，自该尽这儿子的天职呢。万一我将来也像他一个样，我儿子也抄了我的老文章，如此我漂泊在外，可搁得住么？想着恰又一眼望见了那梧桐树上一个鸟巢，每天早上它总和爱妻一块儿靠在楼窗上，瞧那小鸟们衔了东西回来，给老鸟吃。此刻一见了这鸟巢，心便大动起来。

于是发了狂似的飞一般奔到门外，向四下里望时，却已不见了他老子。但见一个送信的邮差，踏着一辆自由车过来。乐天忙截住了他，问道："对不起，你一路过来，可瞧见一个衣服稀烂、四五十岁模样的人么？"

邮差道："可是一个花子么？我瞧见的，他正在那横街上边，慢吞吞地踱着呢。"

乐天不则一声，拔脚就奔。不多一会儿，已到了横街上。抬眼瞧时，却见他老子正坐在一家后门的檐下，低着头把那钞票一条条地撕着。

乐天不敢怠慢，气吁吁地赶将过去，向他说道："你老人家，可能跟着我来？我有一件很奇怪的事告诉你，怕你老人家听了，定要咄咄称怪咧。"

他老子却不理会，依旧撕他的钞票。

乐天愕然道："咦，你老人家，怎么把这好好儿的一张十块钱的钞票撕做纸条儿了？"

他老子嗤地笑了一声，仰着脖子说道："这到底是什么东西，我委实不认识它。只为耳朵里痒痒的，手头又没耳耙子，不得不借着这劳什子的造它一个。"说时，取了两条在手掌中搓着，搓成了个细条子，在耳中一阵子乱扒。

乐天瞧了，伸出了半截舌子，缩不进去，于是急忙拉着他老子三脚两步回到家里，恭恭敬敬地请他进了书房，只把个小云睁着两个乌溜溜的小眼珠，瞧得呆了。

到了书房中，乐天便跪在地上，亲亲切切地呼道："阿父，你回来了！我便是你的儿子！便是你十五年前寄给个朋友的儿子！"

他老子带着诧异的样儿，忙道："咦，怎么说？你是我的儿子？我姓丁，你姓陈，彼此可不相干的。快起来，你这样跪着，可要折煞我花子了。"

乐天急道："阿父别说这话！刚才孩儿不过一时误会，并不是有意不认你是老子。十五年前，孩儿原也姓丁，只为那时听得了'宝星'遭难的消息，道是阿父也落了劫数。你那朋友见我没了老子娘，怪可怜的，因此上把我做了义子。从此以后，我也就姓了他家的姓。如今阿父既回来了，那是天大的喜事！委实说，这十五年中孩儿也刻刻记挂着阿父呢！"

到此他老子便把他扶了起来，紧紧地拥抱着，嗬嗬地说道："我的儿！我的儿！上天可怜见我们，使我们父子俩今天合在一起咧！"

乐天抬头瞧他老子时，只见那血红的眸子中已满着眼泪。

父子俩拥抱了好久，猛听得外边叮叮地起了电铃之声。

乐天忙道："阿父，你媳妇回来了！像这样儿，如何和她相见？"

他老子道："正是，这便怎么处？常言道，丑媳妇怕见公婆，如今却变了个丑公公怕见媳妇咧！"

乐天一声儿不言语，拉着他老子飞也似的赶上楼去。先领他到浴室中，给他洗了脸，又取了自己的衣服靴帽，唤他更换，一面三步并作一步地奔下楼来，到那客堂里头。

这时他夫人却已姗姗地走进来了。见了乐天，便呆了一呆，娇声呖呖地呼道："咦，乐天，你到底为了怎么一回事？脸儿白白的，像是受了什么刺激咧。"

乐天同她进了书室，柔声说道："婉贞，今天平地里来了一件喜事，很奇怪的，你听了一定也要说奇怪。往时我不是和你说，我阿父已在十五年前在一艘船上落了难么？不想过了十五年，他老人家却好好儿回来了！"乐天说到这"好好儿"仨字，却微微皱了皱眉。

他夫人白瞪着一双凤眼，说道："乐天，你可是发了疯么？公公早已葬身海底，怎能回来？"

乐天慢吞吞地答道："已回来咧。那时他并没有死，却漂泊到一个所在，被一位老牧师收留了。以后一连十多年，兀和恶运交战，吃尽了困苦。此刻回来，委实不成个样儿，然而他究竟是我的老子，我须得爱他。你瞧我分上，也须得孝顺他。"

他夫人欣然道："做媳妇的原该孝顺公公，还用你教我么？乐天，你阿父回来了，这是我们天大的喜事。不过这事儿来得突兀，简直好像是梦境呢！乐天，公公此刻在哪里？快和我说。"

乐天道："别响，他已经楼上下来咧。"说时，那扶梯上果然起了一片脚步声。

一会儿，他老子已入到室中，指着他夫人问道："乐天，这可就是我的媳妇么？"

乐天答应了一声"是"，只呆瞧着他老子。

原来他老子此时似乎已受了幻术，全个儿变了，刚才那种下流人的神气一些儿都没有，态度又庄严又大方，俨然是个上流社会中的老绅士。刚才那双血红的眸子和那血盆的大口，也都变了个样。那种乱草似的须儿发儿，也整整齐齐的，只带着些花白之色。乐天瞧着他老子，直当作大剧场中的名优化了妆咧！

他老子却悄悄地说道："乐天，你瞧了你老子这个样，可不失望了么？我已在这十分钟中，学那《西游记》中齐天大圣的法儿，变了一变咧！"

乐天呆着说道："我不明白！我不明白！"

他老子微笑道："现在你不明白，停会儿我就使你明白。"说时吸着一支雪茄，连吐了几口烟。乐天的夫人只在旁边呆瞧，一时倒做了丈二的和尚，摸不着头脑起来。

一会儿那老头儿便伸着一只手，搁在乐天肩上，带笑说道："我的儿，我这回特地来试验你的，你险些失败呢！"

乐天垂倒着脖子，低声答道："请阿父恕了孩儿！孩儿很觉惭愧！"

他老子道："你没有什么惭愧，我也决不责备你。上星期我既回到了这里，知道你已成了个有名的小说家了。听说你仗着一个笔头，做得很有出息，于是我想先和你玩耍一下子，然后和你说明。哪知你竟险地上了我的当儿！"

乐天道："阿父，只你十五年中到底在哪里？做了些什么事？"

他老子道："那时我既到了那老牧师家中，做了三个月的下人，老牧师见我为人诚实，又能书算，便把我升做了书记。以后我却认识了几个美国朋友，彼此十分投契。这样过了一年，他们要到加利福尼亚去找寻金矿，约我一块儿去。我们困苦颠连，挨了三个年头，别说金矿没有找到，连金屑都不见一粒。末后乞食度日，流转到了墨西哥。仗着我们两年中的热心毅力，竟找到一个金矿了。从此我们几个乞儿便变作了富人，大家合开了几爿大公司，生意非常发达。十年中我恋着美国，不想回来，只如今钱太多了，一个人尽着使用也用不了千分之一，于是我便想回来，找我十五年前分手的儿子。恰好上月有几个同国的人要回来，就同着他们合伙儿走了。"

乐天道："阿父，但你刚才那种样儿，如何扮得很像花子？连那脸儿也可怕煞人！"

他老子笑道："这是很容易的事。我这里还有一个老友在着，恰开着个戏园子。我便央他班中的戏子们，替我化了妆，趓将回来，自然活像是个花子了。"

乐天拍着手儿笑道："好耍子！好耍子！但孩儿那张十块钱的钞票，须要阿父赔偿呢！"

他老子嗬嗬地答道："我的儿，赔偿你就是。任你要一百张、一千张、一万张，我都有呢！"说完，伸着两手挽着他儿子和媳妇，咧开着嘴不住地笑。

那时小云已在门罅里张了好久，到此便也走将进来。乐天拉着他的耳朵，笑着道："小鬼头，你该向着这钟馗，喊一声老太爷！"小云便扑倒在地，做了个鬼脸儿，喊道："钟馗老太爷！"于是三人大家相觑着，碌碌格格地笑个不住，连那窗外梧桐树上的鸟儿，也似乎发着笑声咧。

父 子

一阵子风片雨丝，把那红桃碧柳都葬送尽了，春光几时来的，人还不大觉得，一转眼却已远去。城内外几家中学堂、高等学堂都开着运动会，入场券上面刻着"春季运动会"，其实春光老去，春已不成春咧。

一天新雨初霁，阳光从云端里探出头来，对着人微微地笑，照到城西成仁中学堂的操场上，正开着个极大的运动会。几千百个男女来宾环着个绳圈儿坐着，都把全副精神注圈儿里那些活泼泼的学生们的身上，操场的四周插了好多旗帜，花花绿绿地在风中翻动，好像一双一双的彩蝶在那里飞舞相扑。乐亭里头，有乐队奏乐，鼓声角声闹得震天价响。这时，人人脸上都有一种欢欣鼓舞的神情，任是老头儿也没了颓唐气，学生们短衣秃袖，照着秩序单，做一样样的运动，更是精神百倍。每种运动完毕，看客没命地拍手，运动员大踏步退下场去，心中不知不觉地生出傲气来，有得奖的，那更得意极了。

撑篙跳一门，是成仁学堂中最擅长的运动。一个撑篙跳的架子，搭得像小屋那么高，瞧它在风日中微微摇动着，也似乎现着得意之状。一会儿，有几个身体强大的学生排着队出来，在离架五十步外立住了，擦掌的擦掌，试竹竿的试竹竿，号令一下，各人便挨着号数开始赛跳，那当中横架的竿儿，搁得比他们身体还高，却各个腾身撑将过去，不上一刻钟，已一步步地加得很高了。看客眼望着半空，拍手欢呼，好似发了疯的一般，连一般矜持的女郎也禁不住拍着纤掌，眉飞色舞，在伊们眼中瞧去，简直个个都是英雄咧。

那时在下也是看客中的一分子，抬着一双近视眼，从玳瑁边圆眼镜中注到那架上，随着那些运动员的身体上去下来，顿觉自己的身体也轻了许多，时时要从座中跳起来。回想十年以前，我也是这么一个龙骧虎跃的人物，十种运动中，参与过六种的运动，身上穿着白色红边的半臂，一色的短裤，跳来跳去好不得意。十年以来，我出了学堂的圈儿，此刻自顾一身，倒像是一个充军的犯人咧。

我正看得出神，呆呆地回想当年，猛听是邻座中起了呜咽之声。我好生诧异，斜过眼去瞧，却见一位白须白发的老先生正揾着泪眼，抽抽咽咽地哭。我动了好奇心，便也不顾冒昧，把他袖儿扯了一下，低声问道："老先生，平白地为什么这么伤心？有话请说给我听，我来安慰你。"

那老人住了哭，对我瞧了一眼，含悲答道："我瞧着这班虎虎如生的青年，不觉想起我的亡儿来，眼中热溜溜的，再也忍不住了。"

我心中一动，想这几句话中，定有我的小说材料在着，可不能放过。当下急忙问道："老先生的文郎，先前可是也在这里读书的么？"

老人道："怎么不是？三年以前，每逢春季、秋季开运动会时，我总到这来参观。那孩子也是一个撑篙跳的能手，身体腾向空中，在那横竿上过去，足有一丈多高，哪一回不是带了第一名的奖品回去？老朽虚荣心是很大的，瞧在眼中，也自暗暗欢喜，听人家的拍手欢呼，倒像是赞美我呢。今天我瞧了人家的儿子，一个个撑篙跳，触景生情，哪得不想起亡儿来？"说到这里，早又老泪婆娑，扑簌簌地掉将下来。

我道："这也难怪，人生在世，不遭丧命之痛便罢，遭到了又哪得不伤心？敢问老先生尊姓大号？里居何方？令郎又是怎么死的？"

老人答道："老朽姓陈，草字萱卿，原籍杭州，做客海上已三十年了。至于小儿的死，全为的是我，流干了一身血死的。老朽平日一见了血和红的颜色，往往想起小儿的血，从他的总血管中通入皮管，流到我身中来。我这一颗心，委实痛得要碎开来咧。唉！那孩子已死了三年，他遗下的东西，我已烧个干净，怕留在眼前，勾起我的痛苦。然而他一身的血，在我的身中往来流动，又哪里忘得下？我念极时，仿佛听得血儿流动的声音，还一声声唤着阿爷呢！"说完，眼泪早又湿了他一脸，在阳光中晶晶地亮着，一边掏出帕子来乱抹。

我听了血的话，更觉奇怪，忙问他："是怎么一回事？"

老人叹了口气答道："说来话长，一时也说不完，敢请先生留下姓名住址，停一天再走访奉告吧。"

我道："这里有应接室，我们何不到那边去谈谈？好在此刻大家正在运动场上瞧热闹，料来那边是没有人的。"

老人想了一想，便道："也好，我坐在这里瞧他们运动，只是添我的感慨，索性把这段事告诉先生，也能泄泄我心头闷气。"

当下我便站了起来，同着他走向应接室去。

我们到了应接室中，那老人又长吁短叹了一会儿，才开口说道:"先生,老朽已是个六十岁的人了,老妻早故,膝下曾有三子,长、次都在十年前染时疫死的,第三子就是我所要说的这一个,死时也二十五岁咧。唉!我不知道犯了什么大罪恶,触怒了上天,因此不许我有这三个儿子,一个个夺了去,如今单剩我一个孤老头儿,形单影只,过着凄凉寂寞的光阴。最伤心的,实是我三儿的死,他本可不死,却是代我死的。其实像我这么一个老头儿,也应该死了,倒没来由葬送了一个大好青年,好似一株郁郁葱葱的嘉树,将来正能做栋梁用的,却横加一斧,把它砍去咧!这一着不但难为了我那孩子,委实也对不起中国,因为我把她的栋梁毁了。"说到这里,又摇头叹了一声,少停又道,"论我平日的待他,也不见得好,可是我一向抱着严厉的主义,不肯姑息儿子。他每天从学堂中回来,我总监督着他,不许躲一躲懒,他读书,我冷颜坐在一旁。灯下两点钟的自修,没有一分钟白白放过的。就是礼拜日,我只带着他出去散步,或是到公园中去吸些子新鲜空气,不给他同着那些不长进的学生们叉麻雀、打扑克、逛游戏场,坏他的人格。有时他不听我的话,做下了什么逆我意的事,我生性本是很暴躁的,总得一个耳刮子打过去,打得他一佛出世,二佛升天,心想小孩子应当受这样的教训,不给他手段看,往后可要爬到老子头上来咧。

"当着这高唱非孝的时代,老子早已退处无权,照理该向儿子尽尽孝道才是,哪里还说得到一个'打'字?然而我那孩子却服服帖帖地,什么都甘心忍受,并没一句怨我的话。他的同学们见他给我管束住了,不能伴他们玩去,便暗暗撺掇我孩子,快起家庭革命,宣告独立,和我脱离关系,那孩子却兀是不听,反沉着脸责备那些同学,说是离间我们父子。他曾向亲戚们说道:

'阿爷虽然待我很严，我心中并不抱怨，还感激得什么似的。可是他老人家单有我一个儿子了，哪得不疼我？他的管束我，也就是疼我的一种表示，要我敦品立行，做一个有人格的人，没的在这少不更事的时代，失足走到歧路中去，因此上任是怎样骂我、打我，唯有感激他罢了。'唉！先生，你瞧这孩子是这么样一个好青年，现在的世界上可找得出第二个来么？"

我叹美道："难得，难得，真是一个孝子，但是令郎大号还没有请教。"

老人道："他叫作克孝。"

我忙道："好！好！这才是名副其实，不是孝子，可也当不起这个名字。"

老人不作声了半晌，又道："他的天性固然好，资质又聪明得很，不论哪一种功课，都在九十分以上，就是那种缠绕不清的几何、三角之类，他也抽蕉剥茧似的，弄得清清楚楚。说他是读死书呢，却又不然，跳高、赛跑，什么都来得，又拍得一手好网球，最拿手的要算是撑篙跳，每一回开运动会，总给他夺得锦标。所以老朽今天瞧着人家撑篙跳时，就触动了心事，心目中还有那种撑篙腾身的姿势，何等的自然。唉！不知道他的魂儿，也来参与这运动会么？"说着眼圈儿又红了。

我道："像令郎这样的青年，真是使人佩服，可不是合着文武全才一句俗话么？有了这么一个儿子，做老子的哪得不得意？"

老人长叹道："然而有了好儿子，也须有福分去消受。我抚育他到二十五岁，前途正有无限的希望，却眼巴巴瞧他化作异物，又偏偏是为了救我一个老头儿死的。天下原多伤心的事，怕没有比这事更伤心的了。"

我道："令郎是怎样死的？内中可是有一节惊天地、泣鬼神的事在着么？"

老人道："怎么不是！老朽且奉告先生，还请先生给他表扬一下子，好使人知道非孝声中，还有一个孝子在着，并且这孝子并不是一个脑筋陈旧的老腐败，却也一样是个新派的学生。先生听着，待我把儿子殉身的历史慢慢道来。"

"三年前的一天早上，我到南京路大庆里去访一个朋友。那时是在九点钟光景，中西人士在洋行中办事的，都忙着上写字间去，汽车、马车、人力车横冲直撞，都像发了疯的一般。先生是知道的，近来汽车这东西，简直是一种杀人的利器，轮子转处，霎时间血肉横飞，一年中不知道有多少无辜的男女老少，都做了这汽车轮下的冤鬼，任是做了鬼，还没处去申冤呢。这一天也是我活该有事，穿过马路时，曾向两面一望，不见有什么汽车，却不想支路中，陡地冲出一辆汽车来。不知怎的，连喇叭都不曾响一响，它一个小转弯，就斜刺里把我一撞。我喊声'哎哟'，早已来不及，但觉得眼前一阵乌黑，有什么重重的东西在我身上压过，以后就没有知觉了。

"到得醒回来时，我已在医院中，一会儿神志清明了些，就略略记起被汽车撞倒的事，一时倒暗自侥幸，没有送了老命，想在床上翻一个身，猛觉得全身都痛得紧，好似有千百把钢刀在那里乱戳，止不住嚷起痛来，这才知道我已受了重伤了。当下忽又听得我儿子克孝的声音，在枕边很恳切地唤道：'阿爷！阿爷！你觉得怎样？'我张眼瞧了一瞧，眼角里不觉淌出泪珠儿来，要回他的话，却兀自放不出声。旁边似乎还有医生和看护妇在着，一时也瞧不清切，我挣扎了好久，才迸出一句话来，问道：'我可要死么？'克孝忙道：'阿爷，你放心。据医生说，这一些子伤是不打紧的，不上一个月就复原了。'当下他斟了一匙药水给我吃，我就渐渐儿睡了过去。

"这一天克孝老守在病榻旁边伴着我，晚上也不回去，助着看护妇侍奉汤药，瞧他脸色凄惶，分明是急得什么似的。夜中我不能安睡，但觉周身作痛，暗地咬着牙齿，痛恨那万恶的汽车，瞧克孝时，仍是呆坐在榻旁，眼睁睁地望着我，向他说道：'孩子，你快去睡吧，老守在这里做什么来？'他摇头道：'阿爷，孩儿不想睡，阿爷正挨着苦痛，又怎能高枕安睡呢？'我道：'不相干，你是明天要上学堂读书的人，怎能不睡？这里横竖有看护妇，不用你伴我。'克孝道：'看护妇是不可靠的，虽然服侍得很周到，究竟不及自己儿子，阿爷快睡吧，别多话伤了神。'说完，又给我吃了一匙药水，我就睡将过去。

"第二天，医生和我说，我身上伤了好几处，失血过多，须得加些新血进去才是。我道：'算了，像我这样年纪，也死得不算早了，用什么新血旧血，累你们多费一种手续。'医生道：'不是这般说，你既到了我们医院中来，我们总须救你的命，不过这新血向哪里设法，这倒是一个问题。'我问道：'用畜生的血行么？'医生道：'不行，不行，一样要人血。'

"我不作声，吐了几口气，蓦地听得我儿子说道：'医生，要人血容易得很，把我的血给我父亲，不是很现成么？'医生脸上霍地一亮道：'这样再好没有，老先生的性命有救了。'我急忙插嘴道：'你不要这样胡闹，我已老了，不久总是要死的，你正在青春年少，性命何等宝贵，前途正有好多事要做，可不是当要的。'我儿子笑道：'阿爷放心，分一些血给你，哪得便死？孩儿身体很强健，平日是运动惯的，血比什么人都好，送到阿爷身中，定很有益；即使有意外的事，也不算什么，孩儿的身体本是阿爷所生，如今还与阿爷，也算是报了抚育之恩。'

"那时我听了克孝的话，心中原很感动，但总不愿瞧他为了我冒险，当下便截住他道：'孩子，你不要和我歪厮缠，我是不依的。'我儿子道：'阿爷，为什么如此固执？这不过尽我做儿子的天职，天经地义，不容推辞的，要是孩儿袖手旁观，父亲有个三长两短，将来给人家知道了，说孩儿不肯救阿爷，间接说来，直是孩儿杀死阿爷的，往后的日子正长，怎样立在社会上做人？'说完，顿了一顿，脸色已很坚决，接着却又向医生道，'医生，你不用再问我父亲了，这事由我做主，快请施手术就是。'我待要反对已来不及，那医生不由分说，早给我上了麻醉药，昏昏地不省人事。

"不知道过了多少时候，才醒回来，一眼瞧见我儿子躺在一张邻床上，脸色白得像纸儿一样，我唤道：'克孝，你真是孝子，为父的很感激你。'克孝横过脸来，微微一笑道：'阿爷，这哪里说得上感激二字，孩儿不过尽职罢了，孝子的头衔，也不愿承受的。'这一天我身中得了克孝的新血，顿觉精神强了一些，痛苦也似乎减了。

"唉！先生，哪知老朽的命虽保了，却牺牲了我的好儿子，真使我伤心无限，无限伤心。这天夜中，克孝不知怎的，总血管下针处忽地破裂了，我先还不知道，看护妇也没来。第二天早上，我唤了好几声克孝，不听得答应，抬头一瞧，却见他流了一床的血，僵卧在血泊里头，这一惊非同小可，急忙唤看护妇。看护妇摩挲着倦眼，赶将进来，一会儿医生已到，说是总血管破裂，血已流尽，气也绝了。

"我一听这话，放声便哭，悲痛得什么似的，然而我虽悲痛，却并没有死，在医院中留住一个月，竟复原了。回家葬了克孝，就一个人过这凄凉寂寞的光阴，只仗着几个下人在旁服侍，有时闷极了，便出去听听戏，散散心，或是到杭州、苏州去盘桓几天，想借着好山好水，忘我的悲痛。然而我心中总深深嵌着克孝，哪能忘怀？我周身的血，一大半是克孝的，在世一日，就留给我一种极深刻的纪念，克孝死了，他的血还活着，可也是无可奈何中一种慰情的事。我本想给他表扬一下子，向官中请旌表，只是追想他平日的言论，很不赞成这么一回事的，因此作罢。但我心坎里头，早就给他造起了孝子的牌坊咧。"

老人说完，又掉了几滴眼泪，我急忙安慰他，又着实赞美了孝子几句。那时外面的运动会，还是兴高采烈地在那里进行，时时送进拍手欢呼声来，斜阳在窗槛上，照着老人木乃伊似的面庞。他眼含着泪，定注在空中，我知道他又想起儿子了。

女冠子

春雨廉纤，一连已好几天。满天的湿云隔住了春晴，使人闷损极了。那天也正是春雨廉纤的一天，有一家亲戚在妙莲华庵中做佛事。上海的风俗，做佛事也像请人吃喜酒一样，邀请一般亲戚前去热闹。只需送些锡箔、香烛、草篓等类，便可去吃一天，玩一天。骨牌噼啪之声和钟鱼叮当声相应和，也正是佛门中的奇观啊。这一天我恰没有事，并且因亲戚的关系，不能不去叩一个头，因便随着母亲，同到妙莲华庵中。

妙莲华庵是个尼庵，地点很幽静。门前一条小河，宛宛地流着，也有几枝杨柳梧桐做那院子里的点缀物。此时春寒料峭，只有空枝筛雨，料想到了初夏初秋的当儿，定有柳丝梳风、梧叶蔽日啊。我们既礼过了佛，母亲坐在经堂中，和几位老太太坐在一起念"阿弥陀佛"，把锡箔折成一只只的锭儿。我空着身体没有事做，将大殿上的几尊佛像都看熟了，便闲闲地踱出去。好在庵中占地还不小，倒容我在前院后院中往来踱着。

我踱过了后院，见后院的背面还有一弓之地，种着些青菜，着了雨，绿油油的甚是可爱。在这菜田的一面，有一间矮屋，门口挂着许多面筋干菜，分明是厨房了。我沿着菜田踱过去，若有意若无意地向厨房中探头一望，望见里面黑魆魆的，仿佛有一座灶头。灶上放着一个油盏，鬼火荧荧，晕作一丝丝的惨绿色，照见一个法衣破旧的老尼，正坐在一条矮凳上流泪。

这老尼分明是专司烧饭煮菜的，那件七穿八洞的法衣上，差不多被油垢占了一半的位置。此时只为伊正在流着泪，那前襟上没有油垢的所在，都被眼泪沾湿了。我借着门外的天光和灶上的火光，倒把那老婆子瞧得很清楚。估量伊的年纪，总已在六十以外，额上脸上，一道道都是皱纹，端为嵌着油垢和灰尘，便分外地分明了些。可怜伊一双老眼，日夜地烟熏火逼，又为的流泪太多，一半儿似已瞎了。

我瞧了这么一个独坐流泪的老尼，瑟瑟缩缩地伏在灶脚边，和外面那些法衣净洁、满面春风的女尼们截然不同，早就料到伊身上定有一段伤心史了。也许伊在年轻的时候，失意情场，爱心灰死，因此逃入空门，借着蒲团贝叶自忏么。要是并非逃情，那么为了遇人不淑，婚姻上的不幸，也往往逼得一般好女子抛却尘缘，借空门作归宿之地。我瞧这可怜的老尼，二者中必居其一了。只要是二者中必居其一，便大可供我做小说的资料。我心中这么一想，立时放大了胆，走进厨房中去。

那老尼听得了我的皮鞋声音，很吃惊似的抬起头来，接着也就颤巍巍地从矮凳上站起来。我急忙满面堆了笑，走上去柔声说道："老师太，你为什么一个人坐在这里流泪，可是有什么不快意的事情么？"

老尼定了定神，便开口说道："我这个半死的老婆子，只有挨骂受气的份儿，还有什么快意的事情？流泪也是我天天的家常便饭，不算一回事的。先生怎么不在前面殿院里坐地，却到这腌臜的厨房中来，关心到老身呢？"说时，伊那双蒙暗的眼睛，直注在我的脸上，现出一种怀疑的神色来。

我忙答道："没有什么，我只为闲着没事，满庵子地踱着。正踱过这厨房门口，恰见老师太流泪，因此动问一声。老师太可有多少年纪，出家怕已很久了么？"

老尼道："先生，老身已是六十三岁的人了，出家却不过六个年头。唉，倘不是为了儿子不争气，那又何必出家，何必受这许多苦楚，不也像旁的老太太，那么安坐在家里享福么？就是我那老丈夫也尽可仗着薄产度日，为什么要撑几根老骨头，再出去像牛马般做事情，给儿子偿还余欠呢？"

我听到这里，暗暗欢喜，想这位老师太话匣子开了，以后定然大有可听咧。果然，那老尼不等我开口动问，先就接下去说道："唉，先生，我那不肖的儿子，怕还比先生的年纪要叨长些咧。我三十岁时才生下他来，因为是个头胎，挨了两日两夜难产的痛苦。谢天谢地，总算下来了。生了他后，从此不再生养。我们夫妇俩对于独生之子，当然是疼得什么似的。他年幼时，身体单薄，不时地害病，一年三百六十天，几乎一百八十天是在病中过去的。我们好生着急，总是衣不解带地日夜看护他。那时家况不好，手头很拮据，也得当了钱或借了钱来给他延医服药。甚至把我们的衣食也节省下来，做他的医药费。好容易停辛伫苦，将这孩子抚养长大了。"说到这里，顿了一顿，咳了一阵子嗽。

我搭讪着说道："是啊，我们立地为人，哪一个不是父母费尽心血、千辛万苦抚育起来的。不过令郎自幼多病，自不免更使父母多费些心血、多挨辛苦了。"

当下老尼又道："我们爱这孩子，比无论什么都爱，真的是风吹怕肉痛，含在嘴里又怕融化。吃啊用啊，都不肯待亏了他。因此上把他娇养惯了，到十岁上才送他进学堂去念书。那时我丈夫经营布业，很为顺利，手头宽绰了不少。对于儿子的学业，分外注意，打算一步一步给他读上去，直读到大学堂，再出洋去。奈何我们那孩子和书卷不很近情，读到十七岁，由高等小学里毕业出来，就不肯再读上去了。他说，不识字的人也可以发财，何必多读书？我们不能勉强他，只索依他的主张。他逛了一年，似乎逛腻了，便要求他父亲送到一家金子店中去学业。我们见他自愿学业，欢喜得什么似的，以为他将来成家立业，光大门楣，更要胜过父亲十倍百倍咧。"

我又凑趣道："可不是么，金子店本来是一种很有出息的营业，令郎投身其间，每年定能挣得很多的钱吧。"

老尼叹息道："任他挣得怎样多的钱，我们做父母的可不曾看见半个，反把我们养老送死的本钱都断送了。唉，说来话正长，他先前原是学业，每月只有几个鞋袜钱剃头钱，到年底才有一笔花红。他在家里是吃惯用惯的，自然不够用，每月总向我要这么一二十块钱去，贴补他的用度。我还不敢给他父亲知道，只索把我自己名下的零用钱也给了他。

"三年满师以后，他便升做了跑街，钱挣得多了，用得也厉害，每月仍要我贴补他。他本来住在店中的，如今住在家里了，每夜总是更深夜半地回来，说是为了店中事忙之故。我不忍先睡，总一个人伴了盏灯坐着，侧耳静听着叩门之声。听得他叩了第一下，便立时去开。因为我知道他性子很急，叩了三下，要是不开门，他就得发火了。我本来是个很胆小的人，夜半听得一些儿声音，总是疑神疑鬼，一颗心怦怦地乱跳。但我为了爱子之故，心中虽很害怕，也依然硬了头皮老等着。夏季大热的天气，倒还可乘乘风凉，只到了冬季，却很为难受。等到二三点钟，连两条腿也冻僵了。

"那孩子做了好几年的跑街，我也做了好几年的守夜。他父亲虽有话说，我总是竭力替他辩护。后来亲戚们悄悄地告诉我，说你们的孩子在外边花天酒地，你们在家中可知道么？我兀自不信，摇着头，回说没有这回事，把亲戚们都弹走了。但每夜见儿子回来，总是喝得醉醺醺的，并且他的衣袋里，又常常发现女人的绣花帕子，一阵阵浓烈的香水香，直熏得脑都发昏。我于是也不得不有三分相信了，口头还不敢教训他。生怕他着了恼，反而赌气不回来。心想他既爱女人，不如快快给他娶一房媳妇，我们也好早日抱孙子。和我丈夫一商量，也很以为然，奈何那孩子偏又不答应，为了这婚姻的事，和我们闹了好几场，我们也只说罢了。"

我见那老尼好像开了自来水机栝一般，滔滔不绝地讲来，虽很着意地听着，然而也已连打了几个呵欠，一边便懒洋洋地问道："以后怎样呢？"

老尼长叹道："唉，上海地方，真是一个可怕的陷阱。少年人陷落在这阱中不能自拔的，正不知有多少。我们那孩子，不幸也陷下去了。直到那八年前的一个春季，他生了毒病回来，躺在床上哼哼唧唧，我方始相信先前亲戚们对我说的话，原是千真万确的。那时我可又忙苦了，一面既须瞒过他父亲，一面便四下里给他弄单方，服侍他。末了还是仗着外国医生打了针，方始痊愈。我一把眼泪一把鼻涕地劝告他，以后不可再在外边胡闹了。他赌神发咒，说从此好好地做生意，绝不再去胡闹，于是重又到店中去了。谁知贪嘴的猫儿性不改，背地里又轧上了姘头，打得一片火热。一礼拜中，总有二三夜不回来，累得我终夜坐守，眼睁睁地守到天明。到此我的心可真痛极了。"

老尼说到这里，早又泪下如雨，抽抽咽咽地哭了起来。

我忙又问道："以后怎样呢？"

老尼含悲说道："以后更闹出大事情来了。那年是七年前的一个冬季，忽然当天一个霹雳，直打到我们老夫妇的头上。说我们那孩子在金子店中亏空了十万银子逃跑了，我们得到这恶消息时，恰在风雪之夜，两下里急得没了主意，冒着大风大雪赶出去，很无助地到处去找寻那孩子。整跑了一夜，终于没有找到。我们俩却晕倒在雪中了。第二天早上，便有包打听和巡捕上门来，把我老丈夫带往巡捕房去。事后调查，才知道那孩子亏空了店中五万银子，另外又偷了银箱中五万现钞，带着他那姘头一同逃跑的。

"那时我丈夫气瘫了半个身体，一颗心也早已打得粉碎了。当下他承认给儿子料理这件事，把布店和屋产田产全数变卖，一共得了八万银子，交给金子店中。还短少两万银子，却没法可想。金店主人苦逼着，非得到全数不行。我丈夫没奈何，便和他软商量，说我年虽老了，还可以做事，可能许我顶替儿子的职司，慢慢地挣出这二万银子来，清偿余欠。店主人见石白中榨不出油来，也就答应他这么办了。

"我丈夫经了这个变故，却把我恨得牙痒痒的，对我说道：'你生儿不肖，平日间又处处瞒着我，纵容他做坏事，才弄到这个地步。算了，从此以后，我撑着这一身老骨头，给好儿子还债去。还清了债就死，你也自管走你的路吧。'说罢，头也不回地走了。

"我没奈何，只得投身到这里庵中来。然而出家也是要钱的，我只为没有钱，因此老师太不喜欢我，也不给我念经礼佛，只派了我一个厨房里烧饭的职司。伊们又分外地难服侍，动不动骂我打我，六年来委实是吃尽苦楚了。料想我老丈夫此时，也一定没有好日子过，辛苦了这几年，多半还没有还清儿子的债。但那孩子是带着五万银子出去的，多半能吃饱着暖，不像我为娘的这般挨苦吧。唉，只要他不挨苦，也就罢了。"说完，抹着眼泪。

我听完了这番话，觉得没有话可说，也没有适当的话可以安慰伊。呆望着门外春雨廉纤，仿佛和慈母眼泪同流咧。

孝子贤媳

无论在阴雨还是烈日之下，那西门某女学校灰色墙根旁边，总跪着一个六十多岁的瞎眼老婆子，口口声声嚷着"老爷少爷、奶奶太太"，兀自不停。两只手还合着掌，向人膜拜。行人们走过时，有的可怜见她，抛一个铜子或是几个铜钱，有的连正眼儿都不瞧，一掉头走过了。但那婆子不管，不论有钱没钱，她自管没口子地嚷。就是走过的狗咧马咧，也都能消受她"老爷少爷、奶奶太太"的尊称。这样总要嚷半天，嚷得口干喉哑，都不觉得。邻近人家听了这种不绝口的嚷喊之声，没一个不生厌，总说这老婆子怎么如此不知趣。连路边那株白杨树也听了不耐，常在风中把枝叶摩擦着，做出萧萧槭槭的声响，搅乱她"老爷少爷、奶奶太太"的呼声。

然而这老婆子岂是自愿如此！实是为了她的孝子贤媳，又为她的老命未绝，须要同她的孝子贤媳一块儿度日，因此不得不尽她一部分的责任。虽是跪断了腿子，嚷破了喉咙，她哪敢抱怨？有心人细细听她那种呼声里头，委实包含着无穷的苦泪呢。

江北人杨小狗子，是个游手好闲之徒，生着一把懒骨，向来不肯做事。拉车子怕用腿，做小工怕用手，一天到晚便借着管闲事，敲几文钱竹杠，胡乱度日。他那老婆也像他一样懒，整日不管什么事，拖着一双绰板脚，走街坊，闯邻舍。丈夫吃什么，她也吃什么，不用担心事；没有饭吃时，横竖大家没得吃的。

这一家中，做事的人就是杨小狗子的母亲。她做的事，就是每天下半天的街头乞食。小狗子见敲竹杠不很可靠，不能天天稳有钱到手，因便利用他母亲的瞎眼年老，每天午后唤老婆牵着她到那某女学校的墙外，跪在地上乞食，自己上茶坊吃茶去。到傍晚六七点钟时，才自去领着老母回家。这样半天的工夫，倒总有三四十个铜子稳稳到手。虽是苦了他老母两条腿一个喉咙，可也顾不得了。有时节不利市，半天中求不到三四十个铜子时，可怜她老人家还得受儿子媳妇的责骂，说她偷懒不肯嚷，罚她没夜饭吃。老婆子倘敢咕哝时，还不免挨打咧。

唉，好一对孝子贤媳！这样一连半年，杨小狗子夫妇两个全仗着老母挣钱回来供养他们，坐了吃，吃了逛，好不逍遥自在。他们俩简直把老母当作一种造钱的机器，不费他们什么力，天天自有钱回来。

他的朋友徐阿二，是耍猴子戏的。每天牵着绵羊和猴子出去，要哼曲儿要打锣，又要绵羊、猴子一块儿串戏，忙了一天，也只挣到三四十个铜子。不如他把老母送上街头，自管吃茶去，到晚上一样有这许多钱。两下比较，在他可省力多咧。人家有绵羊、猴子挣钱，他有老母挣钱，这是何等的幸福！

冬天到了，西北风刮得虎吼般响。一天寒气，酿成了雪，把世界变作了个银世界。这一天已下了半天的雪了，天气冷得紧，凡是穿皮袄的人也还缩着脖子，没口子呼冷。这天午后，雪已停止，杨小狗子夫妇俩见这种冷天气正是挣钱的好机会，哪肯放瞎眼的母亲老坐在家里享福？因又牵着她老人家到那女学校墙外去。她老人家身上穿一件破棉袄，冷得发抖，然而怕给儿媳打骂，不敢不去。到了那边，就一个人跪在雪中，忒愣愣地嚷着"老爷少爷、奶奶太太"。身子既抖个不住，那声音也随着抖了。

这样过了两点钟，因为行人稀少，也求不到几个铜子。她的下半身已被雪水湿透，冻得像冰块一般，鼻子里拖出清水，结成了两条小冰柱。无情的西北风，还没命地向她身上刮来，直刮到她身体里头。她虽还有着气，口中还颤声低喊，然而已和死境相去不远了。傍晚时雪又下了，雪花像手掌般大，片片飘落。那老婆子微温的心中，还希望她儿媳快来领她回去。她的背靠在墙上，全身都冻僵了，再也动弹不得。一点钟一点钟地过去，她的儿媳妇仍没有来。夜阑了，天明了，她的儿媳始终没有来。白漫漫的雪，已盖满在那老婆子的身上。身上的温度和心坎中的温度，全都没有了。一只手露在雪外，却还紧握着几个铜子，等她儿媳来取。

这一夜，杨小狗子夫妇正在同乡卖烧饼的王老大家中吃喜酒，肚子里灌足了黄汤，乐极了，便忘了他们瞎眼的母亲在外乞食。

唉，好一对孝子贤媳！

烛影摇红

　　W城自被围以来，已半个多月了。城中的守兵，都是些幽并健儿，由N军中一个愚忠耿耿的老将统率着，死守这落日孤城，兀自不肯投降。虽有一般人眼见得城已危在旦夕，终于不能守了，劝他偃旗息鼓，好好地降了S军，一方面既保全了残军的性命，一方面也使枪林弹雨中的苦百姓得了救，岂不是两全其美？他们还愿意多多地贡献些金银玉帛，做那和平解决的代价咧。但那老将却执迷不悟，斩钉截铁的，一定不肯屈服下来。他说老夫奉主帅之命，死守着这座危城，城存俱存，城亡俱亡，万万不愿做降将军。谁敢逼我的，只要他有本领，请取了我这脑袋去，不然便教他看看我的宝刀。说客们经不得这一吓，一个个都吓退了。于是他老人家整理了他那百战余生的一万残兵，将几个城门牢牢守住，城墙上也团团守着兵士，备着炸弹，架着机关枪，把这W城守得像铁桶。

　　S军都是血气方刚的青年，本抱着"直捣黄龙与诸君痛饮"之志，如今见N军深沟高垒，顽抗不降，可就着恼起来。仗着他们新占据了邻近一座H城，有居高临下之势，便尽着把大炮轰将过来，日夜连珠似的轰轰不绝。一面又派了飞机，像苍鹰般在半空里盘旋，随时掷一个炸弹下来。可是炮弹和炸弹没有眼睛，N军并没受多大损失，偏又苦了许多小百姓。有的轰死了爸爸，有的炸伤了妈妈，有的吓疯了弟弟妹妹，弄得骨肉飘零，家庭离散。有的把住着的屋子给轰成了一片白地，累累如丧家之狗，无家可归，真的是可怜极了。

P门内一条L街，是炮火最烈的所在。街上的商店和住宅，差不多已轰去了十之五六，到处颓井断垣，伤心触目。在那瓦砾堆中，还可以看见一条腿，一条臂，或一个烂额焦头，露出在外。原来他们来不及逃出，被炮火连带轰死在内的。便是大街之上，也随处陈着残缺不全的尸体，血肉模糊，十分可怕。只为无人掩埋，天天日晒雨淋，发着恶臭。那些猫狗也不幸生在乱世，再没有鱼屑肉骨可吃，饿得没做理会处，可就不得不吃这些不新鲜的人肉了。

那时L街上一条巷中，有一家大户人家，叫作黄大户。他们是啬刻传家，好几代代代如此，所以拥了一百多万的家产，竟不大在外流通，只是积谷满仓，积金满箧，都保守在家门以内。那位主人翁黄守成确是个十足的守成之子，遵奉先人遗训，整日价躺在家里抽鸦片，看守家产。此外就舍不得再有花费，任是早上吃一碗大肉面，也得打着算盘算一算的。这一次战事起时，有几家亲戚都迁移到别处去了。当初也劝他们早自为计，奈何黄守成啬刻性成，生怕迁移时又要花费好一笔钱。而这么一所偌大住宅，无论一砖一瓦，都很爱惜，也是万万抛撇不下的。加着他平日对于这N军甚是信仰，以为旗开得胜，马到成功，料不到会一败涂地，使这W城陷于被围的地位。

就这么一二夜的工夫，N军被S军冲破了阵线，竟翻山倒海似的退下来，一径退入城中。仗着W城四面都是高高的城墙，急忙把各城户一齐关住，架了枪炮，总算把S军挡在城外。另有一部分 N 军，却折损了无数军马，仓仓皇皇地退向北方去了。黄守成这时要逃已逃不得，只索像 L 将军一样地死守。好在他家屋子大，围墙高，门户又坚固，只需炮火不来光临，此外强盗溃兵都可不怕。于是外边的风声虽急，谣言虽大，而他却好似被铜墙铁壁保护着，自管抽着鸦片，过他烟霞中的生活。

　　S 军见 N 军死守着一座 W 城，困兽犹斗，大有坚持到底的样子，他们恨极了，决计要攻破了 W 城，来一个瓮中捉鳖。当下召集了敢死队，演讲一番，便分成几组，开始总攻击了。

　　那天半夜子时，敢死队分做了好几十班，每班由二人抬了一乘梯子，八人掩护着，每人都执着一支驳壳枪和一颗手榴弹，都向着城墙拼命前进，直到城下。但他们一路前去，城上守兵没命地把机关枪向下面扫射，牺牲了不少的人。但是死的死了，活的早又继续上去，毕竟有好多架梯子直竖地竖在墙上。那些不怕死的军官军士，都争先恐后地向上爬去，那城上的守兵不敢怠慢，便乱掷炸弹乱开机关枪抵敌。一时弹雨横飞，硝烟四布，可怜那些一身是胆的健儿，有的没爬上梯子先就倒地而死，有的爬上了一二级就跌下来，有的爬到了中间，蓦地中了弹，尸体便悬搁在梯格的中间。每一乘梯子下边，总得积着无数尸体，一堆堆全是模糊的血肉。而后来的人仍还勇气百倍地踏着尸体爬上去，然而能爬到梯顶的，却不过五六人。这五六人又因墙高梯短，不能爬上城墙。

　　内中有一二人仗着好身手，竟爬上墙了，便用手榴弹和驳壳枪击死近身的敌兵，但因后方没有人接踵而上，终于吃了敌弹跌下城墙去了。最壮烈的是一个营长，他奋勇先登，竟达到了梯子的顶上，口中只喊了一声"S 军万岁"，而墙上一弹飞来，恰中了他的要害。这时他身上已受了好几处伤，还是攀住着墙死不放，军士们见不能接近梯子，便一个个叠肩而上。谁知那无情的炸弹和机关枪纷纷乱放，一行人都靠着梯子跌下去了，这一下子死伤了 S 军好几百人，血几乎染红了 W 城半堵城墙。

S 军见爬城无效，便又利用飞机抛掷炸弹，又在 H 城中开大炮轰将过来，毁了无数屋子。全城时时起火，有一带热闹市场，几乎烧去了一半。数百年辛苦造成的大都会，很容易地随时破坏。受那炮火的洗礼，黄守成所住的 L 街，也已葬送了半条。所幸他的私产 M 巷，却还没有殃及。M 巷中本有十一二户人家，除迁往别处去的以外，还剩有五六户，都因听信了房主黄守成不打紧的话，因此蹉跎下来。如今处在这水深火热的境界中，急得什么似的，不免要抱怨黄守成，都为他爱了房钱，才使他们如此挨苦。到得炮火最烈的当儿，便索性寻到黄氏门上来，要求守成保护他们。黄守成也因家里人口不多，而屋子很大，在这乱离时代便觉得冷清清阴惨惨的，一到晚上，常听得鬼哭。如今落得慷慨，让那些房客们进来同住，好热闹些儿。不过他有一个条件，凡是进来的，都须自备铺程伙食，到得食粮尽时，再行设法。大家一致赞同，那五六户房客当日便把值钱的东西以及铺程伙食，都搬到黄家来，只剩下些粗笨木器，就请铁将军把门。

黄守成的屋子前后三进，共有好几十间房间。那五六户房客一起有二十多人，住了几个房间，还是绰绰有余。黄守成自受了这回战祸的打击，脾气倒改好了不少，平日间他除了以一灯一枪一榻做伴外，亲戚朋友差不多不大见面的，如今倒和那些房客很合得来，一块儿谋安全的方法。他们把外面两扇大门和后门边门都堵塞住了，门上贴了迁移的字条，又警戒全屋子的人少出声音，小孩子更不许哭泣，务必装得像没有人居住的样子。火灶暂时不用，改用炭炉，以免烟囱中炊烟外冒，被人觑见。无论上下人等，绝对地禁止出外，窗上全糊了纸，不能外望。至于粮食一项，合在一起筹算，尽可支持半月。这么一来，他们倒也像那 L 将军一样地死守孤城了。

每天晚上，大家都聚在大厅中，闲谈解闷。电气早断了，只点着支蜡烛，烛影摇红，照在他们憔悴的脸上，都现着一派忧虑恐怖之色。唯有那些未经忧患不知愁的小孩子们，还在憨嬉笑跃，听了那砰砰訇訇的枪炮之声，只当作新年的爆竹声咧。黄守成心中忧急而表面上安闲，他还是躺在红木杨妃榻上抽着鸦片，想起家里盈千累万的珍宝钱钞，不曾带得一丝一毫出去，虽然这所在目下前后堵塞，装作空屋的样子，不致有什么强盗式乱兵前来打劫，但那 S 军的大炮弹万一轰将过来，那就免不了玉石俱焚，连一家性命都不保咧。

但他虽是这么忧急着，而一面仍闲闲地安慰家中妻小和房客们道：“你们不要着慌，我们守在这里是很安全的，只指望半个月后，兵事解决，城门一开，那我们仍可过太平日子了。”

大家听了，以为大财主的话总不错的，面上便略有喜色，而那些妇女们都南无（指双手合十）着手，不约而同地连念“阿弥陀佛”。

S 军见 N 军既不肯投降，商人等奔走说项，希望和平解决，也仍是不得要领。虽常派飞机到来抛掷炸弹，而 N 军中有高射炮，也很厉害，有时倒反损失了自己飞机。大炮的力量，也不过轰去几间民房，引得城中有几处起火，此外没有多大的效力。没奈何便用封锁江面的方法，禁止船只往来，断绝城中一切食粮的接济。这一着可就凶了，W 城中有二十万人民，全都起了恐慌。先还把白米当作粒粒珍珠似的，不敢煮饭，只煮些粥吃吃。末后这珍珠完了，连粥也没得吃。还有那些城墙上死守的饿兵，瘪着肚子不能打仗，不得不取给于民间。于是民间更痛苦了，凡是可以装饱肚子的东西，罗掘一空，全城猫狗都做了牺牲品，鸡鸭早已绝种，连鼠子也不大看见了。草根树皮都变作了席上之珍，只差得没有吃人罢了。可怜全城的饿人，都饿得面皮黄瘦，眼睛血红。有挨不下饿的，先就在刀上、绳上、河里、井里寻了死路。不肯寻死的，也终于饿死，每天总要饿死好几百人，街头巷口都有些人跌倒在那里，这真是一个人间的活地狱啊。

黄守成以为再守半个月，总可以解决这回战祸了。谁知半个月一瞥眼过去，依然如故。L 将军挨着饿，还在那里死守，说："我有一口气存在，定要断守到底的。"可是黄守成的食粮已断绝了，那些房客们的伙食不过支持得四五天，这十天来全是吃黄守成的。黄守成虽然肉痛，也无可如何，到此眼见得大家要挨饿了，家中虽有盈箱的珠钻宝石、无数的金银钱钞，竟不能当作粥饭吃，装饱他们的肚子。没奈何只得派一个下人揣了二百块钱，悄悄地由边门中出去，上街去买米买菜。谁知踏遍了整个 W 城，却一些都买不到，仍是原封不动地带了二百块钱回来。这一下子可把黄守成他们急死了，眼看着珠钻宝石、金银钱钞，只索生生地饿死。

夜夜烛影摇红，照着这一片愁惨之境。他们已五天未进粒米了，只借着水充饥。小孩子们饿得哭也哭不出来，倒在地上呻吟，有一家房客的八十岁老太太，挨不过去，只余奄奄一息。这一夜连蜡烛也剩了最后的一支了，明夜不知如何过去。内中有几家已怀了死志，预备过这最后的一夜，一等到天明时，便与世长辞。这夜，全屋子的人一起都聚在大厅中，守着那支最后的蜡烛，看它一分分短将下去。那时除了呻吟和愁叹声外，谁也说不出一句话。

夜半过后，烛已短了一半，黄守成抱着他两个呻吟不绝的儿子，呜咽着说道："想不到我黄守成拥着百万家产，今天竟一家饿死在这里。唉，我深悔平日间抹掉了良心，积下这许多不义之财，临死时还得向上天忏悔一番，求他老人家格外超豁，不要把我打到十八层地狱里去。"

那些房客们听了黄守成忏悔的话，都不由得心动，各自想起生平的罪孽来。当下有一个姓徐的房客长叹了一声道："唉，早知有今日的一天，我又何必夺人之爱呢？我的妻在未嫁我时，本来爱着一位很有希望的书生，两下里已有了白头之约。我因见伊貌美，仗着和伊家是多年邻居，便劫持着伊的父母，硬把伊娶了，累得那书生远走高飞，心碎肠断而去。而我妻嫁了我，也兀自郁郁不乐，那花朵似的娇脸，早一年年地憔悴下来。唉，我可葬送了伊的一生咧。"他这样说着，壁角里一个妇人背着烛影，嘤嘤地啜泣起来。

当下又有一位姓洪的老者也眼泪梗塞了喉管，接口说道："徐先生，你说起了这婚姻的事，我也抱疚于心，一辈子不能忘怀。我大女儿阿雪，伊原是个绝顶聪明的女子，由中学毕业后，有一个女同学的哥子求婚于伊，伊也爱上他了。临了来要求我答应伊们俩的婚姻，我因女孩家擅作主张，私订终身，不由得大发雷霆，绝对不答应伊的要求。伊羞愤已极，整整痛哭了一日一夜，第二天竟投缳而死。至今想来，我那阿雪死后突眼吐舌的惨状，还历历如在目前。我犯了这样的罪恶，活该今天挨受这种死不得活不得的痛苦啊。"

大家在烛光中瞧见他那张皱纹重叠的脸上，湿润润地全是泪痕。这当儿人人知道自己去死不远，都扪着一线未绝的天良，将平生罪恶供招出来。有不孝他父母的，此时便跪在二老跟前，叩头求恕。有妇人平日间不管家事，得丈夫血汗换来的金钱胡乱挥霍的，到此也哭着向丈夫赔话，数说自己种种的不是。总之在这大限临头、万念俱灰之际，人人都想返璞归真，做一个完全的好人，去见造物之主。

蜡烛一分分短下去，只剩了三分之一。蜡泪和人泪同流，连光儿也晕做了惨红之色，照着这二三十个将死未死的饿人，东倒西歪的，真好似入了饿鬼道中。一会儿忽有人放声哭了起来，原来那只余奄奄一息的八十岁老太太，已先自和这惨苦的世界告别了。

黄守成忙喝止那哭的道："哭什么！老太太好福气，先走一步，我们还该庆贺一番才是。"于是哭的不哭了，大家只是缄默不语。

烛影摇红，可也红不多时的。到得蜡完时，焰熄了，光也灭了。大家在那蜡烛摇摇欲灭最后的一刹那间，禁不住都低低地惊呼了一声，仿佛他们身中的活火与生命之光，也随着这蜡烛同时熄灭了。那时天还没有亮，他们都伏在黑暗中，呻吟的声音渐渐提高，此唱彼和的，蔚成了一种悲惨的音乐。

好容易挨过了两点钟光景，一缕晨曦才从东方的天空中吐了出来。

黄守成陡地从杨妃榻上跳起来道："咦，我还没有死么？"

其余的人有哭的，有呻吟的，也有一二人狂笑的，那简直是疯了。

他们正在略略动弹的当儿，猛听得门外起了一片欢呼之声道："兵退了，兵退了，城门开了，城门开了。"

黄守成第一个听得清楚，喊一声"奇怪"，急忙赶到一扇窗前，揭开了窗纸向外一望。果然见巷外大街上有许多人在那里狂跳狂喊，似有一派欢欣鼓舞的气象。他长长吐了一口气，自知这一条价值百万的性命已得救了。于是回过来向大众说道："兵退了，城门开了，我们的性命也保住了。快快开了门，大家各自回家去。你们在我家里住了好多天，也吃了我好几天，这笔账回头派账房来算吧。"

当时那姓徐的也霍地跳了起来，揪住了他妻子一把头发，吆喝着道："回家去，回家去，服侍我洗脚要紧。"

那个姓洪的老者，也笑逐颜开地拉了他小女儿的手，说道："好好，我们又可活命了。过一天我便同你拣一个丈夫，好好地嫁你出去。但你要是自己去拣丈夫，那我可不答应的。"

那时那先前叩头求恕、自称不孝的好儿子，也抛下了他父母，纵纵跳跳地跑出大门，寻他们的淫朋狎友去了。而先前向丈夫数说自己种种不是的妇人，也满心欢喜，打算日后如何约着小姊姊们，舒舒服服打他三夜的"麻雀"咧。

身中的活火又烧起来了，生命之光又渐渐地明了。他们早忘了那烛影摇红的恐怖之夜，他们早忘了那烛影摇红的最后一刹那。

噫之尾声

——噫，病矣

看官们请了，在下前几天不是曾经有过八篇短篇的哀情小说，总名唤作《噫》的么？瑟瑟哀音，流于言外，滔滔泪海，泻入行间，想看官们读了，也曾掉过几行眼泪，叹过几口气来。不道吾叹了这八口不舒不畅的鸟气，却惹了一场不大不小的恶病。这一病中，发生了无限的感触，明白了许多的事理，搁了好几天的笔墨，受了一大番的痛苦。

看官们要知道，吾们这笔耕墨耨的生活，委实和苦力人没有什么分别，不过他们是自食其力，吾们是自食其心罢咧。就这小说家三字的头衔，也没甚稀罕，仔细一想，实是小热昏的代名词。那林琴南啊，天笑生啊，天虚我生啊，便是小热昏里头的名角儿，可以进得玄妙观，上得城隍庙，当着千千万万的人，舌灿莲花地说他一大篇。

至于在下呢，只索向荒村寒市老虎灶上、冷壁角里敲敲破铜钱，嚼嚼烂舌根，给乡下人开开笑口，替小孩子寻寻快乐，也不敢老着脸，挂什么小说巨子著作等身的大招牌。虽然偶挂之，还不妨事，然而挂了之后，反觉问心多愧，还是不挂的好。况且像在下这么个后生小子，肚子里空洞洞地没什么东西，恰合着当代大小说家恽铁樵先生所谓"才解涂鸦，侈谈著述"的八个字，其实在下连鸦儿也涂不相像，不然吾就学吾老友丁慕琴搦着画笔画板做画家咧。至于在下的文稿，一股脑儿都是废物，既不合覆酱瓿，也不配糊纸窗，因为在下的稿纸，都是蓝格子的洋簿纸，覆瓿嫌它不伏贴，糊窗又嫌它太厚笨，不比桑皮纸那么透明耐久。幸而那些编辑小说的先生们，大约都是慈善家，见了吾这些呕心剜血的文稿，往往赏收，没有退回来的，因此吾一家的生计倒还过得去，吾的心儿脑儿虽然苦了些，吾和家人们的身儿总算暖了，肚儿总算饱了。

不料天有不测风云，人有旦夕祸福，这回没来由生了一场病，却累吾受了个很大的损失。原来吾除了投稿以外，还在中华书局编辑所里当一个译员，局中定例，有人不到一天，便扣他一天薪水，还把年底的双俸上也扣去一天，吾如今不到了六七天，一扣倒是个大数目。这局中每月的薪水，吾自己委实分文不用，全个儿给吾母亲，作为甘旨。

吾说起了母亲，理应替看官们介绍介绍，吾母亲实在是世界上天字第一号温柔敦厚、恺恻仁慈的母亲，并且吾的母亲，不比人家有福儿郎的母亲，她却是从十五年的眼泪、十五年的辛苦中磨炼过来的。看官们啊，在下此刻把眼泪滴在墨水壶中，把泪墨和在一起，细细写出来告诉你们：

在下生来就是个不幸之人，六岁上没了父亲，阿母茕茕寡鹄，何等凄凉！膝下除了在下以外，还有一个哥哥、一个妹妹和一个褓褓里出生两个月的小弟弟。要是吾家放着几个钱，我母亲就可以减轻许多的担负，偏偏吾家又是个赤贫之家，便是父亲身后，也多半借重亲戚朋友的大力。可怜从此以后，这一副千斤重担就全搁在吾母亲肩上。天天靠着十指，孜孜力作，尝遍了世味辛酸，抚育到吾们长大。吾现在居然二十一岁了，只想起了二十年慈母劬劳，眼泪就禁不住滚出来了。平日间吾虽不敢说曲尽孝道，但是母亲一言一语，吾总不肯违拗，不论什么大小的事，吾总不敢使她有些儿不快乐。她不快乐时，吾总竭力使她快乐，她快乐时，吾便和着她一块儿快乐。吾每月的薪水，得来就交给她，不短少一个大钱，不耽搁一个黄昏，使她过这安心的日子，不再像从前的忧急。吾单尽了这一点儿做儿子的本分，母亲已不住地当着人家说吾孝顺。

咳，看官们啊，说起了一个孝字，吾又勾起一肚皮的牢骚。你瞧上海这么大的地方，许多青年子弟竟全把"孝子"两个字弄错了，说孝子是老子娘孝顺儿子，并不是儿子孝顺老子娘。其实呢，"孝子"两个字，是古人用来称呼那些孝顺父母的人，所以这孝字是形容词，并不是动词，分得很清楚的。奈何人欲横流，正教扫地，瞧这富贵场中的孝子，本来没有，就是贫民窟里，也很难得。据吾眼中所见，姑且说两件给看官们听听。

吾有一个亲戚住在城里，这亲戚家的房东已好几年没了她当家的，膝下单有一个儿子，手头也着实有几个钱。平日间这做儿子的吃得好，穿得好，出去时俨然是个名门大户的公子哥儿。十九岁上，他母亲就取出一大注钱，替他娶了老婆，他似乎得意，也似乎不得意。那时他在一家药房里办事，每月的薪水约有二十块钱，但这是他自己的零用，从没一文钱到家的。过了一时，他在外边渐渐儿放肆了，这位哥儿原是喜欢阔绰的，花柳场中不免也去走走，似乎不走也算不得个哥儿。奈何每月的薪水不够他挥霍，就慢慢儿地欠起债来，可是债这样东西，生殖力最富最快，一天积一天，一天多一天，到头来竟合着俗语说的，欠了一屁股两胁子的债咧。幸而到了节上，有他母亲出来算账，但他对他母亲丝毫没有感激之心，便是他母亲的一言半语，也不肯依从。

一年以后，居然得了个儿子，他母亲好不快乐，他却依旧在外边乱混。混了几时，忽地说有一个好友荐他做什么洋行里的买办了，当下天花乱坠地说了一阵，向他母亲要了三四百块钱，作为应酬之用。他母亲听了，快乐得了不得，自然没有不依的。从此以后，他就把窑子当作了自己的家，成日成夜地盘踞在里头，和酒连绵，天天不断。这样花天酒地地混了两个多礼拜，他那朋友早在暗地里吐舌，想他没有做买办，先是如此的阔绰，做了买办可了不得，因此就不敢荐他，后来这事就渐渐变作了空花泡影。他倒也不很可惜，只管天天在窑子里喝酒赌钱，索性把母亲妻子都忘怀了。他母亲夜夜到窑子里找他，有时他从后门逃了，有时躲不了，只得一块儿回家，便深更半夜地大骂，说死也愿意死在外边。他母亲奈何他不得，只得叫他出去。过了十几天，却有人上门来替他说亲，他在外边说死了老婆，预备娶续弦呢。他母亲听了，直气得个发昏。

唉，这种不孝之子，不知道碎了天下多少慈母的心儿咧。过后在下微微听得人家说起这位老太太，从前也不十分孝顺她母亲。她母亲老了，没有依傍，没奈何靠着她过日子，她却把一间秽气熏蒸的柴间给她母亲做卧房，一日三餐，也嫌她母亲肮脏，不准她母亲坐在一块儿吃，只在碟子底里分些饭餐给她，有时心里不自在，便把她母亲哼哈着出气，她母亲病了，也不好好儿去服侍她，到头来竟把这老婆婆活活气死。吾听了不觉点头微喟了一声，想这也是个报应，自己不尽了孝道，将来便吃儿女们的苦。

看官们，这是富贵场中一段故事，以下便讲到贫民窟里去了。

两三年前，吾家常常有一个老婆子来走动，不知道她姓什么，只听得吾母亲唤她阿华的娘。她来时总提着一只旧竹篮，篮里放着几枝不值钱的花，有时也有四五枝白兰花。瞧她样儿，已有七十多岁，脸儿又枯又黄，满嵌着皱纹，几根头发已从白的泛做了黄，背曲得好像一张弓，身上的衣服更是破碎不全，脚上也没有鞋穿，只拖着一双破草鞋。吾母亲很可怜见她，常做成她几枝花，且给她喝一杯茶，润润枯喉，教她休息一下子，她坐了叹了一会儿苦，也就称谢去了。

往后吾听得母亲说起，这可怜的老婆婆养了个不孝的儿子，所以头发白了，还须自己寻饭吃。她儿子名唤阿华，是个黄包车夫，赚了钱不养老母，只顾自己抽鸦片，鸦片越抽越多，良心越熏越黑，觉得他的身体是从鸦片烟缸里熬出来的，和旁的人毫不相干，逼得他白发萧萧的七十岁老娘，日上街头卖花去了。但卖花也需本钱，可怜这老婆子哪里有什么钱？七拼八凑，只有五六个铜圆，乱买了些贱值的花，勉强撑着几根老骨头，把上海城内的大街小巷走了一半，一边走着，一边声嘶力竭地喊卖花。可恨那些红楼窗畔的娇娃，只爱那娇音清脆的吴侬，这肮脏老婆子休想承她们的青眼，所以这老婆子跑了半天，花总卖不完。就是卖去的几朵，也很费力，除了花之外，还须加上几句"大慈大悲救苦救难"的可怜话，人家激动了慈悲心，才勉强买她几朵。到了十一点钟左右，她总提着卖剩的花赶到吾家来，求吾们作成她，吾们不忍推却，便叫她吃了饭去，有时多给她几个钱，教她好好回去。

她回去时，一路上瞧见垃圾堆里有几片菜皮，便拣在篮里，又买一些油，籴几粒米，带回去烧一些粥吃，听说她每天从没有吃过三顿的。她住的所在，不消说是一所七穿八洞的小屋子，阴天不遮雨水，晴天不遮日光，晚上躺在冷冰冰的破床上，做她辛酸劳困的苦梦。那位不养老母的孝子，也不去张她一张。

过了几时，不知怎么，那老婆子不到吾家来了，吾们很为诧异，问人家才知道，她七十多年的苦生活已经做完了。她临死时很想她儿子，盼望着见最后的一面，奈何她儿子到底不来。她死了之后，两个眼儿还张得大大的，望着那扇破门，尸身搁了三昼夜，才给善堂里收拾了去。

这两段故事，都是说母子间的，还有父子间、母女间、父女间的事，吾也见得很多。只恨在下有一个恶习，凡事说开了场，便像自来水坏了龙头，要阻住这滔滔汩汩的水，一时很难措手。这小小一本《礼拜六》里头，可不能听吾一个人回翔，如今索性不说了。不说了故事，却要和看官们谈几句天。

看官们不是都有父亲母亲的么？看官们读书明理，不是都很孝顺父亲母亲的么？刚才听了吾两段故事，不是都切齿痛恨那两个逆子的么？唉，凡人立足在这世界上，哪一个没有父母？既有父母，哪一个不该尽孝？但想吾们的身体、吾们的名誉、吾们的事业，都出于父母之赐。吾们从小儿长大起来，不知累父母抛了多少心血，所以吾们一辈子所最宝贵的，就是这一个父亲、一个母亲。这一个父亲、一个母亲没有了，任你上天下地，任你万唤千呼，休想见他们回来。可怜在下六岁没了父亲，如今连父亲的声音笑貌，几乎追想不起来，然而吾又从哪里去寻他呢？看官们好福气，既有父亲，又有母亲，该像夜明珠般时时捧着，别放他从手缝里滑去了。

在下说到这里，有几位不耐烦的朋友跳起来嚷道："啥，瘦鹃你这篇小说标题的，分明是说你的病。如今你丢了病不说，却海阔天空地说出一篇大道理来，岂不是去题万里？"在下只得长揖谢罪道："对不起，对不起。"但在下做这篇小说，着眼实在一个"孝"字，因为一病十日，眼见得慈母劬劳，心中一百二十个过不去。又把吾慈母的心，揣测天下慈母的心，想来都是一样。大凡做父母的，人人爱他儿子，做儿子的，自然也该人人爱他父母，因此在下不辞瘠口，说这一大篇话。不然，在下生了病，有什么大惊小怪？万一死了，难道还要世界各国替吾举哀么？

若讲吾的病，便起源在那前四个《噫》出版的前一天。那天起身时，微觉头痛，并且有些儿发热，吾毫不在意，照常出去做事。第二天依旧发热，吾也仍然出去。第三天是礼拜日，无须出去奔波，无意中却发现了却尔司狄根司的一篇短篇小说，名儿叫作一个《星》字。吾们做小说的人，一见了欧美名家的著作，仿佛老饕见了猩唇熊掌，立刻涎垂三尺，在下又生就是个性急鬼，那《水浒传》上的霹雳火秦明，也得拱手唤吾一声"大哥"。当下吾发一个狠，想今天决不能轻轻放它过去，便拈起一支笔来，动手就写。写不到几行，恰有一个朋友到来，吾做事原不求静的，一边和他讲话，一边只管写，忙了半天，居然被吾译完。微微觉得乏力，便上床去将息一会儿。

不道正在这当儿，吾母亲可巧踅到吾房里来，顿时大惊，因为吾平日间从不睡中觉，这一睡分明是生病的证据。大凡天下做母亲的，见了儿子生病，直比自己生病还加上几倍着急。当下吾母亲就使出她提痧的老法儿来，说在脖子上提了痧，便能发泄痧气。吾不敢违拗，直僵僵躺着，听她提去。霎时间记起吾八九岁时生病，母亲捉着吾提痧，吾直着嗓子杀猪般喊救命，一边又破口大骂，骂天骂地，把什么都骂到，只除了父母不敢乱骂，百忙中却想起了读的书上"天地日月山水土木牛羊鸡犬"十二个字，吾便骂了天地，又骂日月，索性把下列四项唱歌似的一连串骂了起来。心中又想平日里吾手上被蚊虫咬了个小疙瘩，母亲就疼惜得了不得，如今吾又生了病，怎么她倒忍心下这毒手？吾猛然醒悟过来，才知道这也是慈母爱子之心呢。

如今且说吾母亲用力提了十多分钟，颈儿上已现了十九条血红的痕儿，吾倒也不觉得十分痛楚，过后吾就躺在床上，不再起身。这一夜吾母亲简直没有好睡，时时过来问吾觉得怎样，吾只求她安心，总回说很舒服。

挨过了这一夜，礼拜一、礼拜二两天，吾热病还没有退，却依旧支持着出去，因为吾一天不出去，于经济上很有影响，这也是吾体恤母亲的微意。然而母亲也很体恤吾，说吾所赚的钱，块块都是把心血脑汁换来的呢。礼拜二吾到了书局里，不防吾一年来没有发过的胃病，趁这当儿明火执仗地反了起来，只听得喉咙里嗯嗯嗯不住地作响。午餐时，单喝了一浅碗的薄粥，喝了之后，不能坐下，只得像磨旋般走着，走了一点多钟，仍然觉得不舒服，这肚子里还是嗯嗯作响。吾暗暗埋怨道："算咧算咧，一年来吾吃了你多少苦，你倒说是嗯嗯嗯，怪不得中华民国谢恩折子的多咧。"

这天三点半钟，吾赶到一位医友张近枢君那边，请他替吾开了一张药方，后来吾喝了三瓶药水、半瓶药粉，果然好了许多。

礼拜三那天，吾的热病不但没有退，反加上了些。这天早上，吾母亲执意不肯放吾出去，说再放你出去，就对不起你了。那时吾自己也觉得有些支持不住，头虽没有顶着石臼那般重，却也可以比得顶着一个挺大的水晶墨水壶。

吾母亲没了主意，大白天守着吾，愁容满面，连饭量也减了许多。晚餐时，吾勉强灌了一碗薄粥下去，桌子上放着昨天祭祖下来的菜，瞧那一些肥鱼大肉，仿佛向着吾傻笑，教吾尝尝它们的味。吾只向它们皱眉。八点半钟，吾就登床睡了，谁知翻来覆去，把被儿翻了十七八个身，休想进黑甜乡一步，似乎病魔履了新任，那睡魔便该辞职而去咧。但吾不能安睡，还有一个缘由，因为吾的脑儿分外勤敏，不肯休息一二分钟，一会儿想这个，一会儿又想那个，种种思潮汹涌而来，好似"群山万壑赴荆门"。吾母亲又时时蹑手蹑脚地过来瞧吾，吾只得装假睡哄她，要是她知道了吾不能安睡，又得长夜无眠厮守着吾咧，母亲见吾睡着，才又蹑手蹑脚地过去。无奈吾的假睡，不能变作真睡，转侧到了三点多钟，两眼仍然像鱼目炯炯地合不拢来。吾心里恨极，就把盖着的被儿狠命踢去。

这一踢不打紧，却听得天崩地塌的一声。看官们别吃惊，并不是在下的床儿坍了，不瞒看官们说，在下平日很喜欢买书，一向收罗得不少，书橱里早已装满了，还有一小半竟没有安身之所，吾就把床的一角借给它们打了个临时公馆。那些书新的旧的一概都有，大半是欧美名家的小说，英国有施各德、狄更斯，法国有嚣俄（今译雨果）、大仲马，美国有欧文·霍桑，俄国有托尔斯泰，旁的短篇杂作，也都出于名家之手，还有好几种杂志的年刊聚在一起，高高地叠着。吾想吾们中国古时，每逢大战之后，总把阵亡将上的遗骸筑一个京观，表示他们的丰功伟绩，现在吾这一大堆书，倒好说得是欧美大文学家脑血的京观。只恨吾睡品一向不大端正，睡到兴头上，两只胸便写起擘窠大字来，把这座京观踢坍，蒙眬里还当是天塌呢。

吾唬怔了，悄悄起来，收拾了书。过了约莫半点钟，母亲早又来了，吾只得再装假睡，母亲蹑足走到床前，轻轻地揭开了帐儿，伸手在吾额上按了一会儿，微唶一声走了开去，又在暗中呆立了一会儿，才慢吞吞地去了。吾见母亲为了吾如此不安，心里头好不难受，后来不知怎么，却渐渐进了睡乡。

明天起身时，病体依然，午后请了一个中国医生来疗治，据说是暑湿，一时不能痊愈。医生去后，吾斜靠着安乐椅心中乱想，想吾往常和吾那好友丁慕琴同游同息，和兄弟没甚分别，吾一病他定然寂寞得多，幸而他身体比吾好些，纵纵跳跳的，活像一只蚱蜢，吾如今却奄奄地坐在这椅上，直变作了一条僵蚕咧。

停了一会儿，那屋角上一抹黄金色的斜阳，已化作了胭脂，吾兀坐了好久，微觉烦闷，踅到玻璃窗前，向远处绿油油的树影和红喷喷的屋脊望着。猛可里听得下边大门呀地开了，走进三个人来，吾一眼瞧见，那大大方方的是王钝根，摇摇摆摆的是李常觉，后边那个纵纵跳跳的，不消说是丁慕琴了。一会儿三人已掬着三个笑脸到吾楼上，先问病情，后谈闲事，吾们虽只三日不见，却已好比三年，此时见了分外的亲热，接着说东话西，直到夜色上时，才各别去。临去时吾还向他们说今天承你们福禄寿三星，一同照临，吾的病包管就好，并且心里也觉爽快欢喜得多，似乎喝了三星牌白兰地酒，看了《三星牌》（影戏名）影戏片呢。

夜中吃了那医生的药，裹了被儿，立刻就睡，望他出一身大汗，发散那热病。天气虽热，吾也不管，一直挨到十二点钟，已把全身浸在汗里，两件短衫一条衬裤都湿透了。

谁知正在这时，那不知趣的臭虫先生却趁着静夜无声，三军一时齐发，向着裤管里袖口里进行。原来吾往年住在法租界时，吾的铁床不幸结交了这几个损友，一路追随到此，相依不去，见了吾这许多书，就钻在里头打起公馆来。吾笑它们倒很好学，也在那里拜读欧美名家的小说。只禁不得它们聚族而居，十年生聚、十年教训起来，吾这身子，怕要给它们扛了走咧。它们要是伏在里头不出来闹，倒也罢了，无奈它们也染了贪官奸商的恶习，最喜欢吸人的血，因此吾有几回早上起身时，总见腿上臂上好似《礼拜六》的底稿，装着许多大红的密点。吾只把花露水搽他几回，便也不大在意。此刻却熬不住了，立时跳起身来，换掉了湿衣服，躺到沙发上去。

那时吾母亲还忙着煎药烧茶，没有安睡，后来竟在沙发旁边的地板上铺了一条席子睡下。吾苦苦劝她睡到床上去，母亲却说："天气热，不打紧，半夜里你要茶要水，也方便些。"吾拗不过她，只得听她。

这一夜她几次三番地坐起来瞧吾，有时问吾"口渴么"，有时问吾"身上冷么"，有时又问吾"可能安睡"，瞧她那颗心，简直全个用在儿子身上。唉，慈母深恩，真叫人一辈子刻骨镂心，忘不了呢。

一夜过去，曙光又出现了，可恨吾的热病没有退，看官们倒觉得厌烦了，吾只得长话短说。一连好几天，吾抱病坐在家里，外边的一切景物一概不能瞧见，仿佛做了囚犯，监禁在牢狱里头，不过那看守吾的狱卒，委实踏遍了世界也找不到的。并且还有许多好友不时来探监，也有写信来，很恳切地慰问吾，真使吾感激涕零，自思此身没有价值，受人家如此怜惜呢。

吾每天日中很难排遣，或在椅上坐一会儿，或在床上躺一下子，但是吾心儿脑儿往往不肯休息。那天，花板和帐子顶都是吾制造小说的机器，坐着望了天花板，一阵子胡思乱想，一篇小说就打成草图了；躺着望了帐子顶一阵子胡思乱想，又是一篇小说打成草图了。若要好好儿睡一会儿，那是很难得的事，夜中也必须用了强制工夫方能入睡。只吾偏又是个很多感触的人，在枕头上听了那浅红玻璃胆瓶里晚香球残花飘落的声音，吾便多一重感触；听了小桌子上那只古铜爱神钟嘀嘀嗒嗒的声音，吾又多一重感触；听了那玻璃窗上苍蝇营营飞集的声音，吾又多一重感触；听了隔壁那一家的夫妇勃豀的声音，吾又多一重感触；见一个蜘蛛在窗上张了网儿捕苍蝇，苍蝇竟会投到它网中去，吾又多一重感触；见那天一会儿晴，一会儿雨，倏忽更变，吾又多一重感触。一天到晚吾总有无限的感触，末后知道这种感触，都从静中发生。于是吾又向钢笔墨水壶讨生活，每天二三点钟时写它二三十行，就把吾的病做了上去，过了几天，居然全篇告成，便叫它做《噫，病矣》，算是吾前八《噫》的尾声了。

写罢之后，吾坐在安乐椅上休息，直到六七点钟，撑着两个眸子，只见这紫罗兰的天上已满布了霞彩，好似笼着粉红的轻纱，那残阳已移到了吾的屋角上，浑似包了一重黄铜皮，一会儿这黄铜皮忽地剥落了，飞上了一道道玫瑰色的光。吾兀是痴痴望着，就中仿佛瞧见过去未来的种种幻象，也有乐观，也有悲观，也有积极，也有消极。吾望了一会儿，多了一重感触，末后玫瑰的光已化为乌有，半天上早下了墨幕。吾私心盼望，明天吾的病就好了，好几天闷在家里，恨不得跳出空气层，到旁的星球里去玩它一玩呢。

那时吾母亲也在窗前呆呆地立了好久，把肘儿靠在窗槛上，支着颐，痴望着半天鸦影。吾侧了头瞧她，只见她眉儿打了结，神气非常索漠，知道这几天来已为吾忧急得了不得。吾不觉微微叹了一口气，母亲听了，立时回过她瘦靥来瞧吾。

唉，母亲已瘦得多咧！可怜她天天不但忧急，更是忙碌，为了吾求天求地，求仙求鬼，想打退吾的病魔。吾生了这一场病，脸儿瘦了一壳；谁知她也好似生了一场病，脸儿瘦得更凶，这真难为她咧！在下呢，忙里偷闲，靠着这场病，总算享了好几天可怜的清福，只是苦了吾的母亲。

小 诈

葡萄棚上盖着重重叠叠的绿叶，好像亭亭翠盖一般；葡萄虽已结实，还没有变紫，一球球地向下挂着。柔藤下撩，恰撩在一对少年男女的头上，但他们俩自管软语，一些儿没有觉得。瞧他们的脸色，似忧似喜，也不知道说些什么话。

一会子，那少年叹息道："去年葡萄紫时，我们俩曾在这里私订百年偕老之约，预备等我的文字生涯发达一点，然后去求你老父，更给亲友们知道。今年葡萄又快要紫了，我却依旧如此失意，瞧来这小说家的生活和我是没有缘的，任是再做一百年二百年的小说，可也不能享什么大名。要像我先父那么在小说界上占一个重要位置，怕就没有这一天了！"

那女子道："黎明，你不要灰心。只需把你的思想和艺术完全用在小说上边，包管有名利双收的日子。你父亲原是个大小说家，他的小说至今传诵，他的大名也至今不曾衰歇。只恨中国的书商太薄待一般著作的人，虽做了好书不给善价，多方地克削。一编风行时，他们却自管赚钱，自管作乐，到得著作人死后，他们哪里过问？不像外国书商，把著作人捧得天一般高，既用极大的代价买下了他的底稿，每年还有规定的酬金；本人死了，子孙还能承袭下去，哪像中国的著作人，简直和苦力花子差不多，他们的心血在书商眼中瞧去，不过像沟水罢了。"

少年道："平心而论，他们对于已成名的著作家，也略略优待一些。像我父亲当时，也总算借着一支笔，挣了几个钱。只为他自己太豪放了，死时便一钱不剩，连做成后未刊的小说稿也一本都没有。"

那女子道："你倘能找到你父亲未刊的稿件，书商们一定要用善价来买的。有了一二千块钱到手，我们就能舒舒服服地订婚结婚了。"

那少年道："怎么不是！只消有一二千块钱，也就够了。但像我目前这样，哪能得这笔钱？做短篇小说卖不到多少钱，做长篇小说又没有主顾，但愿哪一天给我从什么屉底橱角找到一部先父的遗著，那便好咧。"

女子眼望着少年的脸脉脉无语，一会儿忽道："好了，我们回去吧。天快要夜了，我没得累父亲饿着肚子等夜饭吃。"

少年道："好，我们走吧。我也得回去做小说呢。"

当下两人离了葡萄棚下，踱出公园，到燕子街口，彼此便分手了。

吴黎明是个小说家，已做了三年的小说，还没有出名。他父亲却是一个大小说家，做得一手好小说，长短篇都很出色，社会中凡是提起了吴畏庵的大名，简直没有一个不知道的。他仗着笔歌墨舞，钱倒挣得不少，但他生性豪放，瞧着这些心血换来的钱不甚爱惜。日走胭脂坡，夜过赵李家，挥霍一个畅快；就那赌场和各小俱乐部中，也喜欢走走。他生平的风流韵事，倒也能做一部很好的艳情小说。但他末后毕竟因了瘵疾而死，临死两手空空，连自己买棺木的一笔钱也不曾留下，竟自撒手去了。

瞧他的一生，很像法国大小说家大仲马，做小说是大家，挥金如土倒也是大家。大仲马有儿子小仲马，同在小说界享大名。吴畏庵有儿子黎明，原也有小说家的天才，但还比不上小仲马。

那天他别了情人丁淑清回到家里，他那寡母已煮了夜饭等着。黎明胡乱吃了一碗，就靠在椅中呆呆地想，淑清的呖呖莺声似乎还留在耳边，那"有了一二千块钱就能舒舒服服订婚结婚"的一句话，很清楚地印在心上。他想来想去，总没有法儿挣这么一大笔钱。这夜他兀地不能入睡，夜半起来把抽屉箱箧一起搜查，想找到他父亲的遗稿。谁知任把地板翻了个身，也找不到什么，转把他母亲从睡梦中惊醒了，还道他发疯，忙起来瞧是什么事。经黎明说明了原委，才安了心。

丁淑清的父亲仙舟是个大学教授，他和黎明的父亲原是三十年老友，膝下单有淑清一女，才貌双全，对于这个最重大的择婿问题十分仔细，都要像考试学生般考试一下子，瞧他合格不合格。他见黎明和女儿相爱，并不反对，不过暗暗仍有一种表示，说要娶淑清为妻未尝不可，但须有了娶妻的能力，才能说到这件事。黎明和淑清俩也都知道了老人的意思，兀是想赚钱的方法。然而黎明虽呕心沥血，也换不到多少钱，只能敷衍日常的家用。自从那天听了淑清的一番话，就痴心妄想要找到他父亲的遗稿，谁知连找三天，只落得白忙了一场。

仗他心地灵敏，忽然得了个计较：想父亲的遗稿既找不到，何不假造一本，去骗骗那些书商？好在父亲的文笔是看惯了的，学也学得像，混卖出去，定能换它一二千块钱呢。打定主意，就找了一本空白的旧簿子，动起笔来。全书的结构和意思，他早已想妥，自然容易着笔。每天日中怕淑清和旁的朋友们来瞧他，不敢造这假稿。到了夜静更深，方始偷偷地动笔，往往做到天明，把睡眠也牺牲了。这样挨了一个多月，居然把那小说做成，名儿叫作《十年回首》，一总有十万字，好算得一部大著作了。但他用了这一个多月心力，已疲乏得很，脸子瘦了好些，两眼也凹了进去，倒像害过一场大病。

完稿之后，他又踌躇好一会子，想这件事很带些欺诈取财的意味，不知道轻易做去，于自己道德上有亏么？但是转念想到淑清"订婚结婚"的话，就也顾不得许多了。当下他写了封信，附着那小说稿挂号寄与一家大书店，当年他父亲在世时也不时送稿件去的。

发信后，他怀着鬼胎，生怕那书店中觑破他的秘密，倒是很害臊的。一连盼望了五天，心中很觉不安，第六天上，那书店中有回信来了，拆开一看，不觉喜出望外。原来满纸都是赞美的话，说通篇情文并茂，一读就知道是吴畏庵先生的手笔，这种好小说现在是没有的了，预备奉酬二千元，不知尊意如何？倘蒙允许，请亲来立约，价格上倘不满意，也尽能熟商的。

黎明读罢这信，直喜得手舞足蹈起来，暗想，好了好了，我们正在想这二千块钱，不道真有二千块钱送上门来！且慢，我何不多要他一些？索性说三千块钱，怕也没有不依的。于是他亲自到那大书店中去，见了编辑部部长，他的要求也答应了，揣了三千块钱一张银行支票，回到家里。同日就赶到丁家，把那发现父亲遗稿的事告知淑清，又掏出那支票来做凭证。

淑清自然也欢喜，但是还不敢和她父亲说，因为钱虽有了，究竟不是黎明仗着自己本领去挣来的。老父生性怪僻，和常人不同，此刻倘提出婚姻问题，倒未必肯答应呢。黎明也不敢说，只等再寻机会。

两个月后，那部《十年回首》已出版了。报纸上登着极大的广告，说是大小说家吴畏庵先生的遗墨，由他文郎黎明先生在故纸堆中寻出来的。不上一月，早已轰动全国，销去了十多万册，倒给那书店中稳稳地赚了一大笔钱。黎明暗自好笑，想那十多万人都上了他的当咧！转念想时，又觉得这事很像诈术，似乎于道德上很有妨碍，不如再往书店中自首，叫他们普告天下，向读者谢罪，也算给自己忏悔一场吧。但是过了一夜，又想这种事可比不得招摇撞骗，就是利用自己父亲的名字，也不算僭冒呢。

那时丁淑清的父亲仙舟老人也已读了这部《十年回首》，十分怀疑。因为吴畏庵生平所有已刻未刻的稿件，临死时都私下交给了他，嘱咐他说儿子年纪还小，什么都不懂，我这一生心血请老友好好保存着，等儿子将来长大了，结了婚，然后交他保管。仙舟依着他的吩咐，二十年来好好地珍藏在保险箱中，只等黎明一结婚，立时移交。况且见黎明也是个小说家，私心更是欢喜，想他克绍箕裘，往后定能保守他父亲的遗稿呢。如今忽见市上有吴畏庵的遗稿出现，据那书店主人的序言中说，还是畏庵的文郎黎明发现的。他就觉得诧异起来。细细地读那书，文字和情节都很高妙，自能比得上畏庵的大手笔，至于写景之处更超过畏庵。仙舟诧异极了，把这意思和淑清说，一边又写信去唤了黎明来。

淑清和黎明已有多天不见面了，一见之下，欢喜自不消说。仙舟却劈头就问道："黎明，你父亲的那部《十年回首》是从哪里发现的？"

黎明脸色微微一变，支吾着答道："是，是从一只抽斗的底里搜出来的。"

仙舟一瞧他模样，心中已明白，接着带笑说道："怕未必吧。

委实和你说，你父亲生平所有已刻未刻的稿件，已在当年临终时全都交给我了。他也是爱惜自己心血起见，唤我等你长大了，结了婚，才交给你保管。我见你还没有结婚，因此一径没有移交。如今我问你，你那部书是从哪里来的？究竟是谁的手笔？"

到此黎明已满面涨得通红，急忙说道："老伯请恕我的欺诈！这部书实是我自己做的。只为我没有出名，有了作品不能得善价，因此想出这法儿来，居然骗到了三千块钱。但我心中兀地不能安怗，今天受了老伯的责问，更要愧死咧！"说完低倒了头，不敢对仙舟瞧，也不敢瞧淑清。

仙舟却放声笑了起来，道："黎明，你不用这样。像这种小诈，也像兵家行军一般，哪能说有伤道德？我很佩服你这部书做得绘影绘声，没有一笔松懈，写景一层更胜过你父亲一筹，这真不是死读父书的人了。停一天我还得代你向那书店中声明，说是你自己的著作，一边更把你父亲未刻的稿件交他们刻书去，怕还不止三千块钱咧！"

黎明道："多谢老伯的赞许，我感激得很。但我几时才能接收先严的遗稿呢？"

仙舟道："等你结婚以后。"

黎明脸儿一红，鼓着勇气说道："我正很想结婚，不知道老伯可能见助？"说时抬眼向淑清瞧。淑清黎涡也是一红，却把头低了下去。

仙舟扑哧一笑，陡地站起来，拉了淑清的手纳在黎明手中，放声说道："愿你们永远快乐！"

圣 贼

世界中没有不能改过的人，有了过失，只要有决心去改就是了。陈德怀是个贼，他所犯的过失要算大的了，然而也勇于改过。他最后的结局，仍死在铁窗之下，却正像耶稣在十字架上就义，有牺牲的精神。他不但改过，还保全一个恩人之子，到底使这恩人之子也改过了；但他死后，社会中人还骂着他道："他是一个贼，他是一个贼。"

陈德怀做贼，是从中学堂里做起的。他早年死了父母，家中又没有钱，在孤儿院中毕业后，送到中学校受中学教育，他寄宿在校中，学费膳宿费却豁免的。他天资很聪明，功课总在八十分以上。

这时他已二十岁了，不幸有了一种嗜好，这嗜好也是他的同学们引起来的，你知道是什么？便是打扑克。同花顺子，常常同着三角、几何中的方式，盘踞在他的心脑中。晚上和他同房间的，有五个同学都是打扑克的健将，家道也都不恶，向家中取了钱便带来做赌本。每天晚上熄火安睡时，他们只假睡了一会儿，就悄悄地起来，同聚在一个帐中，点了洋烛，立时开赌了。好在扑克牌不比麻雀牌，纸片儿寂静无声，神不知鬼不觉地尽自赌去。只要取到了好牌，不跳起来欢呼，那就不怕败露。那监学程先生恰又是个瞌睡汉，往往一瞌睡到大天光，半夜里并不起来查察，他们的赌局，可也是一百年不会捉破的。德怀既和他们同房间，自也加入伙儿，不知怎的，从此竟入了魔道，每天不赌不能过瘾。奈何赌运不好，十赌九输。他生性又喜欢虚荣，家都没有，偏要装作富家子模样，连赌了几夜，他竟输了十多块钱。手头哪里有什么钱？只索记账。但是心头很觉不快，总想要料理这笔赌债，一天到晚虽仍用心读书，一边却兀在那里想得钱之法。

有一天他下课后，偶因问一节文法入到英文教员的房间中去，瞥见桌子上放着一只金光灿灿的金表，像火箭般直射到他眼中。他心中一动，接着别别别地乱跳起来，当下胡乱问了文法退将出来，心头眼底就牢嵌着这一只金表，估量它的代价总要好几十块钱，如此还了赌债，还有余下来的钱做赌本。他这么一想，就立下决心要去偷了。

他的房间恰恰和英文教员是斜对门，那时同学们大半在操场上运动，宿舍中没有多少人，只有几个死用功的同学，关紧了房门在那里自修。他在门罅中偷瞧着英文教员的房门，守了好久，蓦地听得门声一响，英文教员出来了。德怀的心陡又猛跳起来，满脸子蒸得火热，一霎时间心中似乎变了一片战场，爱名誉的心和爱钱的心彼此厮杀起来。临了到底是爱钱的心占了胜利，于是蹑手蹑脚地溜将过去，硬着头皮推门进房，一眼瞧见那金表仍在桌上，似乎对着他笑。他这时已自以为贼了，唰地赶到桌前取了那金表揣在怀中，依旧蹑手蹑脚地溜出来。

哪里知道活该有事，刚刚溜出门口，那英文教员早已回来，一见德怀，便问："有什么事？"德怀面色如死，讷讷地回不出话来，忽地探出那只金表，想捉空儿搁在那里。这一下子可就被英文教员瞧出来了，先向桌子上一瞧，忙把他臂儿扯住，那只金光照眼的金表早在他手中奕奕地晃动了。

英文教员大发雷霆，拉他去见校长。不一会儿"陈德怀做贼"已传遍了全校，通告处揭起开除牌子，限明天清早出校。这一夜他缩在床上，挨尽了同学们的冷嘲热讽，连那五个扑克朋友也不留情面，要和他清算赌账。德怀被逼得无可奈何，只得苦苦地哀求，耳边但听得四下里都腾着一种声音，仿佛说"陈德怀是个贼""陈德怀是个贼"。第二天早上，可怜陈德怀便背着一个铺盖，在同学们嘲骂声中低头出校去了。

德怀无家可归，便到孤儿院中去恳求院长，一把鼻涕一把眼泪说了好多忏悔话，立誓以后决不再犯过失。院长戈厚甫是个恺恻慈祥的老先生，今年六十岁了，脸上额上都满着皱纹，每一条皱纹中似乎都含着一团和气。他见德怀怪可怜见的，自然答应他设法。当下便写了一封信，介绍到旁的一个中学校去。哪知他偷金表的事已传得很远很快，他们一见"陈德怀"三个字，都掉头拒绝说，我们这里都是好好的学生，不能容一个贼在里头。连试了几个学堂，都是如此。德怀惭恨交加，自悔当日的一时之误，一边却又怨恨那些学堂，想一个人犯了过，可是绝对不许他改过么？要回到孤儿院中去，却又觉得惭愧见院长，因此决意不去。向四下里谋事做，知道这"陈德怀"三个字不能见人了，便化了许多名字到处撞去。然而他额上仿佛刺着一个"贼"字，没有人肯收容他，其实并不知道他曾做过贼，实在为目前谋事的人太多了，位置却不多，因此跑去都碰一鼻子灰。有的有位置空着，却要保人押柜银，这俩要件他都做不到，便不能做什么事。

他没法可想，于是流落了。那铺盖早已变钱，支持了两个多礼拜，他渐渐儿把身上衣服剥下来。这当儿已是深秋，树头叶子黄了，西风刮得很紧。陈德怀的身上只剩了两件短衫子，去和西风作战。他要做花子，又苦地没有这嘴脸向人去化钱。打定主意，唯有走"自杀"的一条路了。

一天早上，他长吁短叹在一条小弄中走，预备寻一条河去，低倒了头，泪如雨下。正在这时，猛觉得有人在他肩头拍了一下，抬头望时却见是孤儿院院长戈老先生。

院长不等他开口，先就说道："德怀，你既不能进旁的学堂，为什么不回到院中来？我曾着人找了你几天，竟找不到。你堕落到如此，将来还能在社会中做事么？"

德怀哭着答道："戈先生，学生并不要如此，只为学堂中既不肯收，要谋事又谋不到，回来见先生自己又觉得惭愧。想我永远挂着这个……贼……的头衔，一辈子没有希望了，今天打算自杀去，免得在世上出丑。再去做贼，那是我万万不愿的。"

戈院长正色道："德怀，别说到'自杀'两个字。一个人偶犯过失，可不打紧。我相信你是个能改过的人，快快努力做君子，洗净你的恶名。人家不收容你，我收容你。院中正要多用一个书记，就委你担任，每月十五块钱的薪水，可也够你一个人使用了。"

这时德怀感激已极，长跪在戈院长跟前，流泪说道："戈先生，学生感激极了！只图来生报答你的大恩。要是社会中人都像先生般宽大，容人改过，以后犯过的人可就少了。"

戈院长扶他起来道："算了，你且同我家去，借我儿子的衣服用一用，从明天起好好在院中办事，别辜负我成全你的苦心。"

德怀忙收泪答道："我知道！我知道！"

陈德怀在孤儿院中做书记，天天勤恳办事，毫不懈怠，骂他贼的声浪也渐渐儿没有了。他怕人小觑他，也不敢和人交接，只是伏在办事室中，自管做他的分内事，少说少笑，变作了个很古板的人。同事们有知道他往事的，也不敢再讥笑他，背地里总说他是勇于改过的。

院长有一个儿子，叫作戈少甫，在院中充舍监，今年三十岁左右，面目俊爽，是个风流自赏的人物，常瞒着他父亲在外面逛逛窑子，吃吃花酒。家中有慈母，很肯给他钱使，因此挥金如土，未免太豪放了些。他和德怀倒很合得来，凡是私人信件也得拜托德怀代笔。德怀自然没有不效劳的，有时有什么不大正当的事，还得苦口劝着少甫。少甫没有话，只是点头笑笑罢了。

德怀在院中一年多了，很得戈院长的信任，常在董事们跟前称赞他，说天下第一个勇于改过的，要算得是陈德怀了。德怀愈加奋勉，一心向上，他见院长儿子在外荒唐，很为担忧，又不敢去告诉院长，伤他们父子的感情。一天院长收到了一个慈善家的捐款，是三千块钱一张支票，交到办事室中，那时办事室中有好多人，少甫和德怀都在那里。司库的会计先生正忙着算一笔很乱的旧账，把支票搁在桌子上不曾收拾好，一转眼却不见了。

当下室中大乱，会计满地里乱寻没有寻到，于是又急又恼，说一时间还没人出去，非得向各人身边搜一下子不可。五分钟后，便在陈德怀身边搜出来了。会计暴跳如雷，不肯罢休，立时唤校役去召警察来，把德怀拘捕去了。

到得院长到来，已来不及。他心中也很着恼，想德怀的改过，原来是装着幌子哄人的，到底种了贼的根性总难变换过来，我倒上了他的当，还信任他，一见了钱可又来了。于是气冷了心，尽看德怀去受法律的裁判。三天以后，已由官中判定了一年的监禁。

一时"陈德怀做贼"的声浪又传遍了社会，凡是知道他的人都唾弃他了。他入狱后，并没什么悔恨，面上反常有笑容。

第二年夏季，快要期满释放，他忽然害了急痧，不上五分钟便气绝了。大家听了这个消息，都淡淡地毫无怜惜之意，说他是个贼，死了倒干净咧。

这一天晚上，戈院长回到家里，把陈德怀死在狱中的话告知夫人，彼此微微叹息，说好好一个孩子竟如此结局，真想不到的。那时少甫恰正久病新愈，在家中养病，一听这话，便直跳起来，忽地哭着说道："唉，天哪！这是我戈少甫杀死他的！教我怎么对得起他？"

他父亲母亲都呆住了，忙问是怎么一回事。

少甫抽抽咽咽地说道："先请父亲母亲恕了孩儿。不瞒你们说，这两年来孩儿住在院中，向不回家，每天晚上常和几个朋友在窑子里走走，花酒扑克几乎夜夜有的。去年相与了一个姑娘，衣服首饰已报效了不少，她定要嫁我，我也答应了。但恨手头没有钱，四处张罗也张罗不到，可是赎身之费至少要三千块钱呢！那天恰有人捐给院中三千块钱，父亲把支票交到办事室中，会计忙着算账没有收拾好，我便提空儿偷了。我穿着洋装，随手纳在外衣袋中，正待溜出去，会计却觉察了，四处找寻，并且要搜查各人的身上。我急得什么似的，不知怎的，陈德怀忽从我外衣袋中取了去，一会儿那支票便在他的身上搜出来，他代替我被捉将官里去了。"说到这里，伏在桌上又哭。

他父母呆坐着，说不出话。少甫哭了半响，又接下去说道："他入狱后，曾寄给我一封信。说父亲是他的恩人，这一回事就是他的报恩之道。信中又苦劝我赶快回头，别再去嫖。这时我也大彻大悟了，因便绝了那姑娘，立誓不再踏进窑子一步。但是一年以来，我总觉转侧不安，心中十分难堪。要自己投案去代德怀坐监，又怕拖累父亲令名，因此不敢妄动。不想德怀如今害急病死了，我要报他的恩已无从报起。唉！天哪，教我怎样对得起人啊！'

戈院长掉了几滴眼泪，说道："算了，你既已改过，我也不用再责备你。不过陈德怀当然是我们害死他的，须得好好料理他的身后，也算是表示我们一些感激之心。唉，德怀毕竟是个英雄，我一向赏识他，可真是老眼无花咧。"

半个月后，他们已造了个很庄丽的坟，把德怀葬了。碑上刻着的字，是戈院长亲笔写的，叫作"呜呼小友陈德怀之墓"。大家见他这样优待一个贼，都莫名其妙，只说老头儿怪僻罢了。偶有人提起"陈德怀"三字时，大家仍还骂着道："他是一个贼，他是一个贼！"

旧 约

斜阳下去了，天已夜了。河边散步的人都已散开去了，四下里渐渐寂静，没有声响，但听得远处闹市中还有车马箫管之声，杂在一起，隐隐送到这个所在，却好似在另一世界中了。

河边一只游椅中，坐着一个少年，脸色沉郁得很，不时望着那半天星月，长吁短叹，又喃喃自语道："交易所，交易所，原来是陷人的陷阱！我可就落在这陷阱中了，那蚀去的两万块钱，明天拿什么还与债主？手头一个钱都没有，这便怎么办？"说时，望着那黑魆魆的河上，眼前陡地起了一种幻象：仿佛见一座挺大的牢狱峙在那里，开着两扇牢门，似是一头猛虎张开着大口，等他进去，好不可怕。

那少年一阵打战，忙把两手掩住了脸，不敢再看这个幻象。当下呆坐了一会儿，似乎已打定主意了，蓦地长叹一声，站起身来，仰天惨呼道："生不如死，死后就能逃去一切苦痛，我还是死吧！"便颤巍巍地直赶到河边铁栏杆旁，两手紧握着栏杆，把上半身弯倒在栏杆外，预备两脚向上一纵，一个倒栽葱栽到河中去。

谁知正在这当儿，猛听得背后起了一片脚步声，早有人把他紧紧抱住，一边说道："好好青年，什么事不能设法，哪里没有生路？却偏要向河中觅死路去。"那少年没奈何，只得离了铁栏杆，回过身来，抬头瞧时，见是一个衣冠齐整的中年人，口中噙着一支雪茄，立在那里，两眼停注在自己身上，脸色十分和善。那少年倒觉得忸怩起来，低着头一声儿不响。

那中年人又道："到底是为了怎么一回事？快和我说，我或能助你一臂。你瞧那黑黑的水，发怒似的流着，何等怕人，你为什么去乞灵于它？难道除了它再没有旁的路么？"

少年叹息道："没有路了。不瞒先生说，我身上正负着二万块钱的一笔大债，明天须得还与债主。但我除了一身之外，不名一钱，因此赶到河边来寻一个归宿之地，撒手离了世界，这笔债也就逃去了。"

那中年人道："但你这笔债又怎样欠下的？可是为了平日间狂嫖滥赌，有荒唐的行径，才挥霍去了这二万块钱么？"

少年摇头答道："并不是在嫖赌中挥霍去的，只为起了个发横财的妄想，张罗了许多钱，一股脑儿去买那交易所现股。起先情形还不恶，竟能赚进几个钱，但我还希望它飞涨起来，比本钱涨上几倍，方始脱手。谁知不上几时，交易所的西洋镜拆穿了，股票的价值越跌越低。我慌了，生怕它末后连一个大钱都不值，急忙卖出。合算起来，除去收入的数目料理一部分债务外，还足足欠人二万块钱，明天无论如何必须归还。然而我的路都已断绝，又向哪里去设法呢？"

那中年人叹道："唉！交易所不知道已坑死多少人了，你为什么也妄想发财，陷到这陷阱中去？要知我们既在这世界中做人，应当劳心劳力地去做事，得那正当的血汗代价，若要不劳而获，世上哪有这种便宜的事？你平日可有什么正当的营业么？"

少年道："有的。我本是高等商业学堂银行专科的毕业生，离了学堂以后，就在市立银行中办事，充出纳部的副部长，每月也有一百块钱的薪水，年底分红也很不薄。"

中年人道："如此你前途很有希望，将来发扬光大，也未必不能成一个富人。为什么不好好儿依着这正路走，偏自轻易走到那邪路中去呢？你可有父母，可有兄弟么？"

少年道："父母单生我一个人，并没有兄弟姊妹。父亲也已去世十年，如今单有母亲在家。"

中年人道："好狠心的人。你发财不成，自管觅死，便抛下你母亲孤零零地过活么？"

少年道："这也是没法的事。我本来很爱母亲，很要使她享福。但是事已如此，哪里还能顾到她老人家？"

中年人道："大好青年，应当在世界中做些事业，好好儿奋斗一场，自杀的便是懦夫、是弱虫。即使做错了事，也该设法改变过来，万不能一死自了，把你父母辛苦抚育你长大的身体断送了。"

少年颤声说道："先生，请你不要苛责，我们立地做人，谁不爱惜他的性命？瞧那花花世界，何等可爱，谁不想长生不老，永远厮守着。像我今夜这样，割舍一切要投身到河中去，也叫作无可奈何呢。先生请便，我管我死，你管你走路吧。"说完，旋过身去，仍要向铁栏杆畔走。

那中年人却一把扯住他道："算了，算了，没的为了二万块钱牺牲性命。我自问还有这能力助你一臂，我们且来商量一下子。"一边说，一边同着那少年在游椅中坐下。接着又道，"我听了你的谈吐，知道你实是一个诚实的少年，堕落还没有深，发达也甚是容易。你要二万块钱还债，我此刻就签了一张支票给你。

不过我有一个条件愿你遵守，以后不许再做那种不正当的营业，好好地仍到那市立银行中当你的出纳部副部长，每月一百块钱的薪水，似乎尽够你们母子俩的用度。市立银行是一家很发达的银行，照你这一百钱的薪水算，明年此时至少有二千块钱的分红。今夜我给你这二万块钱，完全是借贷性质，虽然不须借据、不须付息，但你年年今夜，须到这里来还我二千块钱，十年分十期，理清这笔债，你可能答应下来么？"

那少年做梦也做不到，一条绝路中却忽然开出一条生路来，当下感激涕零，不知道该说什么话才好，支吾了好一会儿，才嗫嗫嚅嚅地说道："先……先生，我什么都愿答应，以后定要依着正路走，决不再堕入魔道了，一年二千块钱我也敢答应的。"

中年人很高兴似的说道："这样再好没有，我们准定照这样办，年年今夜我在这里等你的二千块钱。在这一件事上，我能见你的人格如何，你可不要失约啊！"少年连应了几声不敢，他便从身边掏出一本支票簿来，就着一边街灯下面，签了一张二万块钱的支票，给少年藏好了，又安慰了几句，便说一声再会，三脚两步跑去了。

少年随后喊道："且慢，请问先生尊姓大号？"那中年人似乎不听得，飞一般跑去。少年又大声说道，"先生记着我叫作胡小波，我叫作胡小波。"

那时星月在天，照见那中年人已在街角上跳上一辆马车，渐渐远去了。

胡小波得了那二万块钱，第二天把债务一起料理清楚，顿觉心头舒服、身上轻松，放着一副自然的笑脸回去见母亲，把前后的事都说了出来。母子俩哭了一回，笑了一回，又悲又喜。他母亲更不住地念着佛号，要替那不留名的大恩人供长生牌位。

　　小波银行中的职位原没有辞退，自然照常前去办事，前几天满面愁云，如今可换上一副笑脸了，映着那出纳部柜台上明晃晃的黄铜栏杆，更见得神采飞扬。他心中已立定主意，从今天起可要重新做人，依着袁了凡氏"以前种种，譬如昨日死；以后种种，譬如今日生"的两句话，脚踏实地做去。他心中、脑中，深深刻着那夜预备投河时的情景，又牢牢记着那恩人的一番金玉之言，把一切发财的妄想、行乐的恶念全都赶走了。每天到银行中，勤恳办事，再也没有旁的意念来扰他的精神。

　　第二年年底，他喜出望外，竟得了三千块钱的分红，暗想：这回就能付清十分之一的债款了。到了那和去年同月同日的夜中，就揣着三千块钱的钞票，守着旧约到河边去，会那不留名的恩人。坐在游椅中，回想去年此时情景，真觉得感慨不浅。但是这夜从七点钟起，直等到十二点钟，不见那恩人到来，河岸草地外的大街中，除了曾有一辆汽车开过外，并没有旁的车子经过，走过的人也不多，没一个到河边来的。小波没奈何，只索没精打采地回去。明天到银行中，就用了不留名先生的名义，把三千块钱一起存下了。

　　以后一连几年，小波兢兢业业，尽心在银行中，他的职位已从副部长升到正部长，每月的薪水既加多，每年的分红也加厚了。他母亲见儿子一年胜似一年，常常嘻开了嘴笑。每年到了那一个投河纪念的夜中，他总揣了二千块钱到河边去，然而总也不见那恩人到来。他心中好生诧异，想那恩人可是打算把二万块钱的债务取消了么？但他仍不敢动用一钱，把分红所入一起存入银行。曾有两回在各大报纸上登了封面广告，访寻那不留名的恩人，却一封回信都没有来。

他一年年依旧守着旧约，却一年年失望回来。到了第十年上，小波一查银行中的存款，连本带利已有了十万块钱。等到了那夜，便提出八万块钱一张支票，仍到河边去，预备把旧债加上几倍，还他八万，借此表示自己的感激之心。

说也奇怪，这夜他刚到河边，那恩人早已在游椅中坐着等他了。一见小波，便立起来和他握手道："恭喜，恭喜，十年来你已完全换了个人了，银行中挣下多少钱，可有十万么？"

小波笑着答道："已有十万了。十年来每逢这一夜，我总守着旧约，怀了那笔钱到这里来，但总不见你老人家践约。我没法想了，又为的不知道尊姓大号，没处可送；登了广告，又不见回信，于是只得把钱存入银行。今天我预备和你老人家打消这笔旧债，十年前的二万之数，加利奉还。"说时，忙把那张支票双手递与那中年人，眼中不觉落了两滴感激的热泪。

那中年人却把小波的手儿一推，带笑说道："小波，算了，这笔债早就取消了。我不是别人，便是人家称作中国丝王的洪逵一，家资千万，还稀罕你这八万块钱么？当初我给你二万，本是可怜见你，存心送给你的。只怕当时不是那么激励你一下，你就没有这一天呢。但我还需向你道歉，十年中失了九回的约，累你白白等我，真对不起得很。每逢这一夜，我原也坐着汽车经过这里，瞧你来也不来，十年中你竟一回不脱，足见你真是个不可多得的君子，使我佩服极了。"

小波听得他就是丝王洪逵一，几乎一吓一个回旋，当下忙又说了好多感激的话。

洪逵一瞧着小波，又笑问道："小波，你有了那十万块钱，打算怎样？可要开一爿交易所玩玩么？"

小波忙说："不敢不敢，目前中国没有完备的造纸厂，还是去开一爿造纸厂，不知道逵翁意下如何？"

洪逵一道："这意思很好。我再助你十万基本金，你自管好好办去。"

第二年春上，胡小波便辞去了银行中的职位，开办造纸厂了。不上三年，已很发达，中国的报界、出版界全都用他厂中的出品。一年年过去，差不多已和洪逵一的丝业分庭抗礼。小波名利双收，好生得意。他得意中的第一事，就是洪逵一才貌双全的女公子德英，已做了他的夫人了。

钝根曰：世间尽多投机失败之人，世间必无赠金救命之洪逵一。吾愿沉迷于赌博商业者，立地回头，勿冀有洪逵一之后援，而犹思作孤注之一掷也。

良 心

　　话说上海城内，有一个小小的礼拜堂。这礼拜堂在一条很寂寞的小街上，是一座四五十年的建筑物。檐牙黑黑的，好似涂着墨，两边粉墙，白垩都已剥落，露着观木，长满了绿苔，仿佛一个脱皮露骨的老头儿，颤颤巍巍立在那里的一般。两面有两扇百叶窗，本是红漆的，这时却变了色，白白的甚是难看。那窗框子也早脱了笋，歪斜欲坠。当中两扇大门已不是原配，一新一旧，勉强支撑着，瞧去倒像一个老头儿死了老婆又续了弦似的。就那屋上那个十字架，也黯然失色，懒洋洋向着天，满现出无限凄凉之状。

　　这一座礼拜堂经了四五十年风霜雨雪的剥蚀，在全街许多古屋中要算是大阿哥。每逢礼拜，来祈祷的人很少，不过是二三十个妇人和七八个老人，都是这街中住着的中国贫民。无非是蓝布衣裳、黑布裤子，再也寻不到一身绸衣绸裤。只瞧他们脸儿，就写出一派穷苦之相。来时还带着几个拖鼻涕的小孩子，一进了门，就抛石子，弹纸蚱蜢，吱吱咯咯闹个不住。至于那妇人和老人们呢，内中信教的只一小半，其余却是和着兴，借此消遣来的。

　　主持这礼拜堂的是个英国老牧师，年已七十多岁，一部长髯，垂到胸口，白得像银丝一般，头上更白白的，好似堆着霜雪，大家都称他做梅神父。这梅神父道力高深，性儿十分慈善，街中有人生了病，他总得前去探望，好好安慰他。倘有人家断了炊，没东西吃，他便向别处化了钱来，分给他们。因此受过他恩的人，都把他当作万家生佛般看待。就这每礼拜来祈祷的三四十人，也都是他感化来的。

到了礼拜日，梅神父一清早就到堂中，又带了他女儿来弹琴。这琴也是四五十年的东西，不知道修理过好几十回。弹时做出一种咯咯之声，活像是老头儿落了牙齿，和着三四十人唱赞美诗的声音，倒像一群乌鸦聚在一处乱噪似的。除了这礼拜日外，堂中却鸦雀无声，静悄悄地好似一座挺大的古坟。

街中人都忙着挣饭吃，没有工夫上礼拜堂来。连那墙上挂着的耶稣基督圣像，也现着我倦欲眠的样子。门整日价关着，并没人影，却造化了蝙蝠、耗子，在里头打起公馆来。

那梅神父是个很虔诚的人，不论天气阴晴，总到堂中走巡。一则向圣像祈祷，一则洒扫圣坛，从没一天不到的。他来时总在傍晚六点钟，有一定的时候。这是他每天的刻板课程，毫不变动。礼拜堂近边人家，一见梅神父白发飘萧，从斜阳影里慢慢儿走来，便知六点钟已到，家家预备夜饭。十多年来，天天如此，倒比天文台大时钟还准确啊。

一天正是十二月某日，风雨萧条，阴寒砭骨。那风丝雨片中，还夹着些雪花，霏琼屑玉般飘着。沿街的花子和野狗都在雨雪中瑟瑟地乱颤，可怜冬天又到了。正在六点钟光景，梅神父撑着一顶半新旧的蝙蝠伞，一路从大街上走来，一边低着头，抵住那扑面的冷风。但他那身黑色的法服上，已沾满了雨丝雪花。他的寓所，去礼拜堂约有两里光景。在旁的人呢，像这种天气，定要恋着火炉，裹足不出，决不肯冒着风雨上礼拜堂来。但这梅神父却是个一点一画的人，不肯为了天气破他的常规。别说下雨下雪，任是天上落下铁来，他也依旧要出来的。

那时他一路走，口中低低祈祷着。大街中有几家酒店，都聚满了酒徒，酒臭菜香和豁拳谈笑的声音，都从门罅里逗将出来。梅神父暗暗叹了口气，想这是制造罪恶的所在，怎么如此热闹。正走过一家时，猛听得里边起了一片打架之声，又一阵子大骂，话儿甚是龌龊。梅神父长叹了一声，飞一般逃了开去。

到礼拜堂时，恰是六点钟时候。轻轻地开了大门，正襟而入，只惊动了那些耗子、蝙蝠，没命地逃了个干净。当下他自管踅到那圣坛前面，伸手在圣水中浸了一没。猛觉得有人跪在那里，倒吃了一吓，忙从怀中掏出火柴，把坛上一盏圆灯点了起来。

就那淡红的灯光中瞧时，见有一个工匠模样的人跪在坛前。穿着一身灰色爱国布短衫裤，头上戴着一顶鼻烟色毡帽，口中呢呢喃喃的，不知道说些什么。梅神父打量了一会儿，便开口问道："我的朋友，你在这里做甚？"

那人一听得这仁慈的声音，又见了那灯光，就回过头来，接着却呆了一呆，一时作声不得。梅神父仔细一瞧，见是一张很诚实，很忠厚的脸，眉宇之间并没一点儿浮滑气。瞧去还觉得眉清目秀，不像是个粗犷的工人，估他年纪，在三十左右。想他为了什么事，却在这傍晚时候，冒了雨雪，赶来祈祷。难道像他这么一张忠厚诚实的脸，也做下了什么亏心的事吗？想着，又柔声下气地问道："我的朋友，你到这里来为了什么事？"

那人抬着一双水汪汪的泪眼，注在梅神父脸上，嗫嚅着说道："爷爷恕我，爷爷恕我。"

梅神父忙道："你别唤我爷爷，只唤我神父好了。"

那人点着头，向当中那幅耶稣基督圣像望了一眼，又嗫嚅着说道："爷爷……神父……我又唤错了，请你见恕则个。我原不是你们教门里的人，因此也不明白你们教门里的规矩。只是平日间听得隔壁卖旧书的张老伯伯说，我们要是犯了过失，或是做下了什么不安心的事，只消去告诉上帝，上帝都能宽赦我们的。今天我就为了这个，特地冒了风、冒了雨、冒了雪赶来，想把我的过失一五一十告诉上帝，求上帝恕我。这一件事在我觉得很对得起良心，并没有做错。只不知道为什么这颗心却兀是安放不下，倘再闷在肚子里不说，怕要发疯咧。"

梅神父瞧他一脸子的忠厚气，委实猜不透他犯的什么罪，便赤紧地问道："你到底做了怎么一回事？快和我说，我能助你忏悔。"

那人蹲在地上，忕愣愣地抖了一会儿，才颤声答道："神父，说来你别吓，我是个杀人犯，曾杀死过一个人。"

梅神父不听犹可，一听了这话，禁不住怔了一怔，白瞪着两个老眼，停注在那人脸上，移动不得。暗想十多年来，到这里来忏悔的果然不少，大都是为了偷偷摸摸的小事，却并没有杀人犯到来。今天要算是破题儿第一遭咧，只瞧他模样儿，却不像是杀人的凶手。谁能知道他这一副忠厚诚实的脸壳后面，却藏着一团杀气，那一双摩挲圣坛的手，却涂过人家的血。这么说来，世界上"善恶"两字，竟不能在皮相上分辨，须用了哀克司光（即 X 光）镜照人的心脏了。他想到这里，不住地咄咄称怪，一面又悄悄地说道："我的朋友，你快当着上帝细细说来。上帝的一片慈心，宽大无边，或能恕你呢。"

那人又在地挨了一阵，才嘶声说道："如此我说了，不过我觉得这事很对得起良心，是凭着良心做去的。只不知道上帝和神父听了，又怎么样。我姓沈，名儿叫作阿青，是个泥水匠，今年三十一岁。八年以前，我便跟着一个好友同到上海。这好友委实二十年的老知己，从小就和我在一块儿玩，那时我们都在乡下，整日价好似没笼头的马，到处乱跑。不论到哪里，彼此总在一起。论我们的玩意儿，也四季不同。春天探鸟窠，夏天游小河，秋天捉蟋蟀，冬天塑雪人。不论玩什么，彼此也总在一起，所以我们俩好似扭股糖似的，天天扭住着。别说是老知己，简直比了人家亲兄弟亲热得多。他姓陈，名唤阿利，脸儿很俊，身体也很壮硕。我对着镜儿自己照照，总觉比不上他。

"十四五岁上，我们一同投在一个泥水匠门下做学徒。他身手灵捷，着着争先，不到一年，居然跳出了学徒的圈儿，取薪工做伙计了。但我却像蜗牛缘壁一般，进步非常迟慢，辛辛苦苦做了两年，仍是原封不动地还我一个学徒。阿利性儿很温和，并不小觑我，他的心也像托在胸前，不是藏在心房里头的。平时待我总用真情，毫没假意，我得了这么一个好友，得意万分。又为他年纪比我大一二岁，便当他是自己亲哥哥看待。我爱他，又羡慕他，有时他和我玩笑，拍着我背儿唤我笨伯，我不但不生气，反觉欢喜。我一连做了三年的学徒，才算完毕，和阿利一同出了师父的门，同到上海，上一家天水木作去做伙计。到此我的本事已不输阿利，他能做什么，我也能做什么。至于我们两人的情谊，依旧像从前那么亲热，一天到晚彼此厮守在一起，有说有笑，分外兴头。他有什么工事做不了，我总竭力助他，我有做不了的事，也总央他相助。不过到了晚上，两下才分手自去。

"阿利性情活泼，喜欢作乐，加着老子娘都死了，肩上不挑担子。一到了黄昏时候，他自有一班朋友合伙儿玩去。只我却没有这个福分，因为家里有老母在着，又生着病，我每月得了薪工，除去自己费用，便积下钱来寄回家去。因为做了儿子，不能不尽做儿子的一点儿心意。我倘一个人自管作乐，可不要把母亲饿死病死么？因此上阿利有时约我去玩，我总谢绝不去，他也很体谅我，并不相强。时光容易，一年又过去了。

"我到了上海，没有宿头，阿利和旁的朋友们借了人家一个楼面住着，我却将就住在一个卖花妇人家里，费用比他们节省，每月连吃饭不过两块多钱。那卖花妇人是个寡妇，怪可怜见的。大清早忙着出去卖花，换几个苦钱，我住在她家，饭菜虽不见好，只想这两块多钱，在他们也算得个小小进款，我不妨迁就下去。还有一层，我这颗心已给那寡妇的女儿牢牢拘住，再也分不开去。

"那女孩子玲珑娇小，芳名叫作小灵，真是有名有实，十全十美。估她年纪，不过十七八岁，一张鹅蛋脸儿，虽不搽胭脂，却是活色生香，好像贴着粉红的蔷薇花瓣儿。但瞧那一双媚眼，也水汪汪的着实有趣。你倘把眼睛和她接一接，灵魂怕就飞去半天咧。加着她又是苏州人，苏州女孩子的口气又最是动听。她张开了樱桃口说话时，那声音娇脆得什么似的。记得从前春天探鸟窠时，听得黄莺在杨柳阴中呖呖娇唱着，似乎还比不上那小灵的好声。她的性儿又很温和，很孝她母亲，就待我也非常亲切，仿佛兄妹一般。我只听她叫一声阿青哥，心儿就怦怦怦跳个不住。这样一天天和她相见，就不知不觉爱上她了。

"然而一连三年，我却不敢把心事告诉小灵，只闷在肚子里，打熬着万种相思之苦。一则生性胆小，不论做什么事，总有些蝎蝎螫螫的；一则进款太薄，除了两块多房饭钱和零星费用外，多下来的钱都须寄回去给母亲，可没有闲钱娶老婆。为了这两件事，我兀是不敢和小灵说情说爱，可是话儿一出了口，将来可收不回来咧。哪知我正在心儿热热的时候，可怜母亲陡地撇下我上天去了。我一得这凶信，何等悲痛，足足哭了好半天，才回去把母亲殓了。守了一个月丧，才仅回到上海，依旧住在小灵家里。

"到此我灰了一百心，也不想什么爱情不爱情。接着过了一年，我每月不用把钱寄回家去，倒积下好几十块钱来。眼瞧着那花朵儿似的小灵，如何不动心。

"一天上正是鸟啼花放的春天，到处都带着春气。小灵母亲贩了一篮的鲜花大清早就出去了，小灵却在窗前洗衣服，露着两条粉藕似的臂儿，又嫩又白。一头青丝发微微蓬松着，在晓风中拂拂地飘动。半窗太阳放若胭脂的光儿，照在小灵羊脂白玉似的脸上，真好似个活观音咧。当下我硬着头皮，走将上去，低低喊了声灵妹妹。喊了一声，又咳嗽了几声。小灵不知道我要说些什么，又见我脸儿涨得猪肺似的，便吃吃地憨笑起来。我又挣扎了一会儿，才把三年来爱她的话说了，接着又迸起了一股勇气，向她求婚。小灵一听这话，粉腮子欻地一红，忙从水中拖起两条玉臂来，羞人答答地背过脸去。我赤紧地再和她说，她却老关着樱桃小口，兀不作声。既不说肯，也不说不肯，我没法儿想，只索搭讪着踅了出来。

"这天完了工回来，我放大了胆，又把这事和小灵母亲商量。

她老人家平日里很瞧得上我，说我忠厚诚实，一辈子不会落薄，经我此刻一说，居然满口答应。一边她又悄悄地去和小灵商量，不想小灵也有情于我，香口中竟吐出'愿意'两字来。

"我见好事已成，好不快乐，这夜做了一夜的好梦，仿佛见小灵已穿着红衣红裙做新娘子了。以后一个月中，我这心似乎浸着蜜糖，分外得意。瞧小灵待我，虽和以前没有什么分别，仍当我哥哥般看待。只想将来结婚之后，定能把兄妹之爱变作夫妇之爱，尽耐心儿守着好了。

"定亲以前一礼拜，我便把这事兴兴头头告知阿利。可是除了阿利，我并没旁的好友，加着这一件天大的喜事，在肚子里委实包藏不住，说了出来，方才舒服。阿利一听，也替我欢喜，口声声向我道贺。且还和我开玩笑，说要先瞧新娘子。我和他既像兄弟又像知己，这一些小事，自然答应下来。况且小灵是个天仙女模样的人，我也很要显宝似的显给阿利瞧瞧。第二天上，就带他去见小灵。

"这一见，那晦气星便钻进了我天灵盖，我所犯的罪，也就在这天下了种子。你老人家料事如神，想能猜透后来的变局了。大凡女孩子生长闺中，究竟少见世面，不明世故，倘有了三分姿色，更是危险。她们的心，既不能放定，她们的眼光，也不能放远。今天见了这个，便爱这个，明天见了那个，却又爱那个，正和小孩子弄耍货，一得了新的，早把旧的抛开了。那阿利我原说过，是个脸儿很俊身体很壮硕的人，说话又漂亮，能把死的说成活的。叫他应酬妇人，也是一等的名工。我自问三四年来，做泥水匠的本事已不输他，只是这几件事总比不上他。蹩脚的骡子，怎能和马比跑呢？

"那天阿利和小灵见面，正叫作不是冤家不聚头。不知道是谁在暗中捣鬼，竟把他们的心牵动了。从此他们俩你恩我爱，常在背地里会面，倒把我冷冷地抛在一边。我却装聋作哑，仍然赤胆忠心爱着小灵，要使小灵自己明白，渐渐儿回过心来。

"到得定亲的前一天，我已向银楼中配了两式金饰两式银饰，很兴头地带回来给小灵瞧，想借着这黄澄澄白晃晃的，换她一个笑脸。谁知道她不但不笑，却陡地掉下几颗珍珠似的泪儿来，一边呜咽着说道：'阿青哥，请你恕我则个，这些东西你留着给旁的女孩子受用，我可不能做你老婆了。阿利爱着我，我也爱着阿利。'

"唉，神父，到此我还有什么话说，只索忍痛把那劳什子藏好了，心儿里顿像有几千把快刀在里乱戳，眼中也热烘烘地险些儿掉下泪来。唉，至此我可没有法儿想。我既爱小灵，又爱阿利，倘要拆散他们姻缘，原很容易。但我却没有这一副铁石心肠，苦苦想了三日三夜，总想不出什么好法儿。临了我反做了个媒人，把他们俩撮合拢来。

"只是阿利向来是作乐惯的，钱儿到手，就像泥沙般用去。所以到了上海三四年，并没多下一个大钱。如今要和小灵定亲，又苦地没处张罗，我和他既是好友，哪能不尽力相助？于是把那新办的四件首饰全个儿借给了他。而且我已没有心爱的人，也用不着这劳什子了。三个月后，我又把余下的钱借给阿利，助他结婚。一面又办了两份礼物，送给他们两人，暗暗向天祝告，使这一对有情人百年和合，多福多寿多儿子。我虽满肚子的不快乐，也不得不咽了眼泪，勉强装出笑脸来。这时正是八月半亮月团圆时节，他们两口儿便欢天喜地地结婚了。

"这一件事，我觉得很对得起他们，也很对得起我自己良心。神父，你想可不是么？结婚后一年中，他们俩都很快乐，我却冷清清地一个人过着伤心日子。眼瞧着他们甜甜蜜蜜，好不难堪。第二年冬天，小灵便生了个儿子，门庭里头更腾满了喜气。

"只可惜阿利却着魔似的走入邪路去了，夜夜仍和朋友们在外边乱逛，不但喝酒看戏，更大嫖大赌。他这人本来很活泼，不受束缚，有了子，在他就好似上了脚镣手铐。先还耐着过了一年，便忍耐不下，他胡闹了三个月光景，不但把薪工使用干净，反又欠了一大笔钱。既没有半个钱给小灵，又把小灵的四件首饰偷了去，等到事儿发觉，东西早插着翅儿飞进长生库去了。阿利回来时，小灵少不得哭哭啼啼，问他要回东西来。阿利动了怒，竟动手把小灵打了一顿。我瞧他们这种情景，心如刀割，那阿利的拳儿着在小灵身上，倒像打碎我的心一般。

"一天我在工场中，便悄悄地把阿利劝了一番，劝他归心向正。奈何阿利这时早忘了我们朋友的情分，哪里肯听？他有时没钱，却还向我挪借，我倒不能不借给他。有时我捉空儿到他家里去，只见结婚时所办的家具，早卖去了一大半。可怜我花朵儿似的小灵，已像一枝半谢的桃花，十分憔悴。见了我时时淌着泪珠儿，掉在那小孩子脸上，只是懊悔也来不及了。

"这样过了一年，小灵已吃尽万般苦楚。我怕她见了我心中难堪，不敢去瞧她。只不去瞧她，偏又记挂着，整日价牵肠带肺，很不得劲儿。趁着晚上阿利不在家时，总到她家门前兜个圈子，见小灵和她儿子都好着，心上才安。临去总把一二块钱塞在那孩子小拳里，给他们母子俩买些东西吃。

"这一件事，我自问也很对得起良心。神父，你想可不是么？谁知我正做着这良心的事，阿利却又凭空妒忌我，说我是他浑家的老相好，此刻仍在暗中来往。又说了许多很龌龊的话，把我一阵子臭骂。唉，神父，我虽是个下贱的泥水匠，决决不肯做那种不要脸的事。况且小灵也很知正道，像观世音一般清净，这种事也万万不肯做的。

"光阴如箭，眨眼儿又是一年。阿利已变得穷凶极恶，直好似陷进了地狱。三年来所欠的债，已在五百以外，本钱既不能还人家，连每月的利息也不付。债主不肯干休，天天来逼他，要拉他上衙门去。阿利没法儿想，就想出个卖老婆的法儿来。该死的阿利，哪里还有良心？要是有良心的人，哪里会做这种没良心的事。

"这天我恰带了两块钱去探望小灵，小灵就哭着把这事告诉我，急着要觅死。我好好安慰了她一番，没精打采回到自己家里。那时小灵母亲早已死了，我另租了一间小屋子住着。这夜我通夜没睡，兀在床上翻来覆去，想着法儿。只是想到了天明，依旧没得计较。可是我又没有这五百多块钱替阿利还债，要救小灵，简直比登天还难。

"第二天我又出去做工，阿利也在一处。这当儿我们正包造一座三层楼房，将近完工。这天我和阿利正砌那顶楼上的高墙，各自立在一乘长长的梯子上，相去不过一尺左右。十二点钟时，旁的伙伴们都吃中饭去了，我们俩为了一角没有砌好，正忙着砌。阿利忽地停了手，冷笑着向我说道：'阿青，你一向爱着小灵，小灵也爱着你。这小蹄子生成贱骨，不配做我浑家，我索性送她进窑子去，尽她作贱。你既爱她，以后天天上窑子去逛好了。今天晚上我就须写卖身单子，把她送去换他六百块钱，也是好的。'说着，张开了血盆大口，一阵子傻笑。我咬着牙齿勃然说道：'小灵是个天仙女，谁也配不上她。你这天杀的恶鬼，活该下十八层地狱去呢。'那阿利听我唤他恶鬼，却生了气，陡地伸手要打我。

"我这时直把他恨得牙痒痒的，猛可里起了个杀念，想今天倘能葬送了他，就能救得小灵。看在小灵份上，我可顾不得什么了。便趁他伸手过来时，用脚向他梯子上狠命踢了下去。接着就听得'啪哒'一声，那梯子连着阿利一股脑儿栽将下去。这一跌足有四五丈，甚是厉害，眼瞧着阿利头破血流，一声儿不响地死了。

"我呆了一会儿，才赶下梯子，去唤伙伴们来瞧。大家只道他自不小心，并不疑到我身上。阿利一死，自然保全了小灵。这一件事我自问很对得起良心。就我杀死他，也凭着这一点良心呢。"

那人说到这里，略停了一停，抬起眼来，向那耶稣基督圣像瞧着。

梅神父听了他一大篇话，心儿甚是感动，忙又问道："如今那小灵怎么样，可嫁了你没有？"

那人正色道："小灵可不是那种水性杨花的妇人，我也不敢做这种丧尽良心的事。阿利死后，我依旧和从前一模一样，隔了两天三天就带些钱去探望小灵，更瞧瞧她儿子。唉，可怜可怜。"

梅神父道："如此你可娶了没有？"

那人摇头微叹道："除了小灵，没一个人瞧得上眼。我已打定主意，一辈子不娶了。只不知道为什么，从阿利死后，我心中兀是不安，晚上常做噩梦，不能安睡。打熬了好久，才听了隔壁张老伯伯的话，来求上帝恕我的罪。神父，你瞧上帝可能恕我么？"

梅神父低着头，老泪纵横，呜咽着答道："好一个有良心的人，上帝定能恕你。"

这时那圆灯的红光，正亮亮地照在那人脸上，便微带着笑容，像要登仙去咧。

对邻的小楼

发　端

对邻有一宅一上一下的屋子，屋瓦零落，檐牙如墨，多半已有二三十年的寿命，和近边几宅新屋子比较，也可以算得年高德劭了。这屋子的主人，是一夫一妇，并没有儿女。他们俩倒是精明经济学的，以为夫妇二人尽可蜷蜷尾巴缩缩脚，住着这么一上一下的大屋子，未免太不经济了。于是把他们那个小楼像陈平分肉一般，平平均均地划分为二，自己住了后半楼，把前半楼出租。至于那前半楼的面积，虽不致像豆腐干那么小，却也只够放一张床铺、一张桌子和一二把椅子了。我瞧着那半角小楼，总说这是半壁江山的小朝廷。

第一章　第一家住户

那朱红纸的招租贴在门口，色彩鲜明，很引起许多走路人的注目。不上十天，那对邻的小楼中已有一户人家搬进来了。几件很简单的家具，一一从窗口上缒上去。一张铁床靠墙放着，靠窗口一张红木漆的小桌子，已微微露出白色了。桌旁放着两把椅子、三四只凳子，中式和西式都有，分明是杂凑拢来的。壁角里一个三只脚的面盆架子，安了一个铜面盆在上面，也暗暗地没有光彩。此外便是瓶瓮罐头和脚桶马桶之类，把床下桌下全都塞满了。第二天我推开楼窗来，要瞧瞧这对邻小楼中新迁入的高邻了。留意了半天，却不见有人，只见那铁床的帐子沉沉下垂。床前有一双男鞋和一双女鞋放在那里，四只鞋子却横七竖八地放成四个位置，也可见他们临睡时的匆促咧。

　　午饭吃过了，自鸣钟已打了一点钟，才见那小楼中有一男一女正在忙着洗脸梳头，搽雪花粉，一会儿便各自穿了华丽的衣服，分头出去了。我瞧了他们两人的脸，觉得很厮熟，似乎曾在什么地方见过的。想了一会儿，陡地有红氍毹上的两个影儿映到我眼前，才记起他们是游戏场中演新剧的男女演员。

　　他们毕竟是演惯戏的，平日间谑浪笑傲，差不多把舞台上演戏的一言一动全在这小楼中搬演着。有时也有同业的男女来瞧他们，一块儿吃饭打趣，无论什么粗恶的话，都可出口；打情骂俏的举动，也可随随便便地做出来。他们那种生活，倒也快乐自在。这样过了一个多月，他们忽然搬走了，大门上又贴了朱红纸的招租。据屋主的夫人说，他们俩原是非正式的结合，因为这几天闹了意见，彼此分手咧。

第二章　第二家住户

　　半个月后，那朱红纸的招租已揭去，又有第二家住户搬进来了。我每天早上起来，常见对窗有一个女学生般打扮的女子，坐在窗下挑织绒线袜。年纪约莫二十三四岁光景，一张长方形的脸现着紫棠色，分明是在体操场上阳光之下熏炙过的。檝发齐眉，烫得卷卷的，变成波纹起伏的样子，常穿一件方领的黑半臂，四周都滚着花边。她有时不做活计，便拿了一本书，很用心似的在那里看。瞧去似是教科书，又像是旧式的小说，也无从证实是哪一样。

楼中的布置虽也简单，却是一式新的，比那第一家住户整齐多了。铁床上的帐子一白如雪，配上一副亮晃晃的白铜帐钩。一面壁角里，还放着一架小衣橱，这是第一家住户所没有的。并且墙上也有画镜了，一张是爱情画片，一对西洋男女在那里接吻；一张是裸体画，一个美女子赤条条地立在河边，这也是第一家住户所没有的。

这天晚上，我便瞧见她的他了，是一个三十多岁商人模样的人，和她的女学生式不很相配。然而他们俩亲热得很，有说有笑地用过了晚饭，便同坐在床边，学那画镜中西洋男女的玩意儿，又唧唧哝哝地说着话，大约总是情话吧。一到九点钟，便吹熄了火，双双地钻进那一白如雪的帐子去了。

这样三个月，那半角小楼真是情爱之宫，没有什么不快意的事。但是有一晚，他们俩却似乎口角了，她伏在床前的小桌上，抽抽咽咽地哭个不住。又过了一天，我听得窗下起了邪许之声，临窗瞧时，却见那第二家住户又搬出去了。我家的女仆张妈是很好事的，她又从屋主夫人的口中探得那两口儿的事。据说她确是一个女学生，因了上大洋货店买东西，忽然和一个伙友爱上了，便非正式地结合起来，在法租界住了两个月，搬到这里。但那伙友早有妻子，住在洞庭山故乡。不知怎样被她知道了，赶到上海来和丈夫打起交涉，竟要打上门来。那女学生父母都去世了，还有一个伯父在着，也反对他们的结合。这回搬出去，恐怕要劳燕分飞了。

第三章　第三家住户

第三家住户可阔绰了，小铜床啊，红木的桌椅啊，白漆的挂镜啊，红花细瓷的西式茶具啊，顿把这半角小楼装点得焕然一新。一个西式少年脱去了外衣，卷高了白衬衫上的袖子，正在喜滋滋地布置一切。估量他年纪在三十左右，雪白的领圈，简直连一星灰坐都没有。一个锦缎做的领结，配上独粒小钻石领针，分外地美丽。一头头发，全个儿向后倒梳，乌油油的好似涂着漆。一张小白脸上，微含笑容，足见他心中的快乐咧。

他是一个人来的，并没有女子。我暗想奇了：他租了这么半角小楼，布置得很阔绰，难道给他一个人舒服的么？更奇怪的，一连两夜楼中没有灯火，那少年分明不宿在这里，另有宿处。到得第三天晚上，忽见楼中灯火通明，他同着一个穿绿斗篷的美女子到来，一阵阵浪笑之声随风送来。又眼见得一时灯光缭乱，不知道他们在那里忙什么事。第二天日上三竿的当儿，才见那少年起床了，接着那铜床中又钻出一个云鬟蓬松的女子来，正是昨晚那个穿绿斗篷的美女子。

那少年很乖觉，知道有人窥探他的秘密了，便在窗上遮了一个窗帘。从此以后，除了听得楼心浪笑声外，再也瞧不见什么新鲜的玩意儿。不过有时仍能在帘角瞧见钗光钿影，霍霍地闪动，又似乎不止一人，随时在那里变换的。

两个月后，这小楼中却又空了。只有六扇玻璃窗在日光中弄影，似乎满含着寂寞无聊的神情。

第四章　第四家住户

张妈在露台上大惊小怪地嚷起来道："看新娘子！看新娘子！"

我正在静坐，倒给她吃了一吓，一边也就抬起我那双好奇的眼睛来，向对邻的小楼中望么。果然见那前两天迁入的住户，今天已把这半角小楼布置成一个洞房模样了。一个宁波式大床，挂了花洋布帐子，铜帐钩上垂着红璎珞，床前的半桌上放着两瓶红红绿绿的瓶花。又有两支龙凤烛，插在一对寿字锡烛台上，已点明了。壁上有一幅麒麟送子图，两面配上红蜡笺的房对。就我这双近视眼瞧去，只认出笔画最多的"鸳鸯蝴蝶"四个字，别的字便瞧不出了。

那时楼中共有四五个女客，中间一个穿着粉红缎袄子的，据说是新娘。脸上涂了一脸子的粉，嘴唇上的胭脂也点得红红的，头上插一朵红绒花，微微颤动。我瞧这新娘和那几位女客们的脸，知道都是黄浦江那一面的人，到得她们一开口，我的猜想果然证实了。我瞧了新娘，更想见见新郎。不多一会儿，果然见一个黑苍苍的男子满面春风地进房来，一边嚷着道："请下楼用酒去！请下楼用酒去！"于是新娘啊，新郎啊，女客们啊，都鱼贯下楼去了。楼中只有一对龙凤烛，还一晃一晃地放着快乐之光。

据张妈说，那新郎是在一家工厂中办事的，挣钱不多。所以这次结婚，一切节省，总算敷衍成礼就算了。第二天清早六点钟，新郎已抛了鸳鸯之梦，匆匆地上工厂去。八点钟时，新娘也起床梳洗咧。

他们也不知道什么蜜月不蜜月，新婚宴尔中，新郎照常上工厂去，新娘也换了旧衣服，忙着操作了。

他们迁入以来还不上半月。他们的结合和以上三个住户不同，也许能住得久长些么。精明经济学的屋主人可以省些朱红纸，不致时时贴招租了。

结　论

前后不上一年，这对邻的小楼中，已好似经了四度沧桑。那四家住户，有四种情形，过四种生活。以上所记，不过是旁观者所见的概略，若是由四个当局者自己琐琐屑屑地记起来，怕非一二十万字不行。单是这半角小楼，已有如此的变迁，像这样的复杂，无怪一国之大、一世界之大，更复杂得不可究诘，更变迁得不可捉摸了。

著作权所有

小说家薛平之在文字上奋斗了十多年，没有享大名，向壁虚造的材料已搬用完了，呕血镂心竟想不出什么好意思来，天天握着一支笔，不禁有江郎才尽之叹。

这一年春上，有一家大书坊中请他做一部一百万字的章回体社会小说，要求一年交卷，肯出一笔极大的酬资。薛平之的笔墨生涯本来不甚发达，每月所入只能勉强把衣、食、住三大问题应付过去，有时想买白兰地吃，常觉钱儿不凑手，如今既有这么一注大生意寻上门来，自然没有不欢迎的。

无奈苦苦地想了三天，想好了结构，却没有材料供他描写，要搭起空中楼阁来，又觉得无从着笔。可是做社会小说很不容易，作者必须饱经世故，见得多听得多了，才能意到笔随，着着实实地写出来。一百万字的长篇作品，任是写他一百万个"一"字，也很费力，何况要做成小说呢？

他心知坐在家里空想，是不济事的，须得出去游历一趟。看来北方东三省一带和京津，倒是个小说材料出产地，何不到那边走一遭？游罢回来，当然见多识广，那一百万字可就容易设法了。打定主意，然而手头却没有这笔游历费，看来至少总要带五六百块钱，他是个穷光棍，哪里有这些钱呢？没奈何，只索去和那大书坊主人商量。

那书坊主人为了今年营业发达，正在兴高采烈的当儿，一听平之的话，竟答应下来，当下就唤会计付他六百块钱。一面又吩咐广告主任做了个铺张扬厉的大广告，号召看书的人先来预定这部一百万字的大杰作，把特派名小说家薛平之周游全国采集材料的话一起做了进去，预备第二天在各大报上登出来。薛平之喜之不胜，捧着那六百块钱回去，准备动身往北方去了。

平之在这世界中光是一个单身子，他父母早年死了，也没有兄弟姊妹。他父亲临死，曾遗下几千块钱，把他托与一个表亲照顾，那表亲见有钱来，自然没口子地答应。从此平之就在这表亲手中渐渐长大，那几千块钱却也在这表亲手中渐渐缩减，渐渐不见了。那表亲总算还有一丝良心，给平之受了五年中学教育。毕业以后没处谋事，因为生小爱看小说，就想在小说界中占一个位置，然而做小说究竟不是生财之道，一连十多年未见生色。他也不好意思再和那表亲算那几千块钱的旧账，自己虽已和表亲家脱离，另借屋子居住，想起那笔钱心中虽不无介介，但是表面上感情依旧很好。

和他平辈的有一个表兄，叫作林莲亭，常在他寓所中走动，有时一同出去闲逛，仍和平时一样。林莲亭很羡慕平之会做小说，说是名利双收的事，比什么事都好，但他学着做时，总是牛头不对马嘴，不成个样儿。

平之生平有件快意的事，就是因了小说结识一个女友。这女友名唤何小碧，向来有小说癖的，新旧各种小说，眼中见得不少。她很爱平之的文字，说是轻倩流利，有字里花飞之致。于是投信给平之，彼此相识，往来既密，自然有了爱情，情到热处，背地里便订下了百年之约。林莲亭既常来瞧平之，因而也有好几回撞见小碧，瞧了那花朵似的娇脸，也很羡慕平之的艳福。平之很得意，这回动身出去，就约了小碧在一家酒楼中置酒话别，虽是小别，却也不免同洒了几行别泪。

平之一路北去，到天津，到北京，考察各处社会情形，记入小册子中。又仗了几个文字交的介绍，结识当地人士，探听了许多遗闻逸事，都能做小说材料的。这样盘桓了十天，便再向北到哈尔滨一带，游历蒙边。

一天上遇了胡匪，竟掳到深山中去。那匪首倒是个通文墨的人，听说平之是小说家，会弄笔头，就吩咐匪众不得虐待，请他充秘书，要是不依时，便立刻杀却。平之到了这生死关头，哪敢强项？只索屈服了，从此平之便留在山中，做那匪首的秘书。写信草檄文，件件做到，很得匪首的欢心，闲来时一同讨论《水浒传》，口讲指画，把一百零八个好汉都说得生龙活虎一般。这样过了一年，屡次求去，匪首兀是不放，并且也不许他通一封信，仍把快刀手枪恫吓他。他想尽方法，总不能逃出山去，想起了意中人何小碧，往往临风洒泪。

第三年夏季，匪首害病死了，山中一时大乱，平之便捉空逃出山去。停辛伫苦地到了北京。他已无意再到别处去游历，急忙搭火车南下，他也并不写信给小碧，想先去瞧瞧情形再说。到了上海，先去瞧他的寓所，却见已换了别人居住，自己的东西不知道移到了哪里去。上去问时，回说不知道，打听房东，房东已换人了；他更赶去瞧他的表兄林莲亭，谁知林家也已移居；连那何小碧家也移开了。

平之无聊得很，知道内中定有蹊跷，不愿再去打听别人，想用侦探小说中的侦探手段，慢慢地探它出来。那时他既没处去，就先到市立图书馆中翻旧报看，最触眼的，就是那大书坊中所登的封面广告，大书悬赏捉拿薛平之，看那下文无非是说，平之欺诈取财，诈了六百块钱，一去不回，如今便悬赏一百元拿他到案，受法律的裁判。

平之瞧到这里，似乎触了电，呆住了好一会儿，心想大书坊中目前去不得，且等事儿完全弄清楚了，再去说话。更翻近日的报瞧时，又见一个触目的广告，上边写着"十年来小说界唯一杰作"，下边便是"绛云记"三个挺大的字和"林莲亭先生著"六个大字。平之不瞧犹可，一瞧之后，心头兀是乱跳，原来那《绛云记》明明是他前四年的旧作，因为内中有不妥之处，须好好修改，一径把稿本藏在箱中，没有卖出去，不想被表兄偷去，当作自己的作品。看来那寓所中一切东西，也都给他一起取去了。别的且不管，《绛云记》是著作权所有，可不许他据为己有，欺骗社会，须得和他交涉去。

他出了图书馆，气急败坏地一路走去，哪知走不到十多步路，猛见一辆马车擦身走过。车中坐着一男一女，女的正是他意中人何小碧，男的不是他那表兄林莲亭是谁？瞧他们的模样，似是新结婚的一对。到此平之的身子似已冷了一半，两条腿也软下来了，没精打采地跟那马车跑了一会儿，见已到了一宅洋房门前，门上有铜牌刻着"文学俱乐部"字样，当门搭了个花牌楼，又挂着一块牌子，叫作"欢迎《绛云记》作者林莲亭先生，并贺其新婚"。那马车停时，两人走了下来，洋房内已迎出二三十个男女，簇拥着进去。平之趁他们一阵鸟乱也溜了进去，只见里边一个大会场上，已黑压压地坐满了一屋子的人，一见莲亭和小碧进门，都拍手欢迎。

当下莲亭走上演说台去，先谢了众人的欢迎，接着便说他做《绛云记》的经过。平之坐在人丛中忍耐着，等莲亭说完，全身的热血都怒涌了上来，便大呼一声"著作权所有"，离了座跳上台去。

莲亭一见他，顿时变色，喘息着说道："我们都当你已死了，你怎么又回来咧？"

平之抓住了他，怒呼道："你好大胆子！敢偷了我的旧稿，做你的作品，更占了我的旧爱，做你的妻子！好，好，我今天和你拼了命吧！"

那时何小碧已晕倒在座中，另有好多人赶上台来解劝平之。平之略略平了气，便把三年来的经历原原本本演说了一次，赢得大家叹息的叹息、赞美的赞美。他那表兄林莲亭，却已趁着这当儿溜走了。

过了几天，何小碧已告到官中，和林莲亭离婚。那大书坊中已取消了悬赏捉拿薛平之的广告。平之成竹在胸，已着手做那部一百万字的社会小说。至于这小说做成做不成，何小碧和薛平之可能言归于好，在下不再说明，留着这一枝甘蔗头，请看官们自己去嚼出甜味来吧。

照相馆前的疯人

淡妆浓抹总相宜的西子湖，年年总是最先占到春光。满湖上新碧的杨柳，被柔媚的春风梳着，一树树上下荡漾，瞧去好像是一堆堆的碧浪。孤山上的梅花落了，余香犹在，让林和靖和冯小青多多领略。而山坳水滢，已时时见桃花的笑靥了。各处山坡上杜鹃花烂烂漫漫，映得满山都红，仿佛给湖上诸山都披上了一件红罗衫子。加上那春山如笑、春水如鞲，便使这尤物移人的西子湖，更见得秀色可餐。好美丽的西子湖啊，你简直是躺在春之神玉软香温的怀中了！

这一年，似乎在阳春三月吧，我们局局促促地在这十里洋场中，天天过着文字劳工的生活，委实苦闷极了。如今一受了春风嘘拂，这颗心便勃勃而动，勾起了无限游兴。而西子湖的水光山色，又偏生逗引得我心中痒痒的，于是招邀游侣，同到湖上看春光去了。

一连三天，饱游了湖上诸胜。往灵隐看飞来峰，上韬光望海，玉泉观鱼，龙井试茗，扶筇过九溪十八涧，顿把一年来的尘襟洗涤得干干净净。这一晚在旅馆中用过了晚餐，便同着小蝶、红蕉上街闲逛去。手中还带着那根紫竹的手杖，在路上拖得嚓嚓地响，模样儿都消得很闲。小蝶爱看旧书，我也有同好，沿路瞧见旧书店，总得小作勾留。我们便在新市场一家旧书店中，勾留了半点多钟，把插架几百卷旧书的标签，差不多一起过目了。小蝶买了一部镇海姚梅伯氏的《花影词》，我也买了海盐词客黄韵珊氏所选的一部《国朝续词综》，出得店门。一路上翻着低哦着，什么"菩萨蛮"啊，"蝶恋花"啊，"巫山一段云"啊，大半芬芳恻艳，都是些销魂蚀骨之词。

我正在看得起劲，猛听得近旁有人嚷着道："一个疯人！一个疯人！"

我抬头一看，只见一家照相馆前聚了好多人，也不知哪一个是疯人。

当下我好奇心切，定要看他一个究竟，于是把那部《国朝续词综》挟在腋下，排开了人丛，步步挨近。却见那照相馆的玻璃大窗前，站着一个五十多岁的汉子，正对那窗中陈列的相片破口大骂。我弯下腰去偷偷一瞧，见他一张黑苍苍的脸，带着一派英武之气，虬髯戟张，露出血红的两片厚嘴唇，倒很有些像古画中的武士模样。那一头蓬乱的头发，却已白多黑少了。更瞧他身上，穿一身似是蓝宁绸团龙花样的夹袍，只是肮脏不堪，有几处早已破碎，连那团龙都飞去了。上身还穿一件枣红宁绸的半臂，也已敝旧，襟上挂着一串多宝串，叮叮当当的不知是玉是石，又似乎有几个古钱在内。脚下穿的什么却瞧不见，多半是一双通风的破靴子吧。

我瞧见了这样一个人物，顿觉得津津有味起来，一边端详着，一边便仔细听他说些什么。只见他骈着两个指头，对那玻璃窗中央镜架中一位峨冠佩剑的大将军指了一下，操着一口京腔骂道："王八羔子，你今天算得意了么？瞧你这副嘴脸，也没有什么特别之处。一个扁鼻子，瞧了就叫人怄气！像咱老子这样虎头燕颔，可就比你像样得多咧。你在十年以前，又是什么东西，不是和弟兄们一样地躲在一旁嚼油炸烩大饼吃么？任是给咱老子当马弁，老子也不要。只是你会拍马，会杀人，才得扶摇直上，平步青云，居然做起大将军来了。哼哼，瞧你的胸口，倒也花花绿绿地挂满了勋章，倒像真的给国家立了什么大功似的。但老子要问你：你的功在哪里？你可曾出征海外，御过强寇么？你可曾为国家雪耻，夺回过尺寸的失地来么？唉！一点儿都没有，一点儿都没有！你们的能耐，不过是自己人杀自己人罢了。咱老子只为不愿意和你们同流合污，才丢了官不做，来做我的平民，不然今天不也是峨冠佩剑，像你一样地把这副嘴脸骄人么？算了，你要是不能为国争光，那老子一辈子瞧你不起，任是杀了老子的头，老子也要骂你。"

他骂到这里，略顿一顿，吐去了一大口的唾沫，接着又指那旁边镜架中一个穿大礼服、戴大礼帽、满挂勋章的肖像，脱口骂道："你这兔崽子，居然也得了意了！平日间奔走权贵之门，朝三暮四，搬弄是非，真是连姜妇都不如。我们中华民国糟到这般田地，一大半就是你们这班政客弄成的。哈，畜生！你拍马拍上了哪一个，今天也做起大官来了。像你这一类人，通国不知有多少！老子可要去请一柄上方剑，把你们这班兔崽子一一砍了，免得害了百姓。"说着，把双手做出拔剑砍头的手势来，又向那两个镜架中恶狠狠地瞅了半响，方始蹒将开去。

蹒到另一面的玻璃大窗前，负着手站住了，这窗中大大小小都是些妇女的照片，美的丑的，长的矮的，胖的瘦的，活像一个妇女陈列所。他忽又对着窗中顿足骂道："咄！天杀的妇人！该死的妇人！滚开去，滚开去！你们瞧不上咱老子，咱老子也不要你们！"说完，忙不迭回过身去，三脚两步跑出人丛，一会儿已跑远了。

那些照相馆前聚着看热闹的人，也就说着笑着，渐渐散去。我耳中只听得"疯人疯人"的声音，知道大家都公认他为疯人。但我听了他那番话，却好像看《红楼梦》看到焦大怒骂一节，兀自觉得痛快，认定那人并不疯，实在是个伤心人啊。

我找小蝶、红蕉时，却已不见，料知她们早已回旅馆去了。正待走开，却见照相店里一位老者正在和伙计们议论那个疯人。我便走进去挑买几张西湖上的风景照片，作为进身之阶。当下搭讪着问那老者道："老先生，敢问刚才那个疯人，究竟是什么人？"

那老者答道："这人是个北边人，流落江南已好多年了。听说他先前做过高级军官，精通兵法，曾立过战功。一天不知受了什么感触，忽把官丢了，解甲还乡，困守了多年，一事不干。他家中有一妻一妾，过不惯清苦的日子，都悄悄地离了他，另寻门路去了。他到这里来时，就是这样疯疯癫癫的，动不动在街上骂人。但因并没有动武伤人等事，警察也不便干涉他。他独往独来，倒也自由自在，此人真有些古怪呢。"

我道："然而他每天总不能不吃的，他又仗着什么吃饭啊？"

那老者道："听说他还有一个老仆，甚是忠心，在这里衙门中当差，天天送饭去给他吃的。"

我既知道了这些来历，也不便多问，便谢了那老者，走出照相馆来，信步向湖滨踱去。

这夜正是三五月明之夜，湖上月色很好。雷峰塔笼着清辉，仿佛老僧入定，当得一个静字。那时听得一声清磬从水面上送来，直打到我心坎中，我便想起那照相馆前的疯人。在湖滨立了一会儿，见众山如睡，也不由得要想睡了，于是离了湖滨，踱向旅馆。忽听得沿湖一带黑暗中，有人朗朗地唱起戏调来。一听是"伍子胥过昭关"一折，唱得沉郁苍凉，泪随声下。唱完之后，忽又接上一声长笑，笑得人毛发俱立。我暗暗点头，心想这一定又是那照相馆前的疯人了。

落花怨

　　嗟夫，吾何忍草此一副断肠词，以赚读者诸君恨泪哉？吾草此篇，吾心如割，悲泪涔涔，不禁缘毫端而下。然而吾又不得不草此篇，以与大千世界善男子善女人共读之。以哭落花怨之泪之血，哭将来朝鲜第二之祖国也。吾岂愿洒此无谓之眼泪哉，奈叔宝全无心肝何？

　　黄女士者，西子湖畔人也。父某为邑中富豪，晚年始生女士，钟爱不啻掌上珠。女士丽质天成，云鬟雾鬓，袅娜动人，殆天上安琪儿，非人间女子可媲美也。女士生有宿慧，年十七，肄业某女学，各科靡不洞悉。尤精英文，声入心通，一若六桥三竺间之灵气，悉钟于女士一身者。

　　某年夏，女士毕业于女学，会其兄拟游学英伦，女士乃欣然负笈从。兄入文科，屡试辄冠其曹，彼都人士以其为有志少年也，尚遇以殊礼，不以奴隶目之。女士抵英后，入某女学肄业。越年其兄已毕业，获学位，束装回国。临别依依，未免别泪双飘。时女士已未届毕业之期，故未能赋"归去来辞"也。

　　夏期暑假，气候溽暑，终日如处洪炉中，局蹐不安。女士不幸抱采薪之忧，为病魔所缠绕，于药炉茶灶间讨生活者十余日，达克透（即医生）谓宜养病海滨，以避尘嚣，且可吸清新空气，于病体不无少补。女士然其言，遂只身独往海滨，而女士所以致疾之由，则以风雨晦暝之夜，寂寂埋书城中，不节劳之故耳。既抵海滨，求宿舍十余处，宿舍主人咸询女士是否日本人，女士生平不作诳语，乃以实对曰："余非日本人，乃中国人。"众闻女士言，咸厉声叱曰："亡国奴，速去休，勿污吾一片干净土。其速行毋溷乃公为。脱不然，莫谓吾棒下无情也。"

女士不得已，且行且泣，徬徨途次，血泪染成红杜鹃矣。自念此细弱鹪鹩，又将安往。穷途日暮，何处乡关，引领东望，眼落都是沧桑感，不知涕泗之何从也。

未几，折道循海滨行，寻抵一家，结构颇工。前临浩海，银涛排空，一碧无涯，披襟当此，洵足涤俗尘万斛也。宅后有芳园一片，园中花红欲然，树浓似幄，万紫千红，都以笑靥向人，风景亦复不恶。

女士往叩其门，女主人欢然出迎，导女士入，以近园之一室居之。室中陈设，亦甚风雅。女主人年约四十，面目间殊仁慈，待女士颇欢洽。女主人故善词令，与女士相周旋，故谈不数时，已如数年莫逆交矣。女主人既与女士洽，相谈甚欢，而女主人吐属尤温文有致，足令听者忘倦。谈时道其子不去口，女士则唯唯坐听而已。

傍晚，下婢来请女士晚餐，女士遂随之入膳堂，则见一美少年据案坐，面如冠玉，额容平直，神采奕奕如天神，双眸美秀，傲若有余。女主人乃介绍于女士曰："此即吾儿，吾为密司（即女士）绍介。"女士颔之，与少年行握手礼。餐竟，少年偕女士闲步园中，吞吐夜气，为状殊适。南汀格（即 Nightingale，夜莺）隐绿荫中，唧啾迎客，野花倚篱，迎人欲笑。一路晚风拂面，送种种之花香，扑入鼻观，沁人心脾。一钩新月，团圞如镜，照于女士身上，无殊绛阙朱扉中之仙姝也。

二人信步所之，循花径而行。少年吐属，较乃母尤为温雅，二人絮语缠绵，两情猝如胶漆。欢谈移时，鱼更已二跃矣，乃各握手道别。女士遂归己室，则见电灯照耀，光明朗澈，乃推窗纳风，而常春藤蒙络蔓延，若为彼窗际装饰品。南汀格钩辀格磔，若为彼窗际音乐具。女士倚枕假寐，心如乱丝，宛转思维，未入黑甜深处。无何晓钟初动，朝暾上窗，窗外鸟声啾啾，若告人以晓至。女士匆匆整花冠，束衣带，娉婷而入园，坐绿荫下以吸空气。鬓丝微掠，临风四臬。两旁松柏肥绿，亭亭立晓光中。

女士胸襟颇适，然一忆及国家多故，则觉鸟啼花落，无非取憎于己。泪珠盈盈，已湿透罗袖矣。静坐移时，百感交集，乃入膳堂，起居女主人时适早餐，女士复与少年同桌坐。少年运其广长之舌，议论风生，唯女士则作息妫之不言，绝不露轻佻气象，唯唯否否而已。

餐罢，女主人尼女士按批亚那（即 Piano，钢琴）。导入一室，室中陈饰，尤为华美，如入山阴道上，令人目不暇接。女士乃按琴而歌，高唱入云，作海天风涛之曲。如春莺调簧，如冷泉咽石，珠喉婉转，慷慨激昂，仿佛作玉郎拔剑歌也。时少年兀坐其旁，虎视眈眈，犹饱餐其秀色。如花粉腮，亦几为之射破矣。歌罢，女主人称道不绝口，女士再三谦让。乃偕少年出，凭眺海滨，则见万顷绿波，清漪如镜，对岸之树影波光，一若接于几席。烟波深处，隐约见白鸥点点，飞翔水面，若不知人世间有所谓苦忧患，有所谓苦恼者。人而不能自由也，不如此渺小一鸥矣。时则一轮红日，已在地平线上，海天皆赤，仿佛见有千百日影，卷浪冲波而出。女士一览此景，犹置身于云水乡中，犹鸥之飞翔于烟波深处，几栩栩欲仙矣。

光阴如矢，日月如迈，女士居于此者二十余日，不知我之送光阴、光阴之送我也。女士晨起，必于园中静坐，借玩天趣。漫漫长日，无以消遣，则有少年来，与之促膝谈心。晚则于海滨观夕照，二人亦日益亲密，一寸一晷之石火光阴，无非在情天中讨生活。唯女士则不苟言笑，束身圭璧，心如古井之水，但以朋友之谊遇之。而少年本为情种，既得日亲女士芳泽，遂致飞絮满身，不能排遣而出诸情网，早于冥冥中暗布相思种子矣。月下老人，洵多事哉。

一日昧爽，晓风拂面，零露沾衣。残月一钩，尚悬天末作微黄色。女士晓妆初罢，挽髻作远山式，复独往园中，彳亍花径。以女主人爱紫罗兰，思撷此以赠，乃低垂其蜻蜓之颈，即绿荫中觅紫罗兰。

时则女主人子饮白兰地初罢，醉语惺忪，吸淡芭菰（即Tobacco，雪茄），凭窗远眺，见绿杨荫里，芳草堤边，有一衣碧衣、裳缟裳之倩影，如惊鸿之一瞥。谛视之，即寤寐难忘之东方美人也。少年自忖此时，何不绕入芳园，趁此晓光中，与彼美絮絮款语，洵大佳事。于是着外衣，沿道来觅女士。行未数十武（六尺为步，半步为武）。已见女士在树荫下，闲步晓光中，宛如名葩初饴，向阳而招展也。

少年自树后呼曰："密司胡为凌露来此，如感受冷露之侵袭，吾恐姗姗弱质，实不胜消受此折磨也。"

女士聆其声，知为少年，乃回首微笑曰："无他，凤闻君母爱紫罗兰，故撷此以稍尽妾意耳。"

少年亦笑曰："余亦爱此花，密司胡不撷以赠吾，乃赠吾母。"

女红云上颊，低垂粉颈，以春笋弄紫罗兰之花瓣，默然无语。

少年又曰："密司日来遇我厚，我感愧莫名，汝且来前，待我向汝道谢，愿上帝福汝。"

女士闻言，默念此君出言胡绝无伦次乃尔，余寄食彼家，一切皆仰给于其母，纯然如佛，过此快乐光阴，曾未一道谢忱，彼反谢余，毋乃风马牛不相及。彼既出此言，必非无因。乃思效温太真绝裾而去，而心动手战，玉手中所执紫罗兰，悉散于地。因俯身拾取，少年亦为之代拾，渐近女士身，突然起立，坚执女士皓腕，迳与接吻。

女士失声而号，缩归其手，而秋波中几欲迸出火星矣。既乃厉声叱曰："荒伧何无礼乃尔，吾非枇杷门巷中人可比，何物狂徒，乃敢玷污吾神圣不可侵犯之身。尝闻欧西人皆文明，亦不过欺人谈耳。吾当奔诉尔母，以评曲直。"

少年笑曰："汝即奔诉吾母，亦不过置之一哂而已。吾誓必令玉人归我始已，若当知吾于膳堂一见汝后，而三生石上，红丝已牢牢缚定。日间虽能与汝把臂，而晚间自憾不能与汝同梦，不审此一日十二小时，何若是之短，不能与汝把臂稍久，常恨太阳神之无情。故一至残晖西没，吾乃怅然若有所失。虽卧孤衾之中，而一点灵犀，仍绕汝衾枕之旁。一缕痴情，充塞脑蒂之中。时亦哑然失笑，念汝既无意，我何必为此半面相思，徒自苦累。乃思一挥慧剑，斩断情丝，而一见汝之如花玉容，吾又坠入情网矣。吾今假汝以十分钟之思索，汝能否归我，即受尽永劫不复之苦恼，当亦心甜意悦，不复怨天尤人。汝既为日本人，吾等成婚后，即可归国度蜜月，一切皆唯汝之命是听，吾亦愿作脂粉囚奴矣。"

女士冷笑曰："天下多美妇人，何必是此？英伦三岛间，岂无一当意者。实告汝，吾非日本人，乃中国人也。"

少年闻言，夷然如不闻，然面上亦微露惊讶状，移时始曰："中国人欤？亦无伤，中国人尽人皆亡国奴，唯汝则天上安琪儿耳。汝必归我，脱不然，当知吾亦足以制汝死命。此英伦三岛间，使汝无立足地，并不能归国。汝能允吾否？"

女士略为思索，乃曰："若厚我，令我铭感，唯吾国凡遇儿女成婚事，非函禀父母不可，姑再商如何？"少年始颔首去。

少年既去，女士芳心趥趥，恨恨向海滨而行，怅然得失，唯向浩海而洒泪。移时乃怏怏归寝室，且行且思，谋所以对付之策。是晚辗转思维，未入黑甜乡里，而孰知快乐之光阴已疾变灭、凄绝哀绝之活剧将从兹开幕矣。

翌日清晨，晓日一竿，绿窗红映。女士晓妆才毕，娉婷出兰闺，忽见下婢至，面色严厉，厉声谓女士曰："吾家主母唤汝，速随吾行。"

女士乃从之，入女主人之室，则见女主人面目狞厉如夜叉，面上如罩重霜，昔则如和暖之春风，今则如萧索之秋气，令人勿怡。见女士至，傲然不为礼，厉叱曰："咄！亡国奴，若以一世界第一等之贱种，匪特污我一片干净土。乃敢以汝之狐媚手段蛊吾子，丧吾子之人格，玷吾子之家声，若今知罪乎？吾前以若为日本人，故容汝勾留于此，不图汝乃无耻若是，速去休，吾高洁无上之居室，实不能容汝亡国奴作一日留。"遂唤下婢，逐女士于户外，犹声声詈不已。

女士椎心泣血，泪落如亚拉伯（今译阿拉伯）之树胶，九阍窎远，呼吁无门。搔首问天，呼苍苍而不应，斯时之女士，未免愁肠寸断矣。

女士徬徨途次，恍如丧家之狗，乃思附轮回国，不致作他乡之鬼。遂往购新闻纸数纸，知是日有船往新加坡。女士鹄立海滨约一时许，往来踯躅，秋波欲涸。移时始见海天深处，隐约有一舟鼓浪而来，谛视之，适往新加坡者也。不觉大喜，心中豁然开朗，如得夜光之珠，于是购票登舟。

未几，舟将启碇，忽见一少年至，则女主人子也。女士怒形于色，不为礼。少年曰："若往新加坡耶？亦大佳，我犹可与若共晨夕，前园中之言如何者，今当践约。"

女士怒曰："若母既下逐客令，彼此之关系已绝，若胡为追踪来此，于吾前喃喃饶舌耶？况吾乃亡国之奴，安能为若床头人，即成此孽缘，若亦将不齿于国人。我誓不为此，脱不然，吾当以颈血溅若之袖，莫谓巾帼中无丈夫气也。"言次，恨恨归己室。

舟行数日，舟中英人皆以女士为日本贵族，遇之甚厚。每有宴会，必折柬相招，脱不至，则座人皆不欢。女士吐属既温文有致，尤善酬酢，雄辩滔滔，常靡其座人。况生成丽质，举止温存，一出室门，则舟中人逐影追香，争交目于汉皋神女。而少年遇之尤亲切，女士则以冰颜报之。继而英人皆知女士乃中国人，非日本人，咸大惭。女士一出，则诟厉不绝口，金唾之为亡国奴。而女士殊不顾，唯每于夜深人静、月黑天高时，出立船首，对茫茫浩海而长叹，娇声呜咽，不胜悲抑；泪点淋漓，恍如带雨梨花。

越数日，舟已抵新加坡，女士乃上陆觅旅舍，少年则追踪不少懈。一日女士香梦方醒，鬟云微松，直似睡足海棠，令人真个销魂。女士乃盈盈下床，忽觉枕畔有人谛视之，则少年也。不觉大惊失色，神经霎时麻木。少年曰："今可申前约矣，如固执者，我将以此事暴露于外。安有以一黄花闺女，与人同衾，若之名节亦扫地矣。斯土有一牧师，乃我知友，可为吾等主婚人，佳期即明日也。"

女士俯首无言，玉手纤纤弄衣角，恍如一博物院中之石美人，少年径与接吻而出。

翌晨，女士方起，彳亍庭中，以舒怀抱。缅想前尘，不堪回首，俯仰低徊，不禁愁损春山矣。当斯唏嘘欲绝之际，忽闻有橐橐之响，方凝睇间，则见少年昂然入，已至身前，握女士手问曰："胡为在此凉荫里，独不畏罗袖太薄耶？"

女士心怦然动，俯首不之答。少年又续曰："马车已待于门外，速行毋迟。"言已，乃挟女士出，径上马车，与御者作一二言，而马蹄嘚嘚，如一道流星，飞行而去，少年亦高赋有女同车矣。

结婚后，女士愁容暗结，红泪偷弹。玉楼深锁，寂寞生涯，愁城风味，亦消受够矣。每于花晨月夕，感花溅泪，对月吟愁，顾影萧条，郁郁谁怜，肮脏情怀，只能诉与落花知耳。以女士纤纤弱质，又安能长日于愁城中讨生活。故不数日间，而宝屉销红，一病倒在潇湘馆里，菱花镜里形容瘦，已作憔悴姬姜矣。少年以医来，女士辞曰："心疾须将心药医，达克透宁能疗吾心疾耶？"越数日，病少瘳，而印度洋中骤起数百丈之狂飙，蜚语沸腾，众口铄金。少年以眷女士故，遂不齿于国人，居停亦下逐客令，乃别赁一屋居之。牧师复以绝交书至，从此薄命桃花，遂断送于雨骤风狂中矣。

少年处此四面楚歌之中，不得已，乃思附轮回英，不致落魄他乡。忽有一书至，读未竟，面色惨白如纸，盖英伦少年母之书也。书中略谓曩昔汝乃吾子，今既自暴自弃，吾亦不以汝为子矣。汝既爱彼亡国奴，毋容污我英伦一片干净土。生则饮奴隶之水，死则葬奴隶之土，汝如欲归国，则速与彼亡国奴绝。噫，有此一幅催命符，直射于女士之眼帘，女士乃死，女士乃不得不死。

女士睹此函，芳心之跳跃，骤增至一百七十度，血之流行，因而加捷，几欲从秋波中樱口中推涌而出。神志已失其灵敏，仿佛坠身于北冰洋中，只觉冷气森森，沁入心脾。自知死期已迫于燃眉，然强颜欢笑，一如平日。自念茫茫世界，竟无地以相容，王谢堂前，旧巢又不可复。一念及此，寸衷如割，泪影莹莹，几湿透鲛绡矣。无何花砖晷影，逐渐东移，一片残霞，已加鞭向亚美利加而去。女士瞰少年已入黑甜，乃就案作书志别，书曰：

　　嗟乎吾夫，死矣死矣。滔滔流水，容知吾心。妾生不逢辰，生于中国，乃蒙吾夫遇吾厚，而自濒于难，虽粉身碎骨，不足以报万一。妾久怀死志，所以含耻偷生者，因未见故乡云树，死为异域魂耳。今所吸者乃中国之空气，所居者乃中国之土地，生为中国之人，死为中国之鬼，如此江山，妾亦无所眷恋。与其生而受辱，不如拼此残生，以报吾夫，亦所以报祖国也。嗟乎，吾夫，吾作此书，吾泪涔涔，此书入君目之时，见有斑斑点点如桃花片者，君其记取，即妾之血泪痕也。妾身虽死，妾魂犹生，当日日附君而行，至数千年后，妾之魂

化为明月，君之魂化为地球，辗转相随，万古不变，即
至天荒地老，海枯石烂，而妾之魂犹绕君而行，不宁舍
君他去也。

嗟乎，吾夫，长相别矣，妾死之后，望即寸剐吾
身，以饲狗彘，盖亡国奴死欲速朽，又何必墓门西向，
千载下受人唾骂。异日孤窗独坐，或闻子规啼红，如怨
如慕，即妾嘤嘤啜泣之声。或见灯影闪烁，若隐若现，
即妾渺渺无依之魂。请以浊酒一杯，一扬灵焉，则妾亦
含笑九京矣。吾夫吾夫，别矣别矣，吾知君玉钩低垂，
罗帐沉沉中，方梦见薄命人弹泪作断肠词也。

女士书毕，香腮枯白，气喘喘如吴牛，一缕之息，纡回若游
丝。娇躯若柳丝，颤颤欲坠，不复能自持。乃将闺门紧闭，即向
身畔取出三尺白绫，展视良久。自慨曰："尔以天生丽质，今乃
毕命于此，红颜薄命，洵不诬焉。嗟乎吾夫，行再相见。"

女士毕其词，将白绫高悬，瞠目奋呼曰："吾中国之同胞其
谛听，脱长此在大梦中者，将为奴隶而不可得，彼犹太、波兰之
亡国惨状，即我国写照图也。"

呼声未绝，而一缕香魂已归离恨之天，时则白云惨淡，日薄
无色，玉扃锁愁，琼栏驻恨，唯有小鸟啁啾，悲鸣凭吊而已。

瘦鹃曰：嗟乎，娟娟明月，印河山破碎之恨；飒飒
悲风，起故国凄其之慨。若黄女士者，即中国国民之前
车也，读者见之，其以为何如？然余方握管时，汛澜不
已，不审此斑斑点点者，是泪是墨也。

亡国奴之日记

嗟夫，嗟夫！万里秋霜，长驻劳人之足；一腔热血，难为故里之归。予不幸竟为亡国之奴矣！向以为亡国云者，初匪实有其事，特文家故作危辞，用以点缀行墨，讵意今乃竟成实事。大好河山，匪复自有，而四万万黄帝之裔，遂亦伈伈睍睍听命于人。

前此有国之时，弗知爱国，今欲爱国，则国已不为吾有，徒宛转哀号于异族羁绊之下，莫能一伸。曩者鞭策牛马，使为吾役，以为牛马贱矣，而今兹即欲沦为牛马，亦不可得。九阍弯远，呼吁无门，果能撒手一死，即足以了此痛苦，或且诞登天上，依吾祖国之魂。生不为自由人，死当为自由鬼，顾此生死之权，亦已操诸他人，生固无聊，死乃弗能。一若人世间万劫不复之苦，必令吾人一一备尝之而后已。嗟，吾亡国之民，惨苦乃至此耶！峨峨之山，嶷崎如故；汤汤之水，浩瀚依然。然而此山此水，则已易其主人，并其一拳之石、一勺之水，亦都属之新主。纵横九万余里，直无吾人厕身之地。

予自祖国亡后，栖息祖国之土者，凡年有半，所受楚毒，不可纪极。中夜擗踊，往往拊心而悲。卒乃亡命出走，遁迹穷荒，苟延此奄奄一息，聊为无家无国之鲁滨生矣。溯自去国以来，草荣木替者瞬已三更。漂泊他乡，望断家山之月，百忧千愁，丛集吾身，几使吾身弗能复举。衔悲揽涕，汲汲无欢，东望祖国，但有泣下。偶检地图视之，已无吾祖国名字，旧时颜色，亦复尽变，每于斯时，辄为慨息。有时永夜彷徨，吊影茹叹，惝恍中似闻国人呻吟号哭之声，时随东海涛声而至，钩辀格磔，弗能复辨，知吾祖国国语，亦已荡然无存矣。年来羁迹他乡，欲归不得，含哀懊咿，靡复伦脊。欲寄愁于天上，天既弗纳，将埋忧于地下，地非吾土，则不得不寓之于文字，文字有灵，或能少解吾中心悲缠耳。

以下日记，为吾三年前在祖国时所记，而祖国亡后一年半中吾民哀哀无告之史，已尽于兹。吾为此记，吾心滋痛，吐之难为声，茹之难为情。盖吾握管时中怀无限之痛苦，欲吐又茹者矣。然而吾心愈痛，吾乃愈欲出此日记以示大千世界有国之人。凡此一字句，实为吾缕缕之血丝丝之泪凝结而成。俾使后之览者洞知天下亡国之苦，而各各爱其宗国也。某年某月某日亡国奴某和泪志于太平洋中一荒岛上。

九月十日

今日滨暮，斜阳抹屋角，色惨红，如涂人血。晚风飒然来，恍挟鬼哭之声，听之令人魄悚。市上室似悬磬，都作可怜之色。未逃之家，尚有老弱坐门次，目惨红之斜阳，掉头而叹。小鸟觅食街上，啁啾悲鸣，似亦和人太息。斯时为状，盖已至惨矣。

阿兄蹀足自外归，掩抑不作一语。就问外间消息如何，则泪已潸潸而下，但谓六国之师已长驱入京，擒总统去，幽于某国使馆中，胁迫甚至。百僚尽降，无一死节，且有出妻孥以献，资彼外兵行乐者。富人之家，都已树顺民之旗，箪食壶浆，以媚外兵，似悦其来灭祖国也。贫家一无所有，无以为献，则扶老挈幼以逃，逃又不知胡适，匪填沟壑，即听胡骑践踏耳。赳赳之士，本所以执干戈而卫社稷者，今乃解甲弃兵，委命于敌。大局如斯，祖国亡矣！

阿兄言既，泪下如雨。老父亦欷然而哭，哭久之，始含哀语吾兄弟曰："不意尔父以白头老人，尚复身受此亡国之苦。后此仰面看人，如何能堪？苟前年即以病死，宁不甚佳？顾乃故故弗死，而吾六十余年托命之祖国，今乃先吾死矣。"

老父言时，执澜弗能自已。予与予妇，亦相持而哭。予子三龄，生小不解事，见乃母恣哭；泪被其靥，则吐其小舌舐之使干，复鸣鸣然歌，以逗母笑，初不知彼身已为亡国之余孽也。老母卧病于床，闻声弗解所谓，尚探首帷外，微声问何事。阿兄亟趋前，强颜慰之，谓弟及弟妇以细故有所不欢，初亡他事。老母遂无语。入晚，星月俱死，而天半尚深绛如血。乱云叠叠然，若以人肉之片缀合而成。乱云中有异星，状似毛瑟，明光溥照，彻夜弗黯。

老父指星微喟曰："国之将亡，固应有此不祥之兆也。"

夜中时闻远处有枪声，声声到枕。

嗟夫！不知彼外兵杀吾同胞几许矣！

九月十一日

晨起忽大雨，雨脚彭彭，历数小时弗绝。天心殆亦怜吾祖国之覆亡，故下此一副痛泪耶。阴雨中杜鹃苦叫，厥声绝惨，似方唤吾祖国之魂。鹃声雨声少寂，则隐隐闻枪声号哭声相继而起，似在十里以外，令人闻之，心肺皆碎。朝来道路喧传，谓外兵将至，行且大屠村人，夷此全村为平地。于是人咸悚悚惴惴，罔有宁心。小康之家，他徙者又十之四五。

予妇凤娇怯，平昔偶闻雷声，尚掩耳颦蹙，依吾如小鸟，至是则益辐张，掩袂雪涕泥予出走。予性謇特且倔强，谓国既亡矣，去将焉适？况阿母病，在势亦难掣置。壁上龙泉，方夜夜作不平之鸣，果敌人来者，吾剑当饱啜其血。帝天在上，实式凭之。予妇无语，唯有饮泣。

予力慰之，且纵声呼曰："汝为吾妻，则当助吾仗剑杀敌耳。奈何恣哭，哭则匪吾妻矣！"

妻固爱予，闻语少止。而邻家夫妇啜泣之声，方嘤嘤入吾耳膜，酸楚直劈心房，不忍卒闻。午餐时，阿父阿兄及予妇均屏食弗进，相对喟叹。予则据案大嚼，一如平时，谓将长养气力，准备杀敌，俾使知吾中国人中亦正大有人在也。

午后村人逃者益众，各捆载其所有以去，仓皇中什物时时狼藉，不敢拾取，一若彼如狼如虎之外兵，已踵其后者。逃者愈众，秩序愈乱，强者争先奔越，细弱不得前，都被践踏，号哭之声上彻天衢。间有宵人，益复恣意为恶，每乘人弗备，攫物而逃。村中官长，畏死特甚，已于三日前携其妻妾、财货，不知所往。若辈之腿，似犹较小民长也。予睹此乱离之状，泪已簌簌而落。私念统国无人，百政矫诐，坐使吾庄严灿烂之祖国，土崩鱼烂，至于斯极。然吾小民何辜，乃亦受此惨毒耶！

九月十三日

今日外兵果至矣！凌晨七时许，即闻胡笳之声，呜呜然起于村外，似嘲似讽，似又写其得意，笳声中若曰："中国亡矣！中国亡矣！"未逃之家，闻声则皆张皇，妇孺尽匿草堆中，虽气塞弗顾，或则举室中什物，力堵其门。

须臾，外兵已麇至，六国之帜，猎猎然受风而翻，先至村长署前，摘吾国旗下，投之溷圊，即树彼六国之帜以为代。一时村中外兵密布，在在皆是，或碧其眼，或绀其发，或如巨魔，或如侏儒，面上都作偃蹇狠暴之色，望之令人震慑。斯时村长署中，已为一统将所据。署前墙上张一文告，半为蟹行之文，半为不规则之中文，略谓：

> 尔国总统，无力治国，坐使尔小民陷于水深火热之中，弗可猝拔。故吾六大国代彼为之，奄有尔国，从此尔小民即为吾六大国之小民。毋得违抗，敢违抗者，立杀无赦。

以下尚有军律十数则，语多恣睢，读之发指。

半小时后，忽有外兵六七辈，排闼而入。予刀已半出于鞘，作势欲前顾，为阿父牵掣而止，而刀则已为若辈所见，六七人奋身扑予，夺予刀去，继以大笑，声磔磔然乃如怪鸮。予妇见状，惶悚已极，方将避入卧内，遽为若辈所擒，一一与之亲吻。

予妇大号，欲脱不得，间有一人且作佻佻之声曰："美哉！东方绵羊也。绵羊无怖，吾辈初非豺狼，今且与汝西方之甜心跳舞者。"

语次，遂拥予妇，蹲蹲而舞。予妇已晕，色朽神木，并呼声亦寂。至是予弗能复忍，立脱老父之手，怒扑而前，如虎出柙，猛乃无艺，即力劈六人，夺予妇。方相格间，一枪柄陡着予顶，予仆地晕绝，后事乃一不之省。

比苏，则见外兵已去，室中无复完状，如被盗劫。予父予妇，都已失其知觉。阿兄偃卧室隈，呻吟弗已，趋前视之，则额际已被刀创，长五寸许，血尚汩汩而出。予亟问状，始知予晕时，阿兄适归，即发手枪，创其一人。贼辈大怒，并力与格，卒以众寡不敌，为一佩刀所创，痛不可支，立踣于地。贼辈遂尽毁室中物事，呼啸而去。

予闻语，既悲且怒，两拳坚握，指爪几透掌背，即裂巾浥阿兄创血，嚼齿言曰："此巾上之血，一日不褪其色泽，吾即一日不忘此仇。祖国虽死，吾心永永弗死。"

语至是，阿父及予妇已苏，则相持而哭，悲哽不能成语。哭未已，而内室中哭声亦作，始忆予子适方酣睡，兹已醒矣。予妇亟起飞步入内，居未久，忽躃踊大号而出，曰："阿母死矣。"

九月十五日

嗟夫，嗟夫！阿母死矣！阿母之死，实彼虎狼之外兵死之也。盖暮年之人，实已不堪受惊，矧在病中，一惊遂绝。阖家痛哭累日，卒弗能返阿母之魂。自是予既无国，并无母矣。

阿父伤心尤甚，时时累欷，既哀祖国，复悼亡人，怅郁无复聊赖，尝语吾兄弟曰："祖国既亡，汝母又死，吾老矣，偷生胡为？脱从汝母长眠地下，尚不失为一有福之人。祖国之事，汝曹图之，吾无能为，唯有从汝母行耳。"

吾兄弟力慰之，悲始少杀。然阿母殡殓诸事，乃亦大费周章。

首必关白统领，始能成殓。市槽须纳税也，殓须纳税也，葬须纳税也。缘彼军署中已定新章，通告全村，一体遵率。无论生也，死也，畜犬也，畜猫也，畜鸡豕，畜牛羊也，均须纳税，始得无事。村人居宅、窗户有税，阶梯有税，梁柱墙壁有税，人家婚丧，则婚券，有税，柩槽有税，宴客亦须纳税。且每次宴客，不得过十人以外，人多恐有变也。

村人或有顽梗不从，擅敢逃税者，则当处以十年监禁，或流放于五千里外。揣其意殆欲尽置吾人于死地而后已，然吾亡国之民，生杀由人，纵彼苛政如虎，亦唯帖然曲从已耳。

嗟夫，亡国之民！

九月二十日

六国之议决矣，以吾国分为六部，由彼六国统治，曰北，曰南，曰东，曰西，曰东北，曰西南。闻今日已在京中签字，行将宣布天下。吾村中外兵欣喜若狂，军署中置酒高会，以为庆祝。盖瓜分之局，至是定矣。阿父及吾兄弟闭关聚哭，悲不自胜，以香花鲜果，祭吾五色国旗，载哭载拜，与之永诀。而外兵狂歌哗笑之声，时时入耳，直裂吾人之心，至于粉碎。

嗟夫！同处世界，同是人类，天胡厚于彼而薄于吾耶！

九月二十五日

六国统治之文，昨已宣布，凡吾国人无不泪零。吾村处于东北，遂在侏儒种统治权下，其他五国之师均已撤去，易以侏儒兵两千。军署中亦易一侏儒为之长，其人长可三尺，蜂目而豺声，鼻钩曲，如鹰喙，两颊横肉隆起，状似恶魔，村人见之，罔不悚息。

溯自六国之师入村以来，所以苦吾村人者已至，横征暴敛，民不聊生。向之受于万恶政府下者，今复受之于异族。不特此也，凡吾村中男女，罔不躬被奇辱。女子口辅，几于无一不著腥膻，男子则听其呼叱，听其扑挞，复须以笑容相向，始能自保，苟反唇者，饮弹死矣。故吾人每出，往往俯首不敢仰视，深恐一披若辈逆鳞，必且无幸。亡国之民，凡百但有忍受，何有于人道，更何有于公理？天心仁慈，亦但相彼强国之人，安得矜怜吾哀哀无告之群黎，而加覆庇？盖亡国之奴，匪特见绝于人，且亦见弃于天矣。

今日凌晨，又有一伤心之事，益吾忉怛。邻家有儿，年甫七龄，夙兴嬉于门前，意滋自得。陡有金铃小犬，掉尾而至，狺狺然向儿狂吹，儿怒投之以石，顾石甫脱手，而一弹已中其颅。缘此犬为一侏儒兵所有，此弹亦即出彼手也。儿中弹立仆，惨呼而绝。迨其父母闻声出视，则彼侏儒兵已扬长率犬自去。父母痛哭久之，即抱儿尸，至军署中，哀署长伸其冤抑。署长弗应，麾之门外。二人枕藉阶下，长号弗去，如是久久。

署长乃怫然出，厉声谓二人曰："亡国之奴，一死又何足恤？尔二人既爱而子，吾即送尔二人从彼同行，可矣。"遂命门前守卒枪杀之。

村中之人，无敢发一言鸣此不平者。阿兄愤甚，怀枪欲出，卒为阿父沮格而止。

嗟夫！天，世上果尚有人道有公理耶？果公理人道尚未澌灭净尽者，则当哀吾穷黎，毋令彼虎狼残人以逞也。

十月二日

今午十一时许，军署中忽下令，遍检全村，人家所有刀剑悉数见收，并一纸刀之微，不得隐藏，有隐藏者，即以叛逆论罪。然而军署所搜，不特刀剑，凡属珍贵之品，亦都挟以俱去。人唯束手听命，弗敢与争，盖枪弹有眼，辄好宅于吾人腹中，唇吻一动，则枉死之城，亦立启其扃矣。

军署左近之公地上，忽设一巨桌，桌上有刀二，系以铁索，墙上榜有文告，略谓：民间禁贮寸铁，所有菜肉之类，必携至此间宰割。凡尔村人，切切无违。于是每值午暮，村人麋集巨桌之次，争切弗已。旁有侏儒兵四人为监，有争执者，立予格杀，故人皆噤如寒蝉，缄默不声，一时但有刀声，刿刿作响，群人愤无所泄，则泄之于菜肉，每嚼龁力下其刀，似即以此菜肉为侏儒之兵者。

然亦但有菜蔬，肉初无有，试思亡国之奴，焉得复有食肉相耶？

每日之晨，则见此桌下辄有一二人僵卧血泊中，良以亡国余生，生亦无憀，故宵深自刎于此。天下悲惨之事，无以加兹。彼侏儒之兵，本无人心，纵使桌下陈尸如山，亦殊漠然无动。每得一尸，则贻之彼国医士，供其解剖。以是吾人死后，必受断脰刖足洞胸抉心之惨，尚不能全此遗骸，长眠地下。

嗟夫！世界虽大，直无一寸一尺为吾亡国奴立锥地矣。

十月八日

日来军署中杀人滋夥，日必十数人。署后行刑场上，草为之赭，溪水粼粼，乃亦带血而流。天下文明之国，本无断头之刑，顾对吾亡国贱奴，在彼尚云匪酷。

今日死者凡十二人，其一为少年，年方二十许，以毁谤彼国获罪。其人颇英英有丈夫气，临死不屈，痛骂弗绝于口。头颅着地时，目眦尽裂，似犹腐心于国仇也。其一则为女郎，娇好如玫瑰之蓓，闻以受辱于侏儒，投碗创贼头，故亦处死。至是则泪华被其粉颊，婉转娇啼弗已。其他十人，为村中农父，以抗税暴动见絷。十人皆赳赳无所畏慑，视死有如归去，眼赤如血，尚怒视侏儒之兵，停注弗瞬。行刑时，彼侏儒之兵以为杀鸡可以诫猴，则力迫吾人往观，十二颗之头一一而落，全场观者，乃皆痛哭而去，而侏儒兵哗笑之声，方礳礳然与哭声相应。阿父归时悲甚，泪如堕糜。午餐晚餐，均力屏不进。夜深梦回，犹闻其捬床叹息声也。

嗟夫！阿父心碎矣。

十月十九日

今晨有二村人偶语街上，为一侏儒兵所见，指为谋叛，捉将军署去。闻将监禁三年，以儆余人。又有一人以书札封口，亦见执。书中但为寻常朋友间道候之词，初无一语侵及彼众，顾亦监禁一年，以为不遵军署约章者戒。予悲愤填膺，恻恻欲死。中夜无寐，但与阿兄相对饮泣。

嗟夫，苍天！汝断吾脰可，沥吾血可，寸剐吾四肢百体可，毁吾屋宇可，屠戮吾父母妻子可，然汝必还吾以自由，还吾以真正之自由！

十月三十日

夜来阴云如墨，幂天半，无复纤光，全村似入墨水壶中，而为状又类鬼窟。夜鸟哀鸣，作声如哭，顾乃不知发自何许。鸟声少寂，又闻鬼哭，啾啾然匝于四周，彻夜弗已。盖侏儒兵入村以还，杀人多矣。予既不能入寐，则挑灯读越南、朝鲜、波兰、印度、缅甸、埃及六国亡国之史，一时两袖淋浪，都渍泪痕。念吾泱泱大国，胡亦弗能自存于世界，竟从彼六国之后，同为人奴，穷蹙帖屈，无敢自伸。夫以四万万之国民，而无以保此东亚片土，清夜扪心，能无惭汗？恐彼六国之奴，亦且笑吾拙耳。读罢，孤檠已炧，而曙光亦微透入吾疏棂，度彼侏儒之兵，又将磨刀霍霍，准备杀人矣。噫！

十一月三日

日者彼侏儒种忽于村中开学校三所，强迫吾村中子弟及四十以内之男子入校，读彼国之书，操彼国之语。有拒绝不往者，立杀无赦。予椎心泣血，愤不欲生，知彼狼子野心，日益勃发，不特灭吾祖国，且将灭吾祖国文字矣。闻他村及国内其余各部，亦多如是。迨至数十年数百年后，吾祖国四千年来历劫不磨之文字，必且绝迹于世界。仓颉有灵，当亦慨息地下，谓后人之不作也。

夜中读法兰西大小说家阿尔芳斯桃苔氏（今译都德）《最后之课》一篇，篇中言一八七〇年德意志攻入法兰西，迫阿尔萨斯人读德文事，行间沔泪，沉痛无伦。吾今自誓当吾祖国文字语言寂灭之最后一刹那，纵使吾身不在此世，亦当效彼阿尔萨斯之教师，含此万斛酸泪，蹩踮九邙山下，仍以吾祖国之语。嘶声呼祖国万岁也！

十一月十五日

有一十一二龄之小学生，翔步过街，口中朗然高唱童谣。中有"杀尽侏儒种，还吾好河山"之语，为一侏儒兵所闻，将趋前擒之。童固矫捷，返身立奔，越街三四，逃入其家。兵亦穷追弗舍，竟擒之而去。

父母长跽请命，悍然弗顾。此童寻受鞫讯，处鞭笞之刑。行刑时，童之父母复被迫往观。童卓立行刑台上，手反剪，褫衣暴其背，行刑吏手三角之鞭，力鞭童背，每一鞭下，血肉随鞭而飞。童宛转哀号，如羔就宰。父母掩面不忍观，但有痛哭。鞭至百，背肉尽脱，童痛极而晕，哭声亦咽。行刑吏意得，挥其鞭于头上，厥声呼呼然，似亦鸣其得意。而鞭上血丝肉片，乃飞扑观者之面，观者皆泣下，侏儒兵怒，逐之四散。

童受刑后，一息奄奄，已不绝如缕。父母号哭以归，未及日殂绝矣。兹事之惨，实为从来所未见。予今枯坐斗室，拈笔记此，灯影幢幢中，恍见彼童辗转鞭下之状，而哀号惨呼之声，亦尚荡漾吾耳。吾心匪石，能不寸裂？笔著纸上，泪亦随落，一片啼痕，湿透蛮笺十幅矣。

嗟夫，苍天！汝心何忍，乃竟听彼虎狼虔刘吾民，无有已时耶！

十一月二十一日

昨有友人自南方来，挟护照无算，历艰苦无算，始得到此，而一身所有，亦于此一行中荡然矣。友固别有主人，非受侏儒种统辖者。其来也，实为苦虐，然而吾人之苦，亦何尝次于南方！友直出虎口而膏狼吻耳。吾二人阔别数载，至是则相持大哭。

回忆当年相见，尚为有国之人，握手言欢，乐乃无极。而今则囚头丧面，同为人奴，餐血饮泪，但求一死，顾此一死，亦尚不可即得也。哭少间，吾友始以南方同胞之惨状，觇缕相告。予则悲哽无言，但以日记示彼。"无端天地忽生我，如此河山竟付人"，读三韩遗民之诗，有同慨矣！

十二月一日

今日薄暮，斜阳黯澹如死，尖风薄衣袂，冷入骨髓，与吾友出外同步。遇一三韩少年于窄巷中，斜眸睨予而笑，如嘲如讽，意似轻予。

予弗能耐，盛气问曰："汝笑胡为？"

少年笑如故，冷然曰："亡国之奴，胡咄咄逼人如是！果能以此状向彼军署中人者，则吾服汝有胆。"

予大声曰："汝非亦亡国奴耶？"

彼少年复冷然曰："亡国固也，然吾人但为一重之奴隶，而若曹则为六重之奴隶，此着吾犹胜汝耳。"语既，长笑自去。

予与吾友木立移时，痛哭而归，从此杜门蛰处，裹足不复出。

十二月七日

嗟夫，嗟夫！吾挚爱之阿父，今亦弃吾去矣！阿父初无疾病，第以邑郁所致。自祖国覆亡以来，时辄搵泪喟叹，未及两月，须发尽白。盖天下之足以斫丧人者，匪特光阴，忧伤憔悴，为力较光阴伟也。

阿父临终，痛苦似已尽祛，额上皱纹，都化乌有。忽展辅莞尔而笑，笑久之，即向吾兄弟索国旗，怀之胸次，如慈母之乳其婴雏也者。已复亲之数四，语吾兄弟曰："吾今死矣，一死之后，痛苦亦了。自问一生无罪，或能诞登天上，依吾国魂。至吾遗骸，则可付之一炬，归于溟漠，然后收拾余烬，扬之东海。祖国已无干净之土，何地可以葬吾。且亡国贱奴，死而速朽，奚必留此抔土，更供后人讪笑。他日祖国残魂，果得汝曹拯拔，则吾魂纵陷泥淖，亦所诚甘。此祖国之徽，汝曹当什袭珍藏。须知老父躯壳虽死，心实未死，尚冀其破壁飞去，风翻于日所出没处也。老父行矣！汝曹为国自爱。"语次，则复亲其国旗，一笑而绝。

予与阿兄均大恸，吾要亦痛哭而晕。哭声方纵，而侏儒之兵，已来干涉矣。嗟夫，嗟夫！笑既弗能，哭又不得，岂吾亡国之奴，并此哭笑弗克自由耶？

十二月十三日

夜来雪花怒飞，天地俱白，意者天亦有知，故特为吾祖国服丧也耶。中怀憭慄，愁逼夜长，因与阿兄挑灯读越南亡国史，相对哽咽，弗能自已。读未半，得义士阮忠巽事，不觉为之起舞。

阮忠巽者，越南少年，见祖国沦亡，愤不欲生，遂杀其妻子，率族中子弟五百人，编成决死军，与法人搏战于喀桑团柏间。十进十捷，所向披靡，敌畏之如虎。会有奸人通敌，诱阮深入，敌凭险筑垒困之，始败。法将令寸磔以徇，子弟五百人，无一免者。忠巽临死，有绝命诗云：万缕血花能障海，九原雄鬼本无家。亡国英雄，其亦可以风矣！

予读已，即回眸注阿兄面悄然言曰："阿兄勉旃。"

阿兄亦顾予曰："阿弟勉旃。"

遂各亲吾国旗，久久无语。

十二月二十九日

晨五时，曙光甫抉，云幕外透，忽闻门外有辘辘之声。就窗隙外窥，见为囚车，监以侏儒之兵。车上无马，而以老囚十数人拽之前趋。车中载妇孺无算，殆往军署去者，至以何罪见絷，则不可知。即此辈老囚，亦初无罪，只以偶出一语，侵及彼族，遂致困于犴狴，备受缧绁之苦。然而吾人亦何一不在此无形之犴狴中耶？

尔时诸老人彳亍雪中，弥觉艰苦，中有一叟，殆在七十以外，须发已如银丝，观其驼背龙钟，弥复可怜。行少滞，则彼侏儒之兵挥鞭力策其背，计行十数武，而鞭亦十数下矣。老人不敢较，力支其羸弱之躯，冒死而前，顾亦于晓风中颤动弗已。足跣不履，受冻而溃，血涌出如泉，地上积雪，斑斑都着红痕。复行十数武，老人忽仆，侏儒兵下鞭益力，似将以鞭扶之起者，而老人唯有哀号，惫弗能起。

予睹斯状，血管中怒血已沸，立探祖衣，出一密藏之手枪，向彼侏儒兵续续而发，侏儒兵着弹遂仆。他兵大哗，群奔吾屋，阿兄方起，不及抵抗，立死刺刀之下，予妇予子，亦均被杀。予隐身几后，发枪御敌，直欲尽歼群丑，于心始快。来者七人，卒乃一一都死。于是出至屋外，释诸老人及囚车中妇孺去。入屋抚阿兄妻子尸，纵声一恸，草草瘗之屋后，立标为志。次即挟枪佩刀，飘然出走，狂奔十余里，不遇一敌，乃入一森林而息。

此记亦即记之森林中者，而今而后，予遂为无家无国之身矣。噫！

十二月三十日

嗟夫，嗟夫！予今别吾挚爱之祖国去矣！峨峨者祖国之山耶，汤汤者祖国之水耶！小别须臾，会有见期。当小子生还之日，即日月重光之年。天长地久，斯言不渝。今后小子虽栖息穷荒，去国日远，而耿耿此心，则仍祖国心也。别矣，祖国！行再相见！

周瘦鹃曰：吾草斯篇，吾悄然以思，悁然以悲，恻然以惧。吾心痛，如寸劂。吾血冷，如饮冰。吾四肢百体，亦为之震震而颤。吾乃自疑，疑吾身已为亡国之奴，魑魅魍魉，环侍吾侧，一一加吾以揶揄。于是吾又自问，问吾祖国其已亡也耶，然而此中华民国四字，固犹明明在也。吾祖国其未亡也耶，则一切主权奚为操之他人，而年年之五月九日，奚为名之曰国耻纪念之日？吾尝读越南、朝鲜、缅甸、印度、波兰、埃及亡国史矣，则觉吾国现象，乃与彼六国亡时情状一一都肖。吾乃不得不佩吾国人摹仿亡国，何若是其工也！

于是吾又悄然以思，悄然以悲，恢然以惧，设身为亡国之奴，草兹《亡国奴之日记》。吾岂好为不祥之言哉？将以警吾醉生梦死之国人，力自振作，俾不应吾不祥之言，陷入奴籍耳。尝忆十年以前，英国大小说家威廉勒苟氏草《入寇》一书，言德意志攻入英国，全国尽陷，虽凭理想，几同实录。夫以英国之强，苟氏尚复发为危辞，警其国人。今吾祖国之不振如是，则此《亡国奴之日记》又乌可以不作哉？吾记告成，乃在凄风苦雨之宵，掷笔汍澜，忧沉沉来袭吾心，惝怳中似闻痛哭之声，匝于八表；摩眼四愿，则又杳无所见。而冥冥中若有人焉，作释迦大狮子吼，朗然谓吾曰："是汝祖国之魂也，方在泥淖中哀其子孙，加以拯拔耳。"国人乎，汝其谛听！

瘦鹃又曰："此日记，理想之日记也。吾亦愿此理想，终为理想。"